그라니트
용들의 땅
GRANITE

그라니트 : 용들의 땅 1ㅁ

이경영 판타지 장편 소설

초판 1쇄 찍은 날 § 2017년 9월 13일
초판 1쇄 펴낸 날 § 2017년 9월 20일

지은이 § 이경영
펴낸이 § 서경석

편집책임 § 김슬기

펴낸곳 § 도서출판 청어람
등록번호 § 제387-1999-000006호
등록일자 § 1999. 5. 31
어람번호 § 제1-2763호

주소 § 경기도 부천시 부일로 483번길 40 서경B/D 3F (우) 14640
전화 § 032-656-4452 팩스 § 032-656-4453
http://www.chungeoram.com
E-mail §chungeorambook@daum.net

ISBN 979-11-04-91458-4 04810
ISBN 979-11-04-90405-9 (세트)

그라니트

용들의 땅

GRANITE

이경영 판타지 장편 소설

도서출판 청람

GRANITE
그라니트

용들의 땅

CONTENTS

Chapter 87 옥좌가 있는 곳 7

Chapter 88 하늘에서 뛰어내리는 방법 51

Chapter 89 가진 것을 모두 꺼내서 93

Chapter 90 즐거움의 끝에서 135

Chapter 91 폭주의 시작 167

Chapter 92 게임을 위한 숫자 211

Chapter 93 라이트스톤의 증명 243

Chapter 94 오메가가 남긴 흉터 275

Chapter 95 브로드 소드 309

Chapter 96 굴욕에는 사랑도 담아서 349

87
옥좌가 있는 곳

데스디아는 치프의 말을 듣자마자 표정을 구겨 우려를 드러냈다. 오크들의 왕을, 그것도 수도를 치겠다는 뜻으로 받아들였기 때문이다.

"이번에도 당신 혼자서 어떻게 해볼 생각인가?"

그녀가 물었다.

"응? 아니, 그건……."

"웃기는 소리는 하지 마!"

치프가 대답하려 했지만 데스디아는 그의 말을 단칼에 끊어버렸다.

"오크들이 노리는 것은 우리 고향이야! 그리고 오크들은 위험해! 결코 공짜로 도와달라고 할 수는 없어!"

"진정해, 뎃디. 아직 오크들의 수도가 정확히 어떤 규모인지,

또 거기에 얼마나 많은 오크들이 살고 있는지 모르잖아?"

치프는 그녀를 진정시키려 했다. 그러나 탈리케이아까지 데스디아를 거들고 나섰다.

"알아보자는 말로 끝날 문제가 아니야, 치프. 만약 오크들의 왕이 직접 지시를 내린다면 우리 고향의 수도를 몸으로 뒤덮고도 남을 만큼 엄청난 숫자의 오크가 몰려올 거야. 지금까지 기록된 오크 침략군의 숫자 정도는 가볍게 뛰어넘을 거라고. 이건 분명해."

"……."

치프는 손으로 자신의 얼굴을 덮었다.

물론 앞날이 깜깜해서, 혹은 오크들이 두려워서 그런 것이 아니었다. 제발 자신의 이야기를 끝까지 들어달라는 뜻이었다.

하지만 그의 생각을 알 턱이 없는 탈리케이아는 이야기를 계속했다.

"뎃디가 공짜 얘기를 해서 하는 말인데, 만약 치프가 오크들을 막아낼 수 있다면 여왕 폐하와 살림을 차리는 것도 문제가 아닐걸? 우리 행성의 구세주나 마찬가지니까!"

살림이라는 말에 치프는 뒤통수가 뜨끔했다.

"잠깐, 난 그런 쪽으로 생각한 적도 없고 흥미도 없어. 난 그냥 군인 아저씨라고."

"그럼 뭘 원하는데?"

탈리케이아가 단말기를 꺼내서 요구 사항을 적을 준비를 했다.

치프는 어이가 없었다.

"원하는 거 없다니까? 굳이 있다면 탈리가 맡고 있는 군단 정도?"

항의에 가까운 그의 대꾸에 탈리케이아는 미묘한 미소를 지었다.

"나는 각오가 됐는데 내 군단까지? 그렇게 많은 여자들을 혼자 감당할 자신이 있어?"

"…부탁인데 나를 그쪽으로 몰아가지 말아줘. 그리고 내 얘기 좀 끝까지 들어주면 안 될까?"

"음."

탈리케이아는 단말기를 든 채 뒷짐을 지고 입을 다물었다.

구세주에 대한 상품 목록에 자신도 넣어볼까 생각했던 헤이파는 뭐라 말하지 않길 잘했다고 생각하며 다리를 꼬고 앉은 자세를 유지했다.

"음… 우선 죠니."

"오, 알타이르 아가씨만이 아니라 저까지 원하시는 겁니까?"

"…농담 말고 저놈이나 데리고 나가줘. 저 녀석, 입이 좀 가벼울 것 같거든."

죠니는 나이트 스토커 청년을 돌아봤다.

"확실히 그렇군요, 원사님."

셀레스티아에게 치료를 받아 몸이 말끔해졌음에도 불구하고 그 청년은 넋이 나간 얼굴로 회의실 바닥에 주저앉아 있었다.

죠니는 고개를 저으며 그 청년을 강제로 일으켜 세웠다.

"어이, 정신 차리고 일어나. 네가 당한 건 고문 축에도 안 든다고."

"나, 날 어디로 데려가는 거지? 날 건드리지 마! 건드리지 말라고! 앗세룬 아저씨, 저를 구해주세요!"

청년은 유아 퇴행적인 몸짓과 표정, 그리고 여린 목소리로 격렬히 저항했다.

"내가 너희 스승을 엄청 싫어한다고 말했던가?"

청년에게 경고를 꽂은 죠니는 그를 질질 끌고 회의실을 나갔다.

입술을 비죽 내밀고 어깨를 으쓱한 치프는 난감한 표정의 앗세룬에게 말을 걸었다.

"오크들에 대해서 알고 계신 걸 말씀해 주실 수 있을까요? 녀석들의 본거지 중심으로 말이죠."

"이 자료를 오늘 여기서 꺼내게 될 줄은 몰랐소만, 그리 하리다."

자리에서 일어난 앗세룬은 자신의 단말기에 저장된 자료를 브리핑용 스크린에 출력시켰다.

다양한 각도에서 찍은 거대 도시의 모습이 스크린에 떠올랐다. 회의 참석자들은 스크린에 담긴 자료를 각자의 단말기로 옮겨 사진들을 자세히 살폈다.

"그럼 설명하겠소."

앗세룬이 수많은 사진들 가운데 가장 먼저 고른 것은 오크들의 군항이었다.

군항의 첫 느낌은 우주선들이 정박한 항구라기보다는 터무니없이 커다란 벌집처럼 보였다.

"군항의 면적만 해도 빅시티를 몇 배나 초월한다오. 단순 계산상으로는 한 번에 500만 명이 넘는 가까운 보병들을 싣고 출항할 수 있소. 이 정도 숫자의 함선들이 일제히 들이닥쳤을 때 아무런 피해 없이 막아낼 수 있는 행성은 내가 알기로 현재의 지구와 전성기의 듀베리아, 그리고 우주연합 수도뿐이오."

사진을 유심히 보던 치프가 실소를 지었다.

"저 정도의 숫자라면 지구라도 못 버틸 것 같은데요?"

"오크들에게는 알래스카만큼 강력한 전투 함선을 건조할 기술이 없소. 대부분이 수송선이고 대기권 돌입조차 어려울 만큼 함선들의 질이 떨어진다오."

강력한 전투 함선이라는 말을 들은 치프는 순양함 알래스카가 80년 전에 건조된 골동품이라는 말을 차마 꺼내지 못했다.

"함대간의 전투를 이겨낼 수 있는 전투함은 많지 않다는 말씀이시죠?"

"그렇소. 오크들의 함선 건조 기술은 지구에 비해 200년 정도 뒤쳐졌다고 보면 되오."

"음⋯ 예, 그럼 도시에 대해 설명해 주세요."

오크 함대에 대한 위험성을 설명하려 했던 앗세룬은 치프가 자신이 모르는 방법으로 오크들을 공략하려 한다는 느낌을 받았다.

'오크들과 정면으로 붙을 생각은 아닌 것 같군.'

앗세룬은 여러 장의 군항 사진을 후루룩 넘긴 뒤 도시의 사진에서 비로소 손을 멈췄다.

"오크들의 수도는⋯ 그냥 크다오. 수도 안에 있는 오크들의 숫자는 전투원, 비전투원을 합하여 5,000만 명이 넘소. 비전투원조차도 오크만을 집계한 것이고, 번식용으로 사로잡은 여성들은 제외했소."

"흠……."

치프가 턱을 만지며 다른 사진들을 훑어봤다.

앗세룬이 용기를 내어 그에게 물었다.

"노파심이오만, 혹시 그 여성들을 구출할 생각은 있소?"

"없어요."

치프는 딱 잘라 말했다.

"단호하구려."

"어쩔 수 없죠."

치프가 단말기에서 눈을 떼고 앗세룬을 봤다.

"무려 5,000만 명이 넘는 오크들이 우글거리는 장소에서 제정신을 유지할 수 있는 사람은 거의 없겠죠. 행여 공주님처럼 대접을 받는다고 해도 결국 미치지 않을까요?"

"하지만 아직 희망이……."

"없어요. 도시의 구조만 봐도 답이 나오죠."

치프는 자신이 고른 사진을 스크린에 띄웠다.

"직접 조사를 해보셨으니 잘 아시겠지만 오크들은 '번식장'을 사방에 흩어놨어요. 번식장의 크기로 봐선 번식장 한 곳에 갇힌 여성들의 숫자는 10명 내외겠죠. 그러면 납치된 여자들이 힘을 모으거나 의지를 다져서 탈출하는 게 불가능해요. 그리고 여성들 대부분이 임산부이거나 거듭되는 출산으로 인해 체력이 떨어져서 온갖 질병에 시달리고 있을 확률이 높죠. 그러니 구출한다고 해도… 흠."

치프는 마지막 말을 생략하고 고개를 절레절레 저었다.

"저러한 상황에 익숙한 것 같구려."

앗세룬이 물었다.

치프는 대답을 할까 말까 고민했다.

"지구 식민지 군벌들의 돈벌이 수단 중에 하나가 장기 이식용으로 쓰일 부품 덩어리… 아니, 아기의 생산이었죠. 지구에는 아기들에게서 뽑아낸 신선한 장기에 대한 미신 같은 게 아직도 존재해서요… 예, 실제로도 꽤 짭짤해요."

그의 대답에 회의실의 분위기가 확 가라앉았다.

"그런 미친 공장들을 연거푸 박살 내다 보니 생각 자체가 없어지더라고요. 처음엔 위생병이니, 의료시설이니, 상담사니, 진정제니 하는 것들을 찾고 난리도 아니었는데 말이죠. 아무튼 저 도시에 있는 여자들에 대해서는 더 이상 고민하지 않는 게 좋겠네요."

그의 말에 앗세룬은 화가 났다.

"이해할 수 없구려! 당신 가족이 저곳에 잡혀 있다고 생각해 보시오!"

"굉장히 우울한 건의를 하시네요."

"……."

치프는 자신이 상관들에게, 정치가들에게, 그리고 반전운동 단체의 대표들에게 몇 번이나 같은 질문을 들었는지 아느냐고 물으려 하다가 깔끔하게 생략했다.

"오크 왕의 거처에 대해서 얘기해 보죠."

"정말 잠입해서 암살이라도 할 생각이오?"

"그 부분은 나중에 말씀드릴게요. 무력으로 어떻게 할 생각은 없다는 것만 알아주세요."

"으음……."

정말 속을 알 수 없는 남자다. 앗세룬은 한숨을 쉬며 스크린에 뜬 사진을 교체했다.

굉장히 먼 거리에서 촬영된 왕궁은 지구의 피라미드처럼 생겼으며 그 규모는 높이만 따졌을 때 100층짜리 빌딩 이상이었다.

"내구성은 형편없겠네요."

치프의 말에 앗세룬이 고개를 끄덕였다.

"그렇소. 이곳은 왕궁일 뿐, 적의 침략에 대비하기 위한 구조는 아니라오. 하지만 오크들의 입장에서는 가죽으로 만들어도 상관없었을 것이오. 어지간한 지상 병력으로는 도시를 돌파하기도 힘들 뿐더러, 무엇보다 수도가 있는 행성으로 가기 위해서는 저 행성의 좌표를 알아야만 한다오."

"그건 아저씨가 알고 계시겠죠?"

"그렇소. 우리는 조사를 위해 오크들에게 침공당하는 중인 행성으로 찾아간 후 그 행성의 게이트를 통해 오크들의 고향으로 갈 수 있었소. 좌표 역시 그때 습득했다오."

앗세룬이 대답했다.

언짢은 표정으로 앗세룬의 이야기를 듣고 있던 포프가 순간 발끈했다.

"너무하시네요. 침공당하고 있던 행성이 앗세룬 아저씨의 고향이었다면요?"

"포프, 그만. 그런 건 예의가 아니야."

치프가 그녀를 돌아보며 엄중하게 말했다.

"…죄송합니다, 앗세룬 아저씨."

앗세룬을 제대로 보며 사과를 한 포프는 단말기로 옮긴 오크 수도의 사진에 눈을 돌렸다.

그녀가 자신에게 실망했음을 알고 있는 앗세룬은 포프의 어머니를 떠올렸다.

'스위트도 한번 화가 나면 저랬지. 관계를 풀기가 정말 힘들었어.'

앗세룬은 가벼운 심호흡으로 마음을 진정시켰다.

"오크들의 행성에 있는 게이트의 좌표는 지금이라도 알려줄 수 있소."

"그럼 알려주세요."

치프가 즉시 재촉했다.

"아니… 이 좌표로 놈들을 어떻게 할 생각인지 얘기해 주시오. 난 당신의 계획을 들을 권리가 있다고 생각하오."

"죄송해요. 아저씨를 믿지 못하는 건 아니지만 계획을 알려드릴 수는 없어요."

치프가 거절했지만 앗세룬은 포기하지 않았다.

"그럼 최소한의 힌트라도 주시오."

"음… 길게 잡아봤자 이틀 정도 걸릴 거예요."

치프의 대답은 앗세룬을 당황시켰다.

"…알았소. 그 엠페라투스에게 혼자 맞서 싸운 사람에게 내 상식을 적용하는 것은 어리석은 일일지도 모르겠구려."

앗세룬이 슬쩍 웃었다.

"오크들의 게이트 좌표를 당신에게 주겠소."

그는 단말기의 광자 전송을 이용하여 치프에게 좌표를 넘겨주었다.

"명심하시오. 오크들의 행성에 문제없이 도달하려면 놈들의 게이트와 연결되어 있는 또 다른 게이트를 찾아야 하오. 놈들의 게이트는 좀 특별하니 말이오."

"알타이르 행성의 게이트일 게 뻔하잖아요?"

"…흐름을 봐서는 그렇소만."

"놈들의 게이트가 특별하다고 말씀하셨는데, 대체 어떤 면에서 특별한 거죠?"

"오크 행성의 게이트는 대기권 내에 있소."

앗세룬은 스크린에 띄운 사진을 바꿔 오크 행성의 게이트를 보여주었다.

게이트가 대기권 내에 있다는 말에 브리치처럼 떠 있을 거라 생각했던 치프는 사진을 보고 생각을 바꿨다.

오크들의 게이트는 산맥 사이에 끼워져 있었다.

"과연, 특별하군요."

"저 땅에 추락하여 문제가 생긴 것인지, 아니면 원래 존재하는 것인지 모르겠지만 저 게이트는 특이하게도 관제실이 있소. 오크들은 관제실에서 다른 행성의 게이트 좌표를 입력하고 게이트간의 주파수를 맞춘다오."

"자세히 아시네요."

"우리도 저 게이트를 통해 탈출을 해야 했기 때문이오. 당시 고생을 크게 했소."

"그렇군요."

자리에서 일어난 치프는 회의실의 문을 손수 열었다.

"그럼 이제 푹 쉬세요. 꼭 좋은 소식을 들려드리죠."

"흠… 알았소."

포프를 보고 손 인사를 한 앗세룬은 치프의 옆을 지나 회의실을 나갔다.

문을 단단히 닫은 치프는 알타이르 사람들이 뭐라 말하기 전에 셀레스티아를 봤다.

"셀리, 이번에는 네가 필요해. 다른 누구보다도 말이야."

"내가?"

"응."

치프는 셀레스티아가 자신의 말을 어떻게 받아들일지 살짝 고민할 겸 심호흡을 했다.

"잊었어? 엠페라투스가 할 수 있는 일은 너도 할 수 있어."

치프는 방금 자신의 발언에 대한 사람들의 반응을 크게 두 갈래 정도로 예상하고 있었다.

첫 번째로 예상한 반응은 '우리 착한 셀리에게 엠페라투스가 할 법한 짓 따위를 맡기지 마'였다. 그리고 두 번째는 '이런 식으로 성급하게, 독단적으로 해결하려 하지 마'였다.

치프는 어느 쪽이 들어맞을까 생각해 보면서 주변 사람들의 반응을 살폈다.

가장 먼저 입을 연 사람은 데스디아였다.

"정말 성급하고 독선적이군. 엠페라투스가 할 수 있는 일은 셀리도 할 수 있다고? 내뱉는 말의 무게감이 마치 담배 연기와도 같아서 참을 수 없어! 우리가 오크들의 침공 예정 소식에 겁을 먹긴 했어도 셸리에게 그딴 걸 강요할 만큼 급하진 않아!"

그녀가 치프를 강하게 쏘아보며 따져 물었다.

치프는 오른손으로 얼굴을 덮으며 고민했다.

'뭔가 종합적이군. 내 예상이 항상 들어맞는 건 아니지.'

순식간에 문제의 중심이 된 셀레스티아는 고민하는 치프와 그를 노려보는 데스디아 사이에서 우왕좌왕했다.

감정이 격해진 데스디아의 눈에는 셀레스티아의 그런 모습이 안타깝게 비춰졌다.

"거절하고 싶은 일은 거절하는 게 좋아, 셸리. 치프가 널 데리고 가서 할 일은 둘 중에 하나일 거야. 네가 가진 의식의 간섭 능력을 이용한 대살육이나 혼절이겠지."

"…응."

셀레스티아가 고개를 끄덕였다.

셀레스티아 자신은 치프가 그러한 요구를 한다고 해도 받아들일 생각이었다.

오크들끼리 대살육을 벌이게 만드는 것만큼은 거부하고 싶었지만 각오를 아예 하지 않은 바는 아니었다.

얼마 전, 젝스가 해적에게 끔찍한 일을 당한 모습을 직접 본 이후 셀레스티아의 마음속에는 '이해할 수 없는 영역'이 세상에 존재한다는 사실이 분명하게 자리 잡았다.

그것은 '외교의 최종 목적은 평화지만, 거기에는 사악할 만큼의 이기심과 물리력이 필요하다.'라는 헤이파의 가르침과 맞물려서 셀레스티아의 가치관을 약간 공격적으로 변화시켰다.

잭스의 경험, 그리고 셀레스티아가 받은 충격은 그만큼 대단한 것이었다.

셀레스티아가 고민하는 와중에도 데스디아의 말은 계속됐다.

"치프, 그렇게 일방적으로 유리한 상황을 만들어놓고 오크 왕의 목을 따는 작전 따윈 누구나 생각할 수 있다고! 우리가 생각해낸 것을 라이트스톤이 모를 것 같나? 의식의 간섭에 대한 대책을 이미 세워놨을 게 분명해!"

데스디아의 목소리가 점점 올라가자 결국 헤이파가 손등으로 테이블을 톡톡 두드렸다.

"진정하렴."

"…예, 어머님."

데스디아가 숨을 쭉 내쉬며 자리에 앉았다.

헤이파와 데스디아, 탈리케이아의 표정과 분위기를 살피던 포프는 살며시 일어나서는 회의실의 환풍기를 켰다.

환풍기 소리가 들리자마자 알타이르 여성 셋이 동시에 시거를 꺼내어 입에 물었다.

치프는 지친 표정으로 테이블 밑에서 재떨이를 꺼내 그녀들 앞에 놓아주었다.

있는 듯 없는 듯 회의실 구석에 서 있던 루할트와 파울라도 기분을 전환할 겸 필터담배를 물었다. 알케온은 그들과 거리를 두는 것으로 담배에 대한 자신의 의사를 분명히 했다.

치프 역시 오래간만에 피워볼까 하다가 잭스가 자신을 뚫어지게 쳐다보고 있는 관계로 생각을 거뒀다.

필터담배의 불꽃이 전부 꺼진 뒤, 헤이파가 물을 한 모금 마시고 치프에게 말했다.

"자네가 성급해 보인다는 첫째의 의견에는 나도 동의한다네. 앗세룬이 제공한 정보부터 검증을 해보는 것이 옳지 않나?"

"검증은 이미 완료했지요."

치프는 옷깃을 젖혀서 자신의 목에 걸린 통신기와 귓속에 넣은 헤드셋을 모두에게 보여줬다.

"요르엘과 오라클에게 오크 행성에 대한 좌표와 사진 자료에 대한 검증을 부탁했죠. 해당 자료는 회사에 계시는 '그분'에게도 전달됐어요."

치프가 말한 그분은 아르마게일이었다. 그의 이름을 너무 대놓고 사용하면 곤란할 것 같기에 서로가 미리 약속을 한 사항이었다.

"결과는?"

"좌표 자체는 정확하다고 하네요. 단지 양쪽 행성의 게이트가 맞춰져 있는지에 대해서는 직접적인 검증이 필요하다고 하는군요."

"흠……."

헤이파는 손에 든 시거의 불씨를 재떨이에 잘 눌러 꺼뜨렸다.

"그럼 자네가 짠 계획이란 정확히 무엇인가?"

"짰었던… 이라고 하는 게 확실하겠네요."

치프는 방금 전까지 잡아놨던 계획을 이미 날려 버린 상태라는 사실을 분명히 했다.

"뎃디의 말대로 셸리의 의식 간섭 능력을 이용해서 녀석들이 갖고 있는 알타이르 행성에 대한 좌표를 위조하려고 했죠."

"위조?"

"예, 놈들을 알타이르 행성 대신 다른 행성으로 보내 버리려고요."

오크들을 다른 행성으로 보낸다는 말에 헤이파의 표정이 미묘해졌다.

"난 자네가 틀림없이 오크 왕을 암살하고 인증 사진을 찍을 줄 알았는데?"

"그 이후의 일이 문제죠. 왕을 잃은 오크들이 복수에 미쳐서 빅시티에 쳐들어갈지, 아니면 왕위를 차지하기 위해 내전을 벌일지 모르잖아요?"

"다른 행성으로 보내 버리는 방법 역시 놈들을 자극시키기에 충분할 것 같은데?"

"놈들의 함선 숫자를 줄여 버리는 것만으로도 충분하다고 생각해요. 브리치에서 놈들의 함선이 쏟아지는 것보다는 낫잖아요?"

"흠… 첫째의 말대로 좌표 위조나 변경에 대한 것은 라이트스톤이 미리 손을 써놓지 않았을까?"

"라이트스톤이 그 정도로 확실한 서비스를 제공할 인간 같지는 않거든. 그것도 오크들에게 말이죠."

"……"

"그래도 모르니 직접 가서 확인을 해보는 게 낫겠죠. 뭐, 이젠 옛날 얘기지만요."

치프의 대답을 듣고 생각해 본 헤이파는 옆에 앉아 있는 데스디아를 돌아봤다.

"말도 안 되는 계획 같진 않구나."

"셸리를 그곳에 데려가는 것은 절대 반대입니다."

데스디아가 단호하게 말했다.

"어머님께서도 아시지 않습니까? 오크들은 납치한 여자들의 존엄성을 그 자리에서 짓밟습니다! 수도라는 곳에서는 더욱 끔찍한 일들이 벌어지고 있겠지요! 셸리의 마음이, 그리고 다른 이의 삶을 읽어 들이는 그 능력이 그 지옥을 버티지 못할 겁니다!"

"흠……."

"지도자는 바다처럼 깊은 경험과 하늘처럼 넓은 아량, 땅처럼 단단한 인내를 갖춰야 한다고 하지요. 하지만 일부러 과도한 고통의 도가니 속에 데려갈 필요는 없다고 봅니다."

"…알타이르의 워치프답지 않은 말을 하는구나."

헤이파가 데스디아에게 던진 말은 차디찼다.

회의실이 술렁거렸다. 헤이파의 말을 이해한 자와 이해하지 못한 자들의 표정이 완전히 달랐다.

이윽고 데스디아가 대답했다.

"그렇습니다. 고향이 어떻게 될지 모르는 상황에서 셸리의 입장을 고려하는 것은 대단한 사치겠지요. 힘들겠지만 부탁한다면서 희생을 강요하는 것이 우리 고향을 위한 길일 겁니다. 셸리는 분명 친구를 위한 일이라며 우리를 도와주겠지요. 아직 배신당한 적이 없는 아이니까요."

잠깐 말을 멈춘 데스디아의 얼굴에 서글픔 섞인 자조가 떠올랐다.

"자존심이 상하는군요. 이건 너무 뻔뻔하지 않습니까?"

"그렇지."

헤이파는 상쾌하게 인정했다.

그녀는 팔짱을 낀 뒤 치프를 돌아봤다.

"우리 아이가 아직 어리군."

"저는 노코멘트요."

치프가 엷게 웃었다.

셀레스티아에 대한 염려로 크게 상심한 데스디아는 눈을 감은 채 가만히 있었다.

"아무튼 오크 쪽은 저 혼자 어떻게든 해볼게요."

"자네 혼자서?"

"완전히 혼자는 아니겠지만… 잘될 거예요. 전문가에게 맡겨주세요."

회의실의 모든 이들은 치프 혼자서 뭘 어찌하겠다는 것인지 감이 잡히지 않아 술렁거리기만 했다. 데스디아는 아예 눈도 뜨지 않았다.

하지만 셀레스티아는 뭔가를 느낀 듯 염려하는 눈빛으로 치프를 지켜봤다.

*   *   *

저녁 무렵.

알래스카와 함께 회사로 돌아온 해적선은 수리를 위해서 위스콘신 곁으로 올라갔다.

수리의 마무리에 예상되는 시간은 이틀이었다.

각자의 짐과 함께 지상에 남겨진 헌터들은 식당에서 차례대로 식사를 했다.

목욕을 하고 싶은 사람들은 기숙사의 대형 공용 욕실을 썼고 수면은 훈련장에 미리 펼쳐진 군용 텐트에서 해결하는 것으로 결정되었다.

헌터들 가운데에서 표정이 좋은 자는 거의 없었다.

편법으로 끼어든 극소수를 제외하면 나름대로 명성이 있는 베테랑들이었는데, 불과 이틀 만에 오크들 앞에서 아무것도 못하는 겁쟁이로 전락해 버린 것 같은 느낌을 받았기 때문이다.

회사에서 듬뿍 쥐어준 선금도 그들에게 부담을 주었다.

회사와 헌터들 사이의 계약 조건은 간단했다.

고용 비용 및 식비, 치료비 등은 회사에서 완전히 처리해 주고, 오크들을 비롯한 환상종들을 처리할 때마다 헌터 조합에서 자동으로 입금해 주는 현상금은 회사에서 가져가는 것 없이 100% 헌터의 몫이었다.

대규모 사냥을 할 때는 고용주가 수수료를 떼는 것이 기본이며 업계의 불문율이라는 것을 생각했을 때 정말 파격적인 대우였다.

그러나 이틀 동안 랭킹에 걸맞게 현상금을 획득한 사람은 카발리오 베리몬뿐이었다. 게다가 그 카발리오마저도 포프가 거둔 성적에 비해서는 형편없었다.

결국 헌터들은 그룹 단위로 뭉쳐서 어제와 오늘 있었던 일에 대한 공부에 나섰다.

고민을 하는 그들과 별개로, 경장갑 전투복과 각종 무기, 그리고 아르마게일에게 받은 게이트 조사용 장비를 챙긴 치프는 혼자서 차를 몰고 회사를 떠났다.

그는 자신이 어디로 가는지, 또 무엇을 어떻게 할 생각인지 누구에게도 밝히지 않았다. 아르마게일 역시 치프가 원하는 장비를 맞춰주기만 했을 뿐, 일말의 힌트조차 얻지 못했다.

사장실에서 치프의 자동차가 떠나는 모습을 지켜본 셀레스티아는 소파에 앉아 있는 데스디아의 곁으로 갔다.

"괜찮아, 뎃디?"

"음……."

단말기 속에 담긴 사진들을 넘겨보던 데스디아는 화면을 끈 뒤 자신의 옆자리를 토닥였다. 셀레스티아는 그 자리에 앉아 데스디아의 어깨에 머리를 기댔다.

"괜찮냐고 물었지? 아, 솔직히 기분이 좋지는 않아."

"……."

"생각해 보니까 나는 너를 위해서 목숨을 걸어본 적이 없는 것 같아. 치프는 모든 걸 걸고 싸워줬는데 말이지."

그녀가 다시 자조하며 말하자 셀레스티아는 머리를 살짝 흔들었다.

"그렇지도 않아, 뎃디."

"응?"

"치프는 나를 위해서 목숨을 건 적이 없어."

셀레스티아가 빙긋 웃었다.

"예전에 읽었던 치프의 기억이 아직도 내 머릿속에 남아 있어. 어떤 일을 겪을 때마다 치프의 기억이 새롭게 되살아나곤 해."

"……."

"치프의 전우들은 치프에게 모두의 안부를 부탁하며 대신 죽었어. 그 모두의 범위 안에… 우리까지 포함된 거야."

"그건 식민지 청소 시절의 일이잖아?"

"치프가 겪은 죽음은 그것만이 아니야. 뎃디의 군단과 함께 치프의 동료들도 죽어갔잖아? 이 행성의 바깥에서 말이야. 그에 이어서 조셉과 딕슨도 죽어갔어. 쓸쓸하게. 하지만 그 모든 죽음이 '전사'라는 단어 하나로 끝나 버렸지."

"음……."

"치프는 그들이 다하지 못한 일들을 이어나가고 있는 거야. 그들의 삶에 의미를 부여해 주기 위해서 말이야."

셀레스티아는 데스디아의 허벅지를 베고 누운 뒤 친구의 얼굴을 다정한 눈빛으로 바라봤다.

"죽은 자들에게 의미가 부여될 때 치프의 싸움도 끝날 거야."

그녀는 손을 뻗어 데스디아의 볼을 만져주었다.

"치프도 그때쯤이면 짐을 덜고 우리를 봐주지 않을까?"

"…그렇겠지."

사장실 위로 웅장한 소리가 들려왔다.

헤이파와 탈리케이아를 태운 또 다른 순양함, '하와이'가 위스콘신에서 분리하여 대기권 밖을 향해 올라가고 있었다.

"치프는 대체 누구와 함께 가려는 걸까?"

데스디아가 물었다.

답을 알고 있는 셀레스티아는 그냥 웃기만 했다.

*   *   *

야밤의 들판을 달리고 달린 치프는 약속 장소에 차를 숨긴 뒤 몸을 이리저리 움직이며 긴장감을 달랬다.

이윽고 그의 앞에 나타난 것은 달빛도 없는 어둠까지 제압할 만큼 거대한 보라색의 드래곤이었다.

"네가 나에게 도움을 청할 줄은 생각도 못했다. 운캄타르의 도구여."

엠페라투스의 두 눈이 어둠 속에서 밝게 빛났다.

"그런 것치고는 즐거워 보이는데?"

헬멧을 쓴 치프가 웃음소리를 섞어 말했다.

"네놈을 상대하면 지루함에서 벗어날 수 있거든. 죽음에 가까운 지루함에서 말이지."

엠페라투스도 웃음소리를 냈다.

"아예 시를 읊으시는군. 함께 갈 곳이 있으니 나를 좀 태워줘."

치프의 부탁을 들은 엠페라투스는 눈을 두어 차례 깜박거렸다.

"함께 갈 곳이란?"

"오크들의 고향이야. 그 녀석들이 무슨 대가를 받고 라이트스톤과 실버로드를 돕는지 몰랐는데, 오크들의 왕이란 놈이 알타이르 행성을 노리더라고."

"흠… 네놈은 운이 좋군."

몸을 숙인 엠페라투스가 치프 쪽으로 머리를 들이밀었다.

치프는 자신에게 갑자기 몰아닥치는 엠페라투스의 체온과 그의 큰 몸집이 밀어낸 공기, 그리고 그가 뿌리는 위압감에 맞서야만 했다.

경장갑 전투복을 입지 않았으면 옷이 터지고 살점이 떨어져 나갔을지도 모른다. 치프가 느낀 엠페라투스의 압력은 그런 것이었다.

'정말 셸리가 이 정도의 힘을 발휘할 수 있을까?'

치프는 살짝 자신감을 잃었다.

"운이 좋다니?"

그가 정신을 다잡으며 물었다.

"몇 시간 내로 알게 될 거다. 이제부터는 너를 그냥 치프라고 부르마."

"예전에도 가끔씩 그렇게 불렀던 것 같은데?"

"그런가? 어쨌든… 그 미생물들의 고향이란 곳으로 가는 도중에 네놈과 나누고 싶은 이야기가 아주 많다. 운캄타르의 어쩌고 하면서 시간을 소모하고 싶진 않아."

엠페라투스가 몸을 일으키면서 치프에게 왼손을 내밀었다.

"올라타라."

"협상 완료라고 생각하면 되겠지?"

"후후."

치프는 전투복의 추진기를 이용해 몸을 띄워 엠페라투스의 손에 올랐다.

치프를 태운 엠페라투스의 손바닥에 푸른색의 기운이 맺혔다. 치프가 그 농도 짙은 안개를 살피려는 찰나, 그와 엠페라투스의 거체가 대기권을 가뿐히 벗어났다.

대기권 돌파의 충격은커녕 자신이 떠오른다는 느낌마저 받지 못했던 치프는 상당히 당황했다.

"역시 아저씨는 대단하군."

"신성함을 가진 자와 갖지 못한 자의 차이지. 네가 빅시티에서 해치웠던 신도 이 정도는 할 수 있었다."

"그런 유능한 녀석이 그땐 왜 그렇게 바보처럼 당한 거야?"

"자신의 몸에 쌓은 입자를 응용할 줄 몰라서 그런 것이다. 하이시리스만큼 강력한 존재, 즉 아인소프오르 등급의 신이 아니면 그냥 돼지 저금통에 불과하지."

"투자할 줄 모른다는 말이군."

"그런 것이지."

엠페라투스가 게이트를 향해 접근하자 치프가 팔뚝 보호대 안의 단말기에 손을 댔다.

"알타이르 행성으로 가는 좌표는 알고 있어?"

"알타이르 공항 면세점에 들를 일이 있다면 일을 마치고 들러라."

"…아니, 오크 행성의 게이트와 알타이르의 게이트가 연결됐는지 확인하고 싶어서 그런 거야."

"일을 편하게 처리하고 싶어서 나를 부른 게 아닌가?"

"그런데?"

"흠… 역시 네놈에겐 가르침이 필요하군."

엠페라투스는 게이트 안으로 들어가지 않고 게이트의 테두리에 자리를 잡았다.

"게이트와 브리치들의 통칭이 탈란바토르라는 것은 알고 있겠지?"

"물론이지."

"저 행성에서 처음으로 네놈과 다툰 뒤의 일이었지. 불쾌감을 느끼고 우주로 올라가니 헬터스크가 지휘하는 우주연합의 함대가 있더군. 이 탈란바토르가 보이는 곳에 말이야."

엠페라투스는 당시 자신이 기억해 놨던 별의 위치를 기초로 하여 그 장소를 찾아내고 지켜봤다.

"그때의 레이더 기록은 봤어. 아저씨 말대로 놈들의 함대가 진을 치고 있었다고."

"네놈이 감지할 수 있는 위험은 딱 그 정도였겠지."

"……."

치프가 헬멧 속에서 투덜거리는 한편, 엠페라투스는 자신이 밟고 있는 게이트를 내려다봤다.

"옛 고향의 2세대들에 대해 얘기해 주지. 그들이 나와 운캄타르의 추종자들로 분열되기 전에 어떻게 지냈는지 들어본 적이 있나?"

"침공해 오는 신을 잡고, 환상종들과 영역 다툼을 벌이고… 그 정도?"

"그렇지. 초기의 2세대들은 말 그대로 전쟁에 던져지고 소비되면서 세상을 알아갔다. 우리가 하이시리스를 협박하여 얻어낸 병사들 치고는 잘 싸워줬지."

그의 말에 치프가 움찔했다.

"협박?"

"신들은 꽤 끈질겨서, 나와 운캄타르가 사력을 다해 토벌했음
에도 불구하고 어찌어찌 살아남아 세력을 꾸렸지. 그리고 나와
운캄타르가 확보한 터전을 끊임없이 침공했다. 탈란바토르를
통해서 말이야."

"······."

"신들은 나와 운캄타르, 하이시리스를 죽이기 위해 환상종들
을 쓰레기처럼 쏟아냈지. 우리는 지쳤고, 지친 우리들에게 하이
시리스가 속삭였다. 진정한 왕에겐 백성과 군대가 필요한 법이
라고 말이야."

"어······?"

치프는 자신이 여태껏 들었던 것과는 다른 이야기가 들려오
자 적잖이 놀랐다.

"난 거절했는데 운캄타르가 받아들여 버렸지. 운캄타르의 입
장에선 그럴 수밖에 없었을 거야. 신들의 투기장에서 죽어가던
하이시리스의 창조물들, 즉 우리들의 진정한 형제들을 항상 그
리워했거든."

"그래서 만들어진 게 2세대라고?"

"우리를 기반으로 하여 저렴하게 만들어진 존재들이기에 전
투 능력은 탁월했지. 지나치게 영리했고 말이야. 그들은 무리를
지어 사냥하는 법을 스스로 깨우쳤고, 어떻게 해야 보금자리를
구축하고 수비할 수 있는지를 알아냈으며, 급기야는 번식능력마

저도 습득해 버렸지."

엠페라투스는 그라니트 행성을 바라보며 머리를 천천히 흔들었다.

"난 그런 괴물들에게 도무지 정을 붙일 수가 없었어. 반면 운캄타르는 정말 왕이라도 된 것처럼 그들을 아끼고 가르침을 주었지. 난 운캄타르 하나로도 충분했는데 말이야."

"……."

"신들의 잔당이 적당히 토벌된 뒤에도 전쟁은 계속됐지. 환상종들까지 번식을 해버리는 바람에 행성 전체가 난장판이 됐거든. 그 와중에 나와 운캄타르, 그리고 하이시리스 사이에 다툼이 일어났지."

"다툼이라면?"

"하이시리스는 나와 운캄타르에 대한 두려움을 드러냈어. 그리고 탈란바토르의 사용을 허가해 달라고 우겼지. 우리는 만약에 대비해서 탈란바토르를 하나만 남겨놨거든. 언제든 신들의 영역으로 다시 돌아가 그들의 옥좌를 부숴 버리기 위해서 말이야."

"완전히 부수고 지구에 정착한 게 아니었나?"

"물론 부쉈지. 하지만 옥좌는 그렇게 단순한 물건이 아니야. 옥좌를 아주 커다란 의자 따위로 생각하는 건 아니겠지?"

엠페라투스의 질문에 치프는 어깨를 으쓱했다.

"난 지금에 와서야 제대로 된 이야기를 듣는 중인데?"

"운캄타르가 네놈에게도 입을 열지 않았나보군. 그래, 옥좌에 대해서는 나중에 얘기해 주지. 그에 대한 이야기도 만만치 않게 길거든."

엠페라투스는 여태껏 다물고 있던 입술을 살짝 움직였다. 목소리는 머리에 달린 발성기관을 통해 나오는 터라 입을 다물고 있어도 말하는 것에는 문제가 없었다.

"우리가 탈란바토르의 사용을 거절하자 하이시리스는 본색을 드러냈지. 그 남은 하나의 탈란바토르를 우리의 머리 위로 끌어오더니 처음 보는 환상종을 뿌려댄 거야."

"신수 말인가?"

"그렇지. 신수들과 사투를 벌이던 우리들은 그들의 엄청난 생명력에 두려움을 느꼈어. 결국 최후의 탈란바토르를 이용해 하이시리스와 신수들을 제압하고 봉인해 버렸지. 탈란바토르의 수축현상에 의해 작은 상자 모양으로 찌그러지는 하이시리스에게서 어떤 신기한 물건이 튀어나온 건 그때였어."

"신기한 물건이라면?"

"신들의 옥좌에서 떨어져 나온 파편⋯ 바로 창세의 보석이지. 하이시리스는 우리가 옥좌를 부수고 돌아다닐 때 그 파편을 몰래 챙겨놓고 있었던 거야."

치프는 그 옥좌는 물론 창세의 보석이라는 물건이 어떤 것인지 정확히 모르기에 입도 뻥긋하지 못했다.

"창세의 보석을 얻은 운캄타르는 그때부터 감정을 숨기고 2세대 날개 달린 자들의 삶을 지켜봤지. 결과가 어땠을 것 같나?"

"설마 2세대끼리의 다툼은 아니겠지?"

"맞았어."

엠페라투스가 머리를 끄덕였다.

"이후 오랫동안, 잔챙이에 가까운 환상종들과의 싸움을 제외하고는 2세대들의 삶을 방해할 자는 없었어. 그 긴 평화 덕분에 2세대들 사이에서는 갈등이 발생했지. 운캄타르를 추종하는 자들, 나를 추종하는 자들, 그리고 가족만 생각하는 자들. 인간에 비해서는 덜 급진적이긴 하지만 비슷하지?"

"……."

"2세대는 그렇게 나뉘고 다툼을 벌였지. 처음에는 어린놈들의 패싸움에 불과했는데, 그 수준이 점점 전쟁에 가까워졌어. 그런데도 불구하고 왕이라 칭해지던 운캄타르는 다툼을 멈추라고만 말할 뿐, 물리적인 제제를 하지 않았지."

"생각 없이 방관한 건 아닌 것 같은데?"

"나도 녀석의 속을 알 수 없어서 그냥 지켜보기만 했지. 그러나 어느 날 어떤 정신 나간 2세대가 사고를 치면서 운캄타르의 진심을 살짝 엿볼 수 있었어."

"…그거 혹시 실버로드 아냐?"

"그렇지. 우리를 동족이 아니라 하등동물로 보고 있는 게 아니냐… 이렇게 말했을 거야. 녀석은 정말 말을 던진 것뿐인데 그게 운캄타르의 마음에 정확히 꽂힌 거지."

엠페라투스는 날개로 자신의 몸을 감싼 뒤 몸을 투명하게 만들었다.

멀리서 여객선 한 대가 게이트를 향해 다가오고 있었다. 치프도 능동 위장을 이용해 몸을 감출까 했지만 엠페라투스의 위장능력이 훨씬 더 강력했기에 그만두었다.

여객선이 게이트 안으로 사라진 뒤, 엠페라투스의 이야기가 계속됐다.

"실제로 운캄타르는 2세대에 대한 미련을 거두고 있었어. 창세의 보석을 이용해서 환상종이 없는 새로운 세계를 만들고, 행여 되돌아올지 모를 신들로부터 새로 태어날 3세대들을 감추려 했지."

"자멸을 방관하는 것처럼 보였다는 소리로 들리는데?"

"실제로 자멸 중이었거든. 2세대의 지나친 번성으로 인해서 고향의 식량이 부족해지고 있었어. 그런데 2세대들은 불노야. 하이시리스에 의해 창조된 생물들의 특성에 따라 늙어서 죽을 일이 없었지. 포식자도 없는 상황이니 무슨 일이 벌어지겠나?"

"개체수의 조절이 불가능하겠지."

"맞아. 그 문제점을 일찌감치 깨달은 아르마게일은 낙농업 비슷한 것을 생각하며 나에게 생명 창조에 대한 기술을 배우려 했어."

"그럼 아저씨가 일으킨 대살육은 뭐지?"

"계기가 있었어. 하이시리스가 돌아온 거야."

엠페라투스의 모습이 우주 속에서 다시 뚜렷해졌다.

"신들에 대한 토벌이 마무리되었다고 판단할 무렵, 추방되었던 하이시리스가 우리의 옛 고향에 돌아왔다네. 나와 운캄타르는 2세대들 몰래 하이시리스와 접촉했지. 하이시리스는 창세와 관련된 이야기들을 했어. 너희들이 광신도라고 부르는 족속들처럼 말이야. 난 얌전히 이곳을 떠나라고 경고했지만 운캄타르는 하이시리스에게 어떤 이야기를 들은 것 같더군."

"그리고?"

"이후 운캄타르는 창세의 보석을 사용하여 자신이 그리던 세상을 창조하기 위한 연습을 했지. 난 그 능력이 완성될 무렵에 운캄타르를 만나서 물었어. 2세대는 어찌할 거냐고 말이야. 운캄타르의 대답은 매우 이상적이었지. 2세대의 미래는 2세대 스스로 결정해야 한다고 했을 걸?"

"딱히 틀린 말은 아닌 것 같은데?"

"…포기하고 떠나겠다는 말을 차마 못하는 것 같아서 조금 도와주기로 했지."

"그 도움이 대살육과 내전인가?"

"그렇지. 대살육, 그리고 내 추종자들의 공격에 의해서 수많은 2세대들이 죽었어. 그 결과 운캄타르의 짐이 가벼워졌지."

"개소리를 자랑스럽게 지껄이는군."

"후후. 개소리만 지껄이는 존재로 남을 생각은 없었는데? 난 좀 더 근본적인 공포로서 2세대와 3세대들 사이에 남았어야 했어. 그런데 다시 눈을 뜨고 보니 생각보다 그 공포의 수준이 떨어져서 실망이었지."

"……."

"나와 운캄타르는 전력을 다해서 싸웠어. 운캄타르는 나를 완전히 쓰러뜨리기 위해 2세대들로부터 불노 능력의 근본을 빼앗았지."

"불노 능력의 근본이란?"

"아까 하이시리스에 의해 창조된 생물들의 특성을 말했을 텐데? 그들의 몸에 이어지고 있던 신성함이 그 불노 능력… '영원성'의 근본이지. 운캄타르는 자신의 것만이 아니라 2세대들의 신성함까지 강제로 뽑아서 모은 끝에 날 이길 수 있었어. 그런데 운캄타르가 이상한 소리를 하더군."

"뭐라고 했는데?"

"내 시신을 자신들의 새로운 보금자리에 묻어주겠다는 거야. 그때 느꼈지. 이 친구는 내가 없으면 아무것도 못 하는구나… 라고 말이야. 그리고 난 운캄타르의 의도대로 이 땅에 부활했어."

"……."

치프는 그것이 엠페라투스의 정신 나간 해석인지, 아니면 진실인지 분간하기 힘들었다.

"명심해라, 치프. 넌 나와 운캄타르의 미친 연극을 끝내야만 해."

엠페라투스의 힘이 게이트에 퍼졌다. 그가 밟고 있던 게이트의 이곳저곳이 전개되면서 황금색의 내부 골격이 드러났다.

게이트의 골격에서 터지는 방대한 에너지가 주변의 공간을 둥글게 왜곡시켰다.

"문지기, 아르마다는 나에게서 탈란바토르의 제어권을 빼앗았다고 생각하겠지. 그건 단지 열쇠에 불과해. 열쇠는 얼마든지 복제할 수 있어."

엠페라투스는 다시 날개를 펴고 게이트 앞으로 내려왔다.

"가보자, 치프. 네가 오크들의 고향이라고 부르는 곳으로 말이야. 뭐가 있을지는 뻔하지만."

웃음소리를 낸 엠페라투스가 게이트 안으로 들어갔다.

그들이 사라진 뒤, 화려하게 전개됐던 게이트가 본모습으로 돌아갔다.

엠페라투스는 게이트와 게이트 사이를 연결해 주는 '통로'의 한가운데에 멈췄다.

"재밌는 것을 보여주마. 치프."

엠페라투스는 활짝 폈던 날개를 접었다. 치프는 유리벽으로 된 터널과 같은 이 광경을 전투복과 단말기의 카메라에 각각 담으려 했으나 제대로 기록을 할 수가 없었다.

"이건 또 왜 이래?"

"인간이 만든 물건이 인식하고 감당할 수 있는 공간이 아니거든. 저 너머를 봐라, 치프."

치프는 엠페라투스가 턱 끝으로 지적한 장소를 봤다.

그곳, 통로의 경계면 너머 아주 먼 장소에서 뭔가가 반짝거렸다.

그것은 도시였다. 모든 건물이 금색으로 반짝였고 그중에서도 가장 크고 반짝이는 건물은 마치 큼지막한 의자처럼 보였다.

그 황금색 도시의 모든 것은 폭격이라도 맞은 것처럼 처참한 몰골이었으나 치프는 그 폐허를 보자마자 이상한 압박감을 받았다.

근사한 불쾌감. 치프는 배 속에 든 모든 것들이 목구멍으로 밀려 올라오는 것을 간신히 참아냈다.

"멋진데 구역질이 나는군."

"그럴 거다. 건물의 형태, 배치의 규칙, 그리고 건물에 사용된 재질 등이 신들의 취향에 맞춰서 만들어졌기 때문이지. 하지만 아무리 불쾌해도 헬멧을 벗진 마라. 저 모든 광경을 직접 접하게 된다면 정신이 붕괴될 거야."

"저긴 지옥인가?"

치프는 자신의 기분을 솔직히 표현했다.

"바로 옥좌다. 탈란바토르와 연결된 모든 길은 옥좌와 연결되고 그 주변을 지나게 되지."

"……"

엠페라투스는 중력이 없는 통로를 치프와 함께 부유하며 즐겁게 웃었다.

"난 여객선이나 군함 등을 타고 게이트를 통한 여행을 몇 번이나 했어. 그런데 왜 저곳을 본 적이 없지?"

"일반적인 물건이나 생물들은 탈란바토르에 진입할 때 완전히 분해되고 빠져나올 때 재구축되거든. 보고 어쩌고 할 수 있는 기회조차 잡지 못하지."

"지금은?"

"분해 과정을 거치지 않고 진입한 덕이다. 옥좌는… 네가 알아듣기 쉽게 설명하자면 '서버 클라이언트' 방식의 통신망 제어 구조라고 보면 돼. 아무리 덩치가 큰 물건이나 고용량의 데이터조차도 빠르게 전송시킬 수 있지."

엠페라투스는 치프를 자신의 어깨에 올린 뒤 팔짱을 꼈다.

"사람들이 행성 사이의 이동을 간단히 할 수 있는 것도, 네놈이 지구로부터 수만 광년 이상 떨어진 장소에서 야구 중계방송을 시간 차 없이 즐길 수 것도 바로 옥좌 덕분이다."

"…설마 전송에 따르는 시간 차를 없애기 위해서 데이터 그 자체를 미래로 보낸다는 뜻은 아니겠지?"

"네 질문이 곧 인간의 한계인 것이다. 여기는 그렇게 단순히 해석할 수 있는 장소가 아니야. 원래는 우주 밖에서 들어오는 힘을 모으기 위해서 만들어진 곳이거든."

"신들이 좋아하는 입자 말이지?"

"그렇지. 신들은 옥좌를 통해 얻은 입자들을 물 쓰듯 소비하여 온갖 장난을 쳤어. 스스로의 몸을 개조하는 것은 물론 새로운 생명을 탄생시키는 것도, 행성만이 아니라 항성을 창조하는 것도 가능했지. 이 옥좌를 사용할 수 있어야만 비로소 신이 되는 거야."

"그거 정말 무서운 이야기로군."

"흠. 다행이도 이 옥좌는 누군가가 장악을 할 순 있어도 전성기처럼 사용할 수는 없어. 단말 장치, 즉 탈란바토르를 제작할 수 있는 자가 이젠 없거든."

"그래?"

"내가 먹어서 해치워 버렸으니까."

"……."

치프는 어이가 없었고 엠페라투스는 즐겁게 웃었다.

"진짜 탈란바토르는 아주 다양한 기능을 갖고 있지. 행성 및 행성의 창조, 생명의 탄생과 진화, 그리고 멸망에도 개입할 수 있는 물건이었거든. 하지만 문지기 아르마다만이 살아남으면서 이제는 '문'으로서의 역할밖엔 못해. 너희들이 여행과 통신에 사용하는 거대 게이트, 즉 복제판 탈란바토르는 문으로서의 역할만 할 수 있도록 만들어졌기에 그렇게 두려워할 필요는 없어. 하지만 그라니트 행성의 대기권을 떠돌고 있는 오리지널 탈란바토르들은 달라."

"어떻게 다르지?"

치프가 묻자 엠페라투스는 그를 딱하다는 눈빛으로 바라봤다.

"굉장히 다르지. 생명의 탄생, 그리고 진화가 가능해. 하이시리스가 그 기능을 제어할 수 있거든. 그리고 너희들은 이미 그 과정과 한 번 마주했다."

"신수와 진 플레커 말인가?"

"신수는 탈란바토르의 힘을 받아 탄생했고 진 플레커는 죽음을 이겨내며 진화했지. 그것이 하이시리스의 힘이다. 문지기 따위가 흉내 낼 수 없는, 하이시리스만의 고유 권한이야."

"……."

치프는 엠페라투스의 어깨에 거의 눕다시피 하면서 고민을 해봤다.

"고유 권한이라……. 아, 하이시리스의 얘기가 나와서 그런데 말이야, 그 신이 타고 다니는 우주선이 뭔지 혹시 알고 있어? '함플테리아'라는 이름인데… 뭐, 이름은 상관없겠지."

"함플테리아… 함플테리아라… 후후."

치프의 말을 되뇐 엠페라투스는 이윽고 웃었다.

"함플테리아는 신들의 언어로 '꽃망울'을 뜻하지."

"이 웃기는 공간에 꽃이 핀 적이 있나?"

"있긴 있었지. 나와 운캄타르가 전부 불태워 버렸지만 말이야."

엠페라투스의 표정에서 웃음기가 사라졌다.

"네가 말한 함플테리아의 모습 말인데, 혹시 구체의 모습을 하고 있었나?"

"하이시리스가 그라니트 행성에 왔던 걸 몰라서 묻는 거야?"

"몰랐지. 내가 너희들 곁에 밀정을 심어둔 것도 아니고, 빅시티에 매일 오는 것도 아니고."

"음……."

치프는 엠페라투스의 대답이 미심쩍었지만 솔직히 대답해 주기로 했다.

"우주선의 형태는 분명 구체였어. 은색이었고."

"그렇군. 너희들의 눈에는 그 구체가 우주선 같은 것으로 보였겠지."

"뭐?"

"하이시리스의 본체가 그것이다."

치프는 엠페라투스의 말을 듣고 침묵만 했을 뿐, 그 이상의 부정적인 행동은 하지 않았다.

치프 자신 역시 함플테리아로부터 시선을 느낀 적이 있어서였다.

"생긴 것은 이랬겠지."

엠페라투스의 눈에서 쏟아진 빛이 가슴팍 앞에 머물더니 함플테리아의 입체 영상으로 변했다.

"아, 맞아. 저거야."

치프의 확인을 받은 엠페라투스는 쓴웃음을 지었다.

"나와 운캄타르가 마지막에 목격한 하이시리스의 형태가 그것이었지. 인간형으로서 자신을 하이시리스라 칭하는 존재는 하이시리스가 사람들 속에 녹아들어 가기 위해 만들어낸 단말일 것이다. 저렇게 거대한 구체 형태의 생명체가 우주연합 행정부의 수장이라면 다들 놀라서 기절하겠지."

엠페라투스의 말에 치프가 벌떡 일어났다.

"저렇게 거대한 물체? 그거 참 마음에 드는 말이로군. 저런 게 그라니트 행성에 나타났는데 아저씨가 저걸 몰랐다는 게 말이 돼?"

"너마저도 내가 없으면 일을 못하는 존재인가? 내가 그 행성의 감시자 자리에 앉은 기억은 없는데?"

"얼마 전까지만 해도 우리 일에 시시콜콜 간섭했잖아? 지금도 그러는 것 같고! 그 정성으로 빅시티 공항을 한번 훑기만 했으면 하이시리스가 나타났다는 걸 단숨에 알았을 텐데? 혹시 알면서도 모르는 척하는 거 아냐?"

"답답하군. 그런 식이면 아르마게일의 행성 냉각 장치는 왜 내버려 두고 있냐고 따지는 게 먼저 아닌가? 아예 회사에 출근해서 밥을 지어달라고 하지 그러나?"

엠페라투스가 따졌지만 치프는 의혹의 눈빛을 거두지 않았다. 비록 헬멧으로 얼굴을 가리고 있긴 하지만 엠페라투스는 초감각을 통해 그의 표정을 뚜렷이 읽고 있었다.

"그런데 행성 냉각 장치는 어디 있지?"

"……."

엠페라투스는 참으로 뻔뻔한 놈이라 생각하며 머리를 흔들었다.

"행성 냉각 장치의 위치가 궁금하다면 다시 그라니트 행성으로 돌아가는 게 나을 거다."

"왜?"

"느낌상 그렇거든. 네놈은 알타이르 행성을 구하기 위해 오크
들의 행성으로 갈 생각인 것 같은데… 네가 그러한 결심을 하
게 만든 것이 누구인가?"

"오크 족장이 오크 왕의 취향을 얘기해 줬거든. 라이트스톤
이 오크들에게 알타이르 행성으로 가는 좌표를 알려줬다는 말
도 했다고."

"겨우 그것만 믿고 나에게까지 연락을 했단 말이로군."

"오크들의 행동을 예측할 수가 없잖아? 놈들의 행성에 무인
정찰기 내지는 위성이라도 띄워서 확인하고 싶은데 그럴 수도
없고."

"후후, 네놈이 데스디아 브라토레를 그렇게까지 좋아할 줄은
몰랐군."

엠페라투스가 웃음소리를 냈다.

"뎃디가 여기서 왜 나와?"

치프가 항의했다.

"그 족장이라는 녀석의 이야기가 100% 사실이라는 보장이
없지 않나? 왕녀가 그 족장의 생각을 읽어내기라도 했다면 모
를까."

엠페라투스의 지적에 치프는 잠깐 말을 잃었다.

"아르마게일의 능력 정도라면 그런 하등동물의 기억 따위는
가뿐히 조작할 수 있을 텐데? 나를 의심하는 수준으로 그 녀석
의 말을 의심해 볼 생각은 없었나?"

"……."

"네가 그 정령술사를 좋아하지 않는다면 이렇게까지 냉정을 잃을 리가 없겠지. 그런 말랑한 마음이 네놈을 여기까지 몰아넣은 것이야."

치프는 가만히 서서 엠페라투스를 바라봤다.

엠페라투스는 피식 웃었다.

"넌 뒤통수를 얻어맞기 싫어하는 경향이 강하지. 브리치 사냥에 나서기 전에 빅시티에 도사리는 각종 조직들을 몰살시킨 것만 봐도 그래. 물론 그건 나쁜 판단이 아니야."

"흠."

"하지만 오크 한 마리의 말만 믿고 일을 크게 벌인 것은 아무리 봐도 성급해 보이는군. 뭐랄까… 그래, 네놈만의 기예가 느껴지지 않는다고나 할까?"

그의 말이 허무맹랑하지만은 않다고 느낀 치프는 생각을 정리해 봤다.

"전력이… 그것도 지휘할 사람이 분산됐어. 회사에서 나만 이탈한 게 아니라 여사님까지 이탈해 버렸지. 위스콘신의 함장님이 균형을 잡을 수는 있겠지만… 만약 이게 전부 작전이고 회사와 위스콘신이 동시에 공격당한다면 결국 셸리가 나서야 할 거야."

"아르마게일은 왕녀를 무력화시킬 방법도 알고 있을 것이다."

"그럴까?"

"아마도. 하지만 그 수단의 그릇이 될 만한 존재들을 너와 네가 하나씩 가진 채 보호하고 있으니 오랫동안 수를 쓸 수는 없겠지."

"그건 또 무슨 소리지?"

"음, 넌 모르겠군. 이 기회에 얘기해 주는 것도 나쁘지 않겠지."

엠페라투스가 치프와 시선을 마주했다.

"네놈이 빅시티에서 신을 처리하기 전까지 내가 사용했던 육체는 사실 아르마게일의 작품이었다. 놈은 날 복제해서 내 영혼을 거기에 담은 것이지. 그래서 네놈에게 당했을 뿐더러 재생조차 힘들었어."

치프는 진짜 아르마게일에게 그 이야기를 들은 적이 있었다. 그러나 엠페라투스로부터 그의 존재 여부를 감추기 위해 연기를 해야만 했다.

"지금은 왜 멀쩡해진 거지?"

"신의 육체를 씹어 삼켜 신성함을 되찾은 후 복제품에 지나지 않았던 육체를 완전히 내 것으로 만들었거든. 후후, 다음에는 네놈에게 당할 일이 없을 거다."

"하, 제길."

"…어쨌든, 아르마게일은 나의 육체를 복제할 기술을 가진 녀석이자 왕녀의 탄생에도 관여한 놈이지. 임시로나마 왕녀의 힘을 중화, 또는 억제할 수 있을 거야. 그리고 이건 내 생각인데, 아르마게일이 마음만 먹으면 알타이르 행성의 계집들은 저항조차 못하고 오크들에게 스스로 안길걸?"

치프의 헬멧이 움찔했다.

"알타이르 왕족을 제압하는 데 썼던 약물……?"

약보다는 더 근본적인 이유를 대려 했던 엠페라투가 의아해
했다.

"약물이라니?"

"아… 라이트스톤이 지구의 어떤 놈들에게 팔아먹은 약이 있
어. 여사님의 둘째 딸뿐만 아니라 여사님마저도 그 약에 당하셨
지. 만약 그 약을 대량으로 생산해서 알타이르 행성에 뿌려 버
린다면 정말 난리가 날 거야."

"후후, 듣기만 해도 재밌어지는군."

엠페라투스가 날개를 펴고 중심을 단단히 잡았다. 어깨에 올
려놨던 치프도 다시 손 위에 올려놓았다.

그뿐만이 아니었다.

그의 몸이 백금색으로 빛나더니 셀레스티아의 본래 모습으
로 둔갑한 것이다.

"알타이르 행성에서 겪었던 일이 떠오르는군."

"그때 재밌었지 않나?"

"아, 그래! 내 정자를 원하는 알타이르 사람이 부쩍 늘었지!
지금 이 모습을 하는 이유가 뭐야!"

"아직도 정신을 못 차렸군. 아르마게일과 실버로드, 혹은
A—1729가 너와 나의 조합을 과연 상상이나 했을까? 잘해야
왕녀를 데려갈 거라고 생각하겠지."

"……"

"누구의 예상이 들어맞을지는 곧 알게 될 거다."

셀레스티아의 모습을 한 엠페라투스가 다시 통로를 날았다.

출구로 지정한 곳을 통해 빠져나온 엠페라투스는 즉시 몸

을 돌렸다. 등판이 땅으로 향하는 상태로 게이트를 나왔기 때문이다.

치프는 산맥 사이에 끼워진 게이트의 모습을 보고 이곳이 오크들의 고향임을 확인했다.

치프는 헬멧 위에 달아둔 망원 장치를 바이저 위에 올리고 오크들의 수도를 봤다.

인간 이상의 크기를 가진 존재의 생체반응이 하나도 잡히지 않았다.

"제길."

다음 순간, 허탈해하는 치프와 즐거워하는 엠페라투스의 뒤쪽에서 대폭발이 일어났다.

그 폭발은 오크 행성의 게이트를 둘로 쪼갤 정도였다.

88
하늘에서 뛰어내리는 방법

치프는 산맥을 뭉개며 넘어지는 게이트의 모습을 멍하니 바라봤다.

흙과 바위, 게이트의 파편이 섞인 폭풍이 엠페라투스와 치프를 덮쳤다.

그들을 휩쓴 충격파로 인해 지상이 난장판이 되고 하늘의 형태까지 왜곡되었다. 달리고 달린 충격파는 오크들의 성벽까지 망가뜨렸다.

만약 엠페라투스가 폭발에 의한 충격과 폭풍을 보호막으로 막아내지 않았다면 치프는 정말 죽음을 피할 수 없었을 것이다.

이윽고 폭풍이 가라앉았다.

셀레스티아의 모습을 한 엠페라투스가 흙먼지를 뚫고 하늘로 올라갔다. 무표정으로 가만히 있는 그를 향해 작은 전투기 크기의 대형 무인 정찰기가 다가왔다.

그것은 구형이긴 하지만 분명 지구의 물건이었다.

날개 안쪽의 중력 조절 장치를 노출시켜 치프 앞에 자리를 잡은 무인 정찰기는 잠자리의 눈처럼 생긴 특수 카메라로 치프와 셀레스티아로 변한 엠페라투스의 모습을 확인했다.

—치프, 무사해? 하하, 죽었거나 혼자 왔으면 이 녹음 파일이 재생될 리는 없겠지. 오크들의 행성에 온다면 그 왕녀 계집애랑 같이 올 거라고 생각했어. 그 계집이 가진 의식 간섭 능력만큼 좋은 게 없거든.

무인 정찰기의 스피커에서 A—1729, 로젤라의 목소리가 들리자 치프가 뒷목을 잡으며 탄식했다.

—게이트를 쪼갤 만큼의 폭발에서 살아남을지는 모르겠지만… 뭐, 너라면 살아남겠지. 아무튼 라이트스톤에게 양자 폭탄이 있을 줄은 몰랐어. 그것도 설치 방식으로 말이야. 너도 알다시피 설치 방식 양자 폭탄은 지구에서도 시험 단계에 있는 무기잖아? 역시 라이트스톤은 위험해.

"아, 그래. 그렇구나. 알려줘서 XX 고마워."

치프는 격한 짜증을 섞어 비아냥거렸다.

—나와 라이트스톤의 거래는 너와 왕녀를 그곳에 격리시키는 것으로 끝나게 되어 있어. 그다음엔 실버로드의 소유물이었던 오라클을 우주연합 군부에 배달할 거야. 그건 우주연합과의 거래대상이거든.

스피커에서 녹음된 목소리가 계속 흘러나왔다.

―그… 땅속으로 다니는 오크들 말인데, 오크들의 왕은 그 녀석들의 전략적 가치를 잘 모르더라고. 녀석들 덕분에 너희들의 원정길을 막을 수 있었지. 과연 회사에 모여 있는 놈들이 날 막을 수 있을지 모르겠네? 알타이르 행성도 지금쯤 발정이 난 오크들 때문에 난리일 거고 말이야. 하하하.

치프는 자신에게 당했던 자들의 기분이 이런 것이었을 거라며 자조했다.

―오라클의 배달까지 다 끝나면 난 백수야. 만약 네가 그라니트 행성으로 살아서 돌아온다면 공짜로 너와 거래해 줄게. 네가 아무리 날고 기어도 넌 전술가의 영역에서 벗어나질 못해. 좋은 전략가가 필요하겠지? 부디 살아오길 기원할게, 치프. 안녕.

녹음된 음성의 재생을 마친 무인 정찰기는 멀리 떨어져 나간 후 자폭하여 자신의 임무를 완료했다.

"흠."

코로 숨을 내쉰 엠페라투스는 주변을 돌아봤다.

"전자기기가 감지되진 않는군. 있어봤자 데이터를 전송시킬 수단이 없으니 소용없겠지만."

"음……."

치프는 엠페라투스의 손 위에 앉았다.

"아저씨, 이제 어쩌지?"

"네놈이 좋은 답을 내놓으면 생각해 보마."

엠페라투스는 지상에 깔린 흙먼지를 멀리 날려 보낸 뒤 착지하여 바닥에 드러누웠다.

"이 행성은 따뜻해서 좋군. 난 추운 걸 싫어하거든. 여긴 아주 좋은 휴식처야."

"신나셨군."

치프는 다시 헬멧의 망원 장치를 통해 오크들의 수도를 살폈다.

"생체반응이 아예 잡히지 않는 이유를 모르겠군. 저 도시에서 살아가는 오크들의 숫자가 수천만이라고 들었는데, 아예 돌아올 생각을 하지 않고 떠난 건가?"

그가 말했지만 엠페라투스는 날개 끝으로 자신의 긴 목을 긁으며 빈둥거렸다.

치프는 스스로 답을 알아내는 수밖에 없음을 깨달았다.

그는 우선 오크들의 군항을 살폈다.

'함선이 하나도 없어. 있어도 엔진이나 외장이 제거된 고물들이군. 정비용 시설이나 도구도 정리가 안 됐어. 아예 돌아올 생각을 버리고 떠났나?'

그가 다음에 주목한 것들은 식량 상황이었다.

'토양 상태가 엉망이야. 이래서는 농사를 짓기는커녕 가축을 키울 수도 없어. 놈들이 일제히 원정을 떠났다고 가정했을 때, 수천만의 오크들이 일제히 소비할 식량이란 대체 뭐지?'

치프는 망원 장치를 헬멧 바이저에서 떼고 위로 올린 뒤 엠페라투스의 손바닥을 두드렸다.

"아저씨, 수도 쪽으로 움직여줄 수 있겠어?"

"무엇이 궁금한가?"

"놈들의 식량 사정을 좀 알아보고 싶어서."

"후후, 그러지."

엠페라투스는 뭔가를 알고 있는 듯한 눈빛을 한 채 몸을 일으켜 오크들의 수도를 향해 날아갔다.

수도 상공에서 지상을 관측하던 치프가 다시 엠페라투스의 손바닥을 두드렸다.

"여기야. 멈춰줘."

치프의 헬멧 밖으로 역겨움이 섞인 목소리가 나왔다.

오크들이 흙으로 대충 만든 건물들을 깔아뭉개며 착지한 엠페라투스는 치프를 지상에 내려주었다.

불과 몇 분 전까지만 해도 치프는 오크들이 적갈색 보도블록을 좋아한다고 착각했다.

하지만 지금은 달랐다.

바닥에 깔린 것은 적갈색 보도블록 같은 게 아니었다. 바로 생물의 피였다.

치프는 엠페라투스의 날개에서 일어난 바람으로 인해 사방으로 굴러다니던 물체를 살폈다.

그것은 온갖 종족의 손발과 내장, 그리고 머리통이었다. 여기저기에 묻은 하얀 것들은 곤충의 유충, 즉 구더기와 같은 것들이었다.

"뼈가 많은 부위는 싫어한다 이거군."

그는 우선 피에 젖은 바닥의 상태를 살폈다.

"여기에서 헤엄치는 유충들이 파리의 유충들과 비슷한 종이라면… 아마 이 시체들은 못해도 일주일 이내에 만들어졌을 거야."

그는 유충 하나를 집어 검지와 엄지 사이에 놓은 뒤 꽉 눌러 터뜨렸다.

재미, 혹은 분노를 달래기 위한 행동은 아니었다. 유충의 DNA를 확인하기 위해서였다.

"파리의 유충은 일주일 뒤에 번데기가 되고, 다시 일주일 정도의 시간이 지난 후 성충으로 변하지. 그런데 번데기가 없어. 종이 달라서 그럴 수도 있지만 이 유충들의 DNA는 파리의 것과 일치해. 이 행성의 환경이나 중력 수치도 지구와 아주 다르지 않고 말이야. 그렇다면 비슷하다고 봐야겠지."

이어서 바닥에 깔린 손발의 형태와 혈액 등을 헬멧과 연결된 단말기를 이용하여 자세히 분석했다.

"당장 맞춰지는 종족의 숫자만 해도 20이 넘는군. 게다가 전부 여자야. 호르몬 상태로 봐선 임신 상태였고 말이지. 한 명도 빠짐없이 임신을 하고 있는 상태라면… 배란 촉진제 비슷한 거라도 쓰는 건가?"

그는 말라붙은 핏덩어리에서 사각거리는 물체를 발견했다.

"이건 염화나트륨… 아니, 소금인가? 암염에 가깝군. 전부 토막을 내서 절였나 보네."

손발이 널린 그 생지옥의 거리를 맨정신으로 걷던 그는 데이터베이스와 일치되지 않는 골격의 손발이 언덕만큼 쌓인 장소에 도달했다.

"허, 오크들도 있어."

그는 썩은 피의 연못에서 녹색 피부의 손을 건져들고는 구더기들을 잘 털어낸 뒤 그 손바닥의 상태를 봤다.

"불어터지긴 했지만 손에 잡힌 군살의 상태가 특이하군. 이건 무기보다는 삽이나 망치 등의 도구를 자주 사용한 자의 특성과 일치해. 전사 계급이 아닌 오크들까지 고기절임으로 삼았다 이건가?"

"좋은 느낌으로 효율성을 추구하는 종족이군."

치프의 중얼거림을 가만히 듣고만 있던 엠페라투스가 껄껄 웃었다. 치프는 셀레스티아의 목소리로 그런 말이 들려오자 정신이 아뜩해 왔다.

"알타이르 행성을 새로운 고향으로 삼으려는 것 같네. 이 녀석들, 완전히 정신이 나갔나?"

"이 상황에서 주절거리는 네놈도 만만치 않은 것 같은데?"

"쯧."

치프는 손에 들고 있던 오크의 손을 멀리 던졌다.

"내 인생이 압축된 광경이나 마찬가지거든. 여길 탈출해야겠어."

"무슨 수로?"

엠페라투스는 머리를 옆으로 기울이며 물었다.

"아저씨는 참 짓궂네. 날 게이트가 있는 곳으로 데려다줘."

"호오……."

미소를 지은 엠페라투스는 치프 쪽으로 손을 내렸다. 그 위에 올라탄 치프는 심호흡을 한 뒤 자신의 오른쪽 눈과 팔다리에 신경을 집중했다.

"가능하겠나?"

엠페라투스가 물었다.

"평지에 미X마우스 그림을 크게 그리면 지구의 모 회사에서 냉큼 달려오겠지."

"……."

"농담이야. 나 혼자서는 자신 없지만 아저씨 역시 여기서 벗어나야 하지 않겠어?"

"나를 너무 과소평가하는군. 우주를 여행하는 것은 어려운 일이 아니야. 난 혼자서도 어디든 갈 수 있지."

"지도 같은 게 없으면 몇만 년이 걸릴지 모르는데?"

"별빛이 나를 이끌 것이다."

치프가 어이없어하는 한편, 엠페라투스가 다시 하늘로 솟구쳤다.

"이봐, 아저씨! 그 정도 시간이면 별의 위치도 바뀐다고!"

"난 너처럼 급하게 행동할 이유가 없어. 내가 얼마나 긴 시간을 살아왔는지 잊은 모양이군."

"…미안. 부탁이니 제발 게이트 쪽으로 가주세요."

"후후."

짧게 웃은 엠페라투스는 부서진 게이트 쪽으로 날아갔다.

엠페라투스는 게이트가 잘 보이는 곳까지 이동한 뒤 날개를 최대한 넓게 펴고 중력을 조절하여 허공에 단단히 자리를 잡았다.

잘린 게이트의 단면을 살피던 치프는 이윽고 손으로 자신의 헬멧을 세게 두드렸다.

"제길, 구조를 파악할 수가 없어!"

"한눈에 봐서 해결될 문제였다면 네놈이 여태껏 탈란바토르

문제로 고생할 일도 없었겠지. 조금이라도 기대를 한 내가 바보로군."

"……."

"헬멧을 벗어라, 치프."

치프는 순순히 헬멧을 벗었다.

그의 머리 위로 보라색의 액체가 진득하게 떨어졌다. 엠페라투스의 반대편 손에서 쭉 떨어진 액체가 치프의 머리를 적시고 있었다.

"나에게 뭘 끼얹고 있는지 모르겠지만 맛 하나는 토마토케첩과 비슷하군."

"네놈의 성별을 바꾸는 물질이지."

"…장난하지 마."

"후후, 내가 가진 신의 지식을 나눠주는 것에 불과하다. 하지만 휘발성이라서 1시간이 지나면 싹 잊게 될 거야."

"그건 내가 1시간 동안 여자가 된다는 소린가?"

"…그렇게 유쾌한 상황을 원한다면 다른 걸 끼얹어주마."

잠깐 정색을 한 엠페라투스는 치프의 몸에 스며드는 자신의 피와 살을 관찰했다.

'역시 잘 맞는군. 운캄타르가 너에게 무엇을 맡겼는지 알 것 같구나, 나의 혈육이여.'

엠페라투스의 손에서 흐르는 액체가 멈췄다.

"다 됐다. 이제 다시 탈란바토르를 보도록 해라."

"흠."

치프는 게이트를 보는 대신 팔뚝 보호대의 단말기를 통해 자신의 모습을 살폈다.

"눈에서 빛이 뿜어지거나 머리가 금발로 변하진 않는군."

"네놈은 대체 뭘 보고 자라온 것이냐?"

엠페라투스가 가볍게 짜증을 냈다.

"나름 긴장돼서 그러는 거야."

헬멧을 다시 쓴 치프는 심호흡을 한 뒤 다시 게이트의 단면을 봤다.

헬멧의 바이저에 백금색의 빛이 맺혔다. 치프의 오른쪽 눈이 바이저의 각종 코팅을 뚫고 나올 만큼 밝게 빛나고 있는 것이다.

'구조 파악 완료. 1시간… 좋아!'

치프가 두 팔을 앞으로 내밀자 산맥에 걸쳐져 있던 게이트의 조각들이 대량의 입자로 변해 하늘로 퍼졌다.

파란색으로 빛나는 입자들이 적란운처럼 높고 크게 흩어졌다.

치프의 두 팔 사이에서 백금색의 전류가 터졌다. 카메라 플래시와 같은 그 현상과 동시에 입자들은 사라지고 새로운 게이트가 하늘에 나타났다.

"괜찮군. 치프여, 어디로 가길 원하나?"

"알타이르!"

토해내듯 외친 치프가 엠페라투스의 손바닥 위에 무릎을 꿇었다.

그는 자신의 팔다리가 아삭거리는 것을 느꼈다. 오른쪽 눈이 있어야 할 곳에 달궈진 쇠구슬을 넣은 것 같은 고통으로 인해 정신마저 아득했다.

치프의 통증을 읽은 경장갑 전투복의 운영체제가 안정제와 마취제의 투여 여부를 물었다. 하지만 치프는 그 모든 선택지를 거부했다.

'1시간만 버티자고, 제발!'

통증을 이겨내기 위해 두 눈을 꽉 감고 있던 치프가 이윽고 눈을 떴다.

그는 자신이 잠깐 정신을 잃었다는 사실을 모르고 있었다.

엠페라투스는 이미 알타이르 행성의 게이트를 통과하여 행성 대기권을 향해 움직이고 있었다.

머리를 털며 일어난 치프의 눈에는 벌 떼처럼 깔린 채 알타이르 대기권에 돌입 중인 오크들의 함선들이 선명하게 들어왔다.

그 함선들 사이에는 갖고 있는 무기들을 전부 사용하며 격렬히 저항하고 있는 순양함, 하와이의 모습도 있었다.

"자, 어찌할 것인가?"

엠페라투스가 물었다.

치프는 대답 없이 알타이르 행성을 향해 뛰어내렸다.

엠페라투스는 혼자 뛰어내린 치프를 잠깐 지켜봤다.

그의 표정은 그야말로 '뭐 하는 짓이냐' 그 자체였다.

치프의 전투복 곳곳에 달린 추진기에서 불꽃이 터졌다. 알타이르 행성의 중력권을 향해 움직이는 치프의 속도는 300년 전의 우주 왕복선보다 빨랐지만 엠페라투스는 날갯짓 한 번으로 그를 따라잡았다.

"성급하군. 그냥 데려다달라고 하는 편이 낫지 않나?"

엠페라투스가 물었다.

"어차피 도와줄 생각도 없잖아?"

치프의 대꾸에 엠페라투스가 피식 웃었다.

"그건 그렇다만, 그래도 그처럼 우주를 기어가는 꼴이 딱하기 그지없군. 이대로 행성에 진입할 건가? 그 전투복으로 대기권 진입을 했다가는 불쏘시개가 될 텐데?"

"그렇다면 우리 순양함까지만 데려다줘! 나머지는 내가 알아서 할 테니까!"

알아서 한다는 말을 들은 엠페라투스는 오크들의 함대를 살폈다. 그의 눈에는 오크 함선의 숫자와 함선 내에 타고 있는 오크들의 머릿수가 한눈에 들어왔다.

"오크들의 함선이 600척을 넘는데, 대체 어떻게 알아서 할 생각인지 궁금하군."

"대기권을 통과 중인 함선은 몇 안 돼! 게다가 놈들은 밀집되어 있어! 할 수 있다고!"

"그럼 해봐라, 치프."

치프를 손으로 낚아챈 엠페라투스는 순양함 하와이를 향하여 빠르게 이동했다.

하와이의 상황은 대혼란이었다. 대함미사일과 어뢰는 일찌감치 바닥이 났고 함포의 남은 포탄 숫자 역시 0을 향해 질주 중이었다.

함선의 상태도 좋진 않았다. 주요 부분을 제외하고는 여기저기가 우그러들고 찢어져 있었다.

오크 함선들의 우주전투용 무기가 유선으로 조작하는 중형 기관포 내지는 소형 어뢰 따위에 불과하지만 하와이의 피해는 막심했다.

실제로 하와이는 거짓말 같은 타이밍에 맞춰 게이트에서 몰려나오는 오크 함대를 상대로 20여 분이 넘도록 사투를 벌였다.

그 긴 시간 동안 600척이 넘는 함선들에게 집중 공격을 받고 척력장 발생기마저 과열로 망가졌는데도 그렇게 버텨낸 것은 사실 굉장한 일이었다.

함교 안의 상황 역시 만만치 않았다.

오크들의 함선이 결국 하와이를 무시하고 강하하는 것을 본 헤이파와 탈리케이아는 자신들을 지상으로 보내달라며 함장을 괴롭히고 있었다.

"왜 안 된다는 겁니까! 우리를 보내주십시오!"

헤이파가 고함을 지르자 풍만한 몸매의 노인 함장은 그녀를 향하여 두 손을 흔들었다.

"알았으니 우선 우주복부터 입으십시오! 지금 함선의 피해가 커서 어디에 어떤 균열이 생길지 모릅니다! 위험합니다, 여사님!"

"지금 그런 걸 따질 때입니까? 우리 고향으로 오크들이 내려가고 있습니다! 왕족들 외의 일반인들은 저들의 공격을 막을 수가 없습니다! 남자들은 죽고 여자들은 전부 끌려갈 겁니다!"

헤이파가 목에 핏대를 세우며 외쳤다.

그러나 함장은 타협할 생각 자체가 없었다.

"하와이는 대기권에 진입할 수 있는 상태가 아닙니다! 위성

궤도 위에 정지해 있는 것이 고작입니다! 대형 수송기용 격납고는 어뢰에 피탄당해서 열 수가 없고, 보병 강습 강하용 장치도 지금은 쓸 수 없습니다! 그리고 뭐든 억지로 내보냈다가는 놈들의 기관포에 당할 겁니다!"

"그럼 우리 고향이 엉망이 되는 걸 여기서 보고만 있으라는 겁니까?"

"현실적인 방법을 가르쳐 주시면 그대로 하겠습니다!"

함장과 헤이파가 눈싸움을 벌이려는 찰나, 함교의 통신 관제사가 자리에서 일어났다.

"함장님! 알타이르 함대로부터 통신이 들어왔습니다!"

"뭐라고 하는가?"

"알타이르의 전 함대가 대기권 내에서 오크 함대를 막겠다고 합니다! 그리고 이쪽에 대한 지원을 할 여력이 없으니 이해를 부탁한다고 합니다!"

관제사의 말에 헤이파와 탈리케이아는 절망적인 표정을 지었다.

1년 전, 데스디아의 군단 소속 우주함대가 깡그리 사라지면서 알타이르 함대는 수적으로, 그리고 질적으로 큰 타격을 입었다.

인구도 적고 생산능력도 부족한 알타이르 행성에서 우주용 배를 한 척 건조하는 데 걸리는 시간은 무려 7년이었다.

비록 목재로 만들어지긴 해도 알타이르 전투 함선은 수준급의 방어 능력과 공격 능력, 기동 능력, 그리고 대기권 진입과 진출에 무리가 가지 않는 특징을 갖고 있었다.

하지만 지금 알타이르에 남아 있는 함선은 아무리 쥐어짜 봐야 90여 척에 불과했다.

"…다른 말은 없었나?"

함장이 묻자 통신 관제사가 힘겹게 말했다.

"우주연합과 지구에 지원 요청을 보냈다고 합니다. 이상입니다."

공허함이 가득한 그 말에 함교의 모든 인원이 침묵했다.

통신 관제사가 움찔했다.

"긴급통신! 알파 하나 칠 삼 공! 식별 신호는 컬러 타이머 공 다섯! 함장님과의 통신을 요구하고 있습니다!"

"당장 연결해! 함선 전체로 돌려!"

함장이 외치자 통신 관제사는 지시대로 기판을 조작했다.

—반복한다, 여긴 알파 하나 칠 삼 공, 식별 신호는 컬러 타이머 공 다섯. SHCB-193 하와이는 즉각 응답하라. 급하니까 제발 응답 좀 하라고!

"여기는 SHCB-193 하와이의 함장, 맥켈튼 중령이다! 치프, 자네 지금 어딘가?"

—지금 갑판으로 갑니다!

"뭐?"

함교 인원들은 긴급 착함을 뜻하는 3색 신호탄을 미리 뿌린 뒤 하와이의 갑판에 착지하는 치프의 모습을 보고 깜짝 놀랐다.

엠페라투스는 함선의 뒤쪽을 스쳐 지나갔지만 철저히 모습을 감춘 상태였기에 아무도 보지 못했다. 헤이파와 탈리케이아 역시 집중력이 흐트러진 터라 엠페라투스를 감지하지 못했다.

치프가 레이더에 잡힌 것도 엠페라투스의 손을 떠난 직후여서 레이더관제사는 뒤통수를 맞은 표정을 짓고 있었다.

—함선이 무슨 드럼세탁기에 들어갔다가 나온 종이배 같네요.

"설마 그런 소리를 하려고 귀신같이 나타났나?"

함장이 물었다.

그 순간 헤이파가 함장의 마이크를 빼앗았다.

"자네, 방법이 있으니 거기 있겠지? 제발 있다고 말해주게! 아무 생각도 없이 나타난 거라면 자네에게 내 딸을 줄 수 없어!"

함교, 아니 함선의 선원들이 술렁거렸다.

—아, 여사님? 울지 말고 말씀하세요.

"됐으니 방법이나 말하란 말일세!"

—알았으니 마이크를 함장님께 돌려주세요. 시간 없어요!

"아, 알았네."

헤이파는 마이크를 함장에게 건네준 뒤 손바닥으로 눈가를 훔쳤다.

"얘기하게, 치프."

—하와이로 대기권에 진입해 주세요. 오크 함선들을 추월해야 합니다!

"지금 상태의 하와이로 그런 짓을 벌였다가는 두 번 다시 하늘로 뜰 수 없네!"

—불시착해도 상관없어요! 어차피 스크랩되어 사라질 함선을 억지로 고쳐서 가져온 물건이 아닙니까?

함장의 표정이 복잡해졌다.

"그… 자네 말대로 하면 정말 뭔가 되긴 하는 건가?"

―보장하죠!

"알았네."

―제가 작성한 진입 코스를 그쪽으로 전송하겠습니다. 조타수가 확실히 접수해 줬으면 좋겠네요.

치프가 보낸 자료를 전송받은 조타수가 눈을 부릅떴다.

'이건 그냥 함선을 행성에 갖다 꽂으라는 소리잖아?'

하지만 구체적인 수치를 봐서는 불가능한 것도 아니었다. 조타수는 치프가 이것을 언제 어떻게 계산해서 자료로 만들었는지 궁금했다.

"그럼 함선 안으로 들어오게, 치프."

함장이 말했다.

―아뇨, 전 여기 있겠습니다. 경장갑 전투복만으로도 궤도 강하 타격이 가능하다는 건 함장님도 아시지 않습니까?

"진입 속도가 달라! 자네가 못 버틴다고!"

―괜찮으니 어서 출발해 주세요! 시간이 없습니다!

"제길! 난 모르네! 전원, 대기권 돌입 준비! 즉시 강하하라!"

좌석의 안전벨트가 자동으로 선원들을 감쌌다.

우주복 헬멧의 바이저를 닫은 함장은 헤이파와 탈리케이아가 전투용 복면만 쓰는 것을 보고 당황했지만 그녀들에게 우주복을 제공할 틈은 없었다.

하와이가 바닥에 떨어진 젓가락처럼 과격하게 회전했다. 치프는 포탑 뒤쪽에 자리를 잡은 뒤 고속 등반용 와이어를 전투복에서 사출하여 자신의 위치를 고정시켰다.

선두를 알타이르 행성 쪽으로 돌린 하와이가 나선을 그리며 떨어졌다.

척력장을 잃은 하와이의 선체가 붉게 달아올랐다. 장갑판의 손상 부위에서 불똥이 튀고 갈라진 부분에서도 화염이 터져 나왔다.

오크 함선 내의 오크들은 자신들을 한참 추월해서 하늘을 불태우는 순양함, 하와이의 모습을 보고 어이없어했다.

치프의 경장갑 전투복도 대기와의 마찰에 의해 달궈졌다. 그러나 얼마 못 가 주변 갑판이 입자로 변해 떠오른 뒤 캡슐 모양으로 재구축되어 치프를 보호했다.

치프는 단말기의 고도계를 보며 때를 기다렸다.

'나, 여기서 죽는 거 아냐?'

치프는 장갑과 부츠 안에서 바스락거리며 깨지는 자신의 손과 발의 감촉이 조금 두려웠다.

그동안 겪어온 데스디아와 셀레스티아, 그리고 회사 사람들 모두의 모습이 그의 눈앞에 차례로 지나갔다.

'이제 와서 삶에 미련이 생기다니, 믿을 수가 없군.'

쓴웃음을 지은 치프의 오른쪽 눈이 백금색으로 빛났다.

본래 상감색, 아니 하늘보다 좀 더 밝은 파란색으로 빛나던 그의 눈은 엠페라투스에게서 '지식'을 받은 이후 셀레스티아와 마찬가지로 백금의 색을 발하고 있었다.

하와이가 미리 계산해 둔 고도에 도달하는 순간 치프를 보호하던 캡슐이 터져 사라졌다.

'다들 보고 싶네.'

대기 마찰의 열기가 다시 치프를 휘감았다.

하와이보다 아래에 있는 오크 함선은 20척도 안 됐다.

아무도 모르게 하와이 옆을 따라 강하하던 엠페라투스는 그 20여 척의 함선들을 살폈다.

'그럴듯한 함선이 보이지 않는군. 오크들의 왕은 여기에 없나?'

엠페라투스처럼 주변을 확인할 여유가 없는 치프는 두 손을 하늘의 오크 함대 쪽으로 뻗었다.

치프의, 하와이의 사방에 펼쳐진 알타이르의 대지로부터 푸른색의 입자들이 올라왔다.

그 대량의 입자들은 치프의 양팔에서 일어난 전류가 서로 충돌하면서 순간적으로 모습을 갖췄다.

그것은 게이트였다.

그라니트 행성에 떠다니는 브리치 크기의 탈란바토르가 아니라 행성 밖에 떠있는 게이트 크기의 탈란바토르였다.

지상에서 오크들과의 격전을 준비하던 알타이르의 전사들도, 대피하던 알타이르의 일반 시민들도 그 게이트의 압도적인 자태에 시선을 빼앗겼다.

게이트를 향해 달려가는 꼴이 된 오크 함대는 속도를 급속히 줄였다. 게이트 밑에 위치한 하와이의 조타수는 치프가 준 자료에 맞춰 급속히 이탈했다.

게이트의 안쪽에 빛이 모였다.

오크 함대의 조타수들은 자신들이 게이트 쪽으로 빨려 들어가는 것을 감지하고 방향을 바꾸려 했으나 그들이 탄 함선들은 알타이르 행성의 중력과 게이트의 흡입력을 이겨낼 만큼 뛰어난 물건이 아니었다.

500여 척의 함선들이 치프가 만든 게이트에 빨려 들어갔다. 선두의 백여 척은 이미 게이트 안쪽으로 사라진 상태였다. 나머지는 꿈틀거리며 저항할 뿐, 게이트의 힘에 거스르지 못했다.

오크 행성에서 탈출할 때와 마찬가지로 게이트를 만드는 것에 성공한 치프는 자신이 굉장한 문제에 부딪혔음을 깨달았다.

'이걸… 언제까지 유지해야 하는 거지?'

그는 갑자기 쏟아지는 졸음을 견딜 수가 없었다.

'죽기밖에 더하겠냐고 자주 말했는데… 이젠 장난이 아니야. 죽기 싫어.'

그의 전투복에 설치된 생명 유지 장치가 긴급히 작동했다.

*   *   *

어딘가의 게이트를 통해 우주로 쏟아져 나온 오크 함대는 자신들이 대체 어디에 있는 것인지 확인하기 위해 분주히 움직였다.

그런데 통신기에 강제로 꽂혀온 전파가 그들의 위치 검색을 도와주었다.

―여기는 지구의 UN 연합 우주군 총기함인 엔타르티카다. 너희들, 뭐 하는 놈들이야?

우주군 참모총장의 불쾌감 섞인 목소리가 오크 함대에 퍼졌다.

—뭐, 저번처럼 하면 되겠지.

통신은 거칠게 끊겼다.

오크 함선이 아무리 형편없다고 해도 지구에서 21세기에 사용했던 우주 진출용 비행체들에 비할 바는 아니었다.

그 함선들은 무지막지한 계산을 하지 않아도 원하는 위치에 정확히 낙하할 수 있으며, 볼일을 다 마치면 특별한 보급이나 추진 장치 없이 곧장 우주로 돌아갈 수 있었다.

하지만 함선들은 오크들 스스로 개발한 게 아니었다.

아주 오래 전, 누군가가 함선 관련 기술과 총기 기술을 오크들에게 제공했고 오크들은 그때부터 똑같은 물건을 아주 많이, 하염없이 제작해 왔다.

오크들은 제공된 기술을 발전시키지 못했고 의식주에 응용하지도 못했다. 잘해야 갑옷을 좀 더 튼튼하게 만들 수 있었을 뿐이었다.

어쨌든 머릿수는 많았기 때문에 그들은 우주재해에 가까운 침공을 할 수 있었고 다른 행성에서 여성들을 납치하여 꾸준히 번식해 왔다.

아무튼, 오크들이 이제부터 상대해야 할 적들은 지구와 게이트 사이에 배치되어 해당 해역을 수비하는 UN연합 우주군 경계 임무 부대였다.

경계 임무 부대는 우주군 기함인 엔타르티카가 배치되고 참모총장이 직접 지휘할 정도의 정예이며 함선 숫자도 대단히 많았다.

하지만 신수 사건 때보다는 함선의 수가 적었다.

그때는 치프에게 미리 연락을 받아서 다른 부대와 연합한 뒤 진을 칠 수 있었지만 지금은 아니었다. 경계 임무 부대 입장에서도 오크들의 등장은 뜬금없는 일이었다.

참모총장은 엔타르티카의 함교 안에서 상황판을 지켜봤다. 옆에 서 있는 그의 부관도 자신의 턱을 연신 매만지며 정신을 집중하고 머리를 굴렸다.

상황판에 떠 있는 오크 함선들의 숫자와 배치 상황을 완전히 확인한 참모총장은 상황판 옆에 떠오르는 오크 함선에 대한 정보를 보자마자 고개를 갸우뚱했다.

"오크가 뭐지?"

참모총장은 치프가 오크들에 대해 처음 들었을 때처럼 아주 낯선 반응을 보였다.

"A—1730과 UNSMC, 해병대 원정군의 보고에 의하면 오크들은 적성 외계인들이라고 합니다."

부관이 설명했다.

"게임이나 영화에 나오는 그 오크들과 비슷한가 보군."

"그렇습니다만… 암컷이 없는 종족이라 합니다."

"오, 최악이군."

총장이 인상을 구겼다.

"예, 총장님께서는 요즘 분이라고는 생각하기 힘들만큼 보수적인 분이시지요. 압니다."

"……"

총장의 표정에 깊은 언짢음이 올라오는 한편, 부관은 단말기를 이용해 치프가 정리하여 지구에 보낸 자료를 계속 열람했다.

"오크들은 다른 행성을 침공하여 여성들을 납치한 뒤 그들을 이용하여 번식한다고 합니다."

"종족을 가리지 않나보군."

"여러모로 신기한 놈들이군요."

"그런데 저 녀석들이 왜 지구 쪽 게이트에서 쏟아져 나온 거지? 저쪽 함대의 배치 상태를 봐서는 본격적인 침공의 자세가 아니라 그냥 쫓겨 나온 것 같은데?"

"이건 저의 느낌입니다만……."

부관이 한숨을 쉬었다.

"A—1730의 짓이겠지요. 만만한 게 우리이지 않습니까?"

"그놈과의 빚은 저번에 청산된 것으로 기억하는데 말이지."

"우리가 녀석에게 빚을 만들어두는 것도 괜찮죠."

"흠……."

한숨을 쉰 총장은 상황판을 조작하여 함대 전체에 전투준비 및 위치 변경 지시를 내렸다.

"그런데 우리가 원한 것은 저런 잡종들이 아니지 않나?"

"그렇습니다. '바그타리온 작전'의 평계거리를 만들어오라고 했던 것 같은데, 그 A—1730치고는 어지간히 일을 못 하는군요. 혹시 저번에 같이 온 아가씨들 때문일까요?"

"하하."

부관의 의심을 들은 총장은 어이없다는 투로 가볍게 웃었다.

그는 경계 임무 부대 소속 함선들이 자신의 지시에 따라 진형을 갖추는 모습을 보며 웃음기를 지웠다.

"아직 듣지 못했나 보군. A—1730은 계획대로 우주연합의 그레이루인 사무총장과 접촉했다네. 이제 그 계집의 가면만 공개적으로 벗겨 버리면 바그타리온 작전의 명분은 확실해지지."

"……."

총장은 상황판을 다시 두드려 공격 지시를 내렸다.

"게이트들은 이제 지구의 것이야."

속삭이듯 말한 총장은 함대에서 일제히 발사된 열핵반응 어뢰가 오크 함대를 향해 날아가는 모습을 기쁜 표정으로 지켜봤다.

*   *   *

동체착륙을 가까스로 면한 순양함, 하와이는 긴급 수리를 맡은 로봇들의 미친 듯한 활약 덕분에 시속 10킬로미터 내외로나마 비행할 수 있었다.

거의 기어가는 수준이었지만 모든 탑승자들이 하와이를 버리고 알타이르의 험한 숲을 걷는 것보다는 나았다.

하지만 하와이 내에서 기뻐하는 사람은 거의 없었다.

갑판에서 회수한 치프의 상태가 엉망이었기 때문이다.

헤이파와 탈리케이아는 경장갑 전투복을 걸친 채로 의무실 침대에 누워 있는 치프와 그를 그냥 구경하고 있는 의무관을 이해할 수 없었다.

"치프는 괜찮은 겁니까?"

헤이파가 의무관의 어깨를 잡으며 물었다.

그녀의 강한 악력 덕분에 정신을 차린 의무관은 어색한 몸짓을 보이며 입을 열었다.

"에… 음… 하아."

"전투복이라도 벗겨줘야 하지 않습니까? 이건 더 이상 전투복이 아니라 그을린 쇳덩이에 불과합니다! 사람을 언제까지 여기에 넣어둘 생각입니까?"

헤이파가 다그치자 의무관은 고개를 흔들었다.

"지금 벗기면 모든 게 끝장일지도 모릅니다, 여사님."

"예?"

"단층촬영 영상을 보시죠."

냉정을 되찾은 의무관이 스크린을 가리켰다.

헤이파의 입이 가볍게 벌어졌다. 탈리케이아는 두 손으로 자신의 입을 가렸다.

전투복 안쪽은 그냥 하얗기만 할 뿐, 골격조차 보이지 않았다.

"이게 뭡니까? 치프는 어디 있는 겁니까?"

"전투복 안쪽에 성분을 알 수 없는 분말이 가득 차있습니다. 원사님의 육체 대신 말입니다."

"……."

죽음이라는 단어가 헤이파의 의식을 엄습해 왔다.

"우리 첫째에게는 어떻게 말해야 할까요?"

"예? 아… 원사님의 생명 신호는 확실히 잡히고 있습니다."

의무관이 실성한 듯 웃었다.

"생명 신호가 잡히다니요?"

"그래서 성분을 알 수 없는 분말이라고 말씀드린 겁니다. 원사님께선 의식을 잃으셨지만 돌아가신 게 아닙니다. 의무실의 기계들이 고장 난 게 아니라면 말이죠."

이해 불가의 이야기를 듣고 가만히 있던 헤이파는 이윽고 의무관의 멱살을 잡아 번쩍 들어올렸다.

"죽었는지 살았는지 구분을 해달라 이겁니다!"

"여, 여사님! 이건 저도 처음 보는 상태라서……!"

의무관의 호흡이 위험해지려는 찰나, 경장갑 전투복이 꿈틀하더니 치프가 상체를 벌떡 일으켰다.

"아… 모래찜질을 하는 기분이야."

힘없이 중얼거린 치프는 헬멧을 벗기 위해 손을 움직였다.

"안 돼!"

탈리케이아가 고함을 지르며 그를 눌렀다.

다시 침대에 누워버린 치프는 자신을 몸으로 누르고 있는 탈리케이아 쪽으로 헬멧을 기울였다.

"땀 냄새가 날까 봐 이러는 거라면 걱정하지 않아도 돼, 탈리."

"그게 아냐! 지금 치프의 몸이 이상하다고!"

"이상하다니?"

이상해하는 치프를 향해 의무관이 자신의 단말기 화면을 보여줬다.

"단층촬영 영상입니다, 원사님."

치프는 앞서 헤이파와 탈리케이아를 경악시켰던 그 영상을 세심히 살폈다.

"지금 원사님의 육체를 대신하고 있는 것은 성분을 알 수 없는 분말입니다. 하지만 생명 신호는 뚜렷이 잡히고 있습니다. 지금 헬멧을 벗으셨다가는 그대로 흩어져 사라지실 수 있으니……."

"저기요, 대위님."

치프가 미약한 짜증을 섞어 의무관의 말을 막았다.

"일반 해병용 경장갑 전투복과 UNSMC용 경장갑 전투복의 차이를 모르십니까? 우리가 쓰는 물건은 능동 위장 기능을 위한 복합 소재 때문에 단층촬영을 해도 이렇게 나올 수밖에 없습니다."

"아… 하하!"

의무관이 한번 크게 웃었다.

그는 자신을 노려보는 헤이파와 탈리케이아를 한 번씩 보면서 윙크를 하는 등 자신의 실수를 얼버무리기 위해 노력했다.

"대위님, 죄송합니다만 전투복 외장을 바꿔야 할 것 같으니 해당 부품을 가져와 주십시오."

계급상 의무관에게 존칭을 써준 치프는 빨리 나가야만 헤이파나 탈리케이아에게 맞아 죽지 않는다는 것을 알리기 위해 손을 팔락거렸다.

"기, 기다리십시오. 원사님."

의무관이 의무실 밖으로 곧장 뛰어나갔다.

탈리케이아를 달래서 그녀를 물러나게 한 치프는 헬멧을 벗었다.

그가 무사하기를 바랐던 헤이파와 탈리케이아는 그의 오른쪽 눈에서 빛이 계속 나는 것을 보고 움찔했다.

"아, 제길."

투덜댄 치프는 이어서 왼손 장갑을 벗었다. 손이 드러나는 대신 회색의 가루가 우수수 쏟아졌다.

"…복합 소재 어쩌고 한 건 대체 뭔가?"

헤이파가 신음하듯 물었다.

"거짓말은 아니에요. 무장제조 능력을 사용하면 이렇게 타버리잖아요? 무려 게이트를 만들었는데 몸이 멀쩡하면 이상한 거죠. 팔뚝과 발만 이렇고 머리랑 몸통은 멀쩡해요, 여사님. 알타이르의 싸움이 끝날 무렵에는 팔다리가 몽땅 타버리겠지만요."

"…루할트 영주가 언젠가 자네에게 택배 사업을 제안했다고 들었네."

헤이파가 약간 헝클어진 머리를 손으로 정돈하며 말했다.

"택배요?"

"들었다 놨다 하는 실력이 대단하다면서 말이지."

"아, 그 친구가 그런 말을 한 적이 있었죠."

치프는 어깨를 으쓱했다.

"셸리에게 부탁하면 바로 회복되니 걱정하지 마세요."

그는 텅 비어버린 손목에 장갑을 다시 끼웠다. 장갑에 전투복의 동력과 신경망이 연결되면서 안에 아무것도 없는 장갑이 치프의 의사에 맞춰 자유롭게 움직였다.

"아, 게이트는 어떻게 됐죠?"

"지금은 사라졌다네. 유지시간이 얼마 안 되는 것 같더군."

"그렇군요."

약간 아깝다는 투로 대답한 치프는 의무실 내에 마련된 1회용 세척 수건을 이용해 얼굴을 닦았다.

"대체 게이트를 어떻게 만든 건가? 여기까진 어떻게 왔고?"

"그건……."

"모르는 게 나을 거란 말로 대충 넘어갈 생각은 말게."

"예."

실제로 그렇게 대답하려던 치프는 솔직히 얘기하기로 마음먹었다.

"그라니트 행성에서부터 엠페라투스의 도움을 받았어요."

"설득력 있는 농담이네."

탈리케이아가 너무 놀란 나머지 비꼬듯 말하자 치프는 오른쪽 눈을 감은 채 고개를 저었다.

"사실이야. 게이트의 구조에 대한 것도 엠페라투스에게 배웠어."

치프의 대답에 깜짝 놀란 탈리케이아가 침을 꼴깍 삼켰다.

"확실히, 엠페라투스라면 오크 수도의 참상 따위는 아무렇지도 않게 소화할 수 있겠지. 하지만 그가 자네의 부탁을 들어줄 줄은 몰랐군."

"꿍꿍이가 있겠죠. 아무튼 오크 행성에 가서 엿을 제대로 먹었어요. 저와 엠페라투스가 오크 행성에 도착하자마자 게이트가 폭파됐거든요."

"폭파? 그 거대한 물건을 대체 누가?"

"로젤라죠. 저를 그쪽으로 보낼 그림을 그리고 있었더라고요."

"……."

"아무튼 문제는 그게 아니었어요. 오크 행성은 깔끔히 비워진 상태였죠."

치프가 오크 행성의 지옥도를 얘기하려던 찰나였다.

완전무장한 해병 한 명이 의무실로 들어와 치프에게 경례했다.

"원사님, 회사로부터 긴급 연락입니다."

"긴급 연락?"

"초대형 함선이 포함된 오크 함대가 그라니트 행성으로 진입했다고 합니다. 오크들의 왕이 이끄는 함대 같다고 부사장님이 말했습니다."

"하……."

치프는 넝마가 된 자신의 육체에 엄청난 피로감이 몰려오는 것을 느꼈다.

'지금 당장 회사가 공격을 당하는 건 아닌 것 같은데…….'

행여 기습을 당하는 와중이라고 해도 위스콘신부터 시작해서 드래곤들까지 모두 모여 있는 회사가 간단히 점령당하지는 않을 거라고 생각했다.

하지만 신체 손상 때문인지 그가 느낀 불안감은 이성을 마비시킬 정도였다.

그는 해병이 들고 있는 단말기를 봤다.

데스디아의 이름이 화면에 큼지막하게 찍혀 있었다.

"내가 직접 통화해도 될까?"

그가 해병에게 물었다.

"부탁드립니다."

해병은 즉시 자신의 단말기를 치프에게 넘겼다.

"뎃디, 내 말 들려?"

─치프! 그쪽은 어떻게 됐지? 우리 고향!

"놈들의 함선을 20척 정도로 줄였어."

─20척을 줄였다는 건가, 아니면…….

"수백 척이 있었지만 남은 건 20여 척이야. 지금 하와이와 함께 놈들이 상륙한 지점을 향해 움직이고 있어. 금방 끝내고 그쪽으로 갈 테니 어떻게든 버텨줘."

버텨달라는 치프의 목소리에는 힘이 빠져 있었다.

─그렇다면 이쪽도 좋은 소식을 들려줘야겠군. 오크 왕이 이끄는 것으로 예상되는 적 함대는 회사로부터 1,800킬로미터 떨어진 곳에 상륙했어. 오늘 당장 기습을 받을 일은 없을 거야.

데스디아의 말을 들은 치프는 가볍게 한숨을 내쉬었다.

"아, 다행이네. 그러면 뎃디, 부탁이 있어."

─뭐든 얘기해, 치프.

"로젤라가 오라클을 확보하기 위해서 회사로 갈 거야. 아니, 이미 회사에 있을지도 몰라. 오라클을 지켜줘."

─이제 와서 오라클이라고? 우주연합에서 그 애가 가진 명단을 아직도 원한단 말인가?

"우주연합의 사정 따윈 알 바 아니야. 로젤라에게 찍힌 이상 주의해야 돼."

─그러지. 당신은 괜찮아?

"아직은 괜찮은 것 같아."

데스디아는 한참동안 말을 하지 않았다.

―하아, 영상통화가 안 되는 게 답답하군. 무리하지 마, 치프. 알타이르의 전사들은 강해.

"알았어, 뎃디. 이쪽 일이 정리되면 연락할게."

―기다리지.

통신을 끊은 치프는 단말기를 해병에게 돌려줬다.

치프는 헬멧의 통신기를 이용하기 위해서 옆에 벗어놨던 헬멧을 다시 썼다.

"A―1730입니다. 함장님, 들리십니까?"

―얘기하게. 자네 괜찮나?

"괜찮습니다. 오크 함선들이 어디에 상륙했는지 위치를 알 수 있을까요?"

―이제 위성을 올려서 정보를 수집할 것이네. 자세한 정보가 들어오면 즉시 얘기해 주지.

"알겠습니다. 그런데… 하와이로 지원사격이 가능합니까?"

―지상 지원용 소형 포탑은 무사하다네. 하지만 이동하면서 사격은 불가능할 것 같아.

"어렵네요. 전투복 수리가 끝나면 바로 함교로 올라가겠습니다."

―그러게. 하지만 너무 무리하지 말게.

"알겠습니다, 함장님. A―1730, 통신 종료."

―통신 종료.

헬멧을 다시 벗은 치프는 옆에 대기 중인 해병을 봤다.

"미안한데 뭔가 마실 것 좀 없나?"

"탄산음료, 스포츠음료, 미네랄워터, 모두 말씀하십시오! 지옥에서라도 가져오겠습니다, 원사님!"

"복숭아 아이스티. 최대한 진하게 타서."

"지시대로 움직이겠습니다, 원사님!"

경례를 한 해병은 즉각 의무실에서 뛰어나갔다.

헤이파가 정령의 힘을 이용해 치프를 진찰하는 한편, 탈리케이아는 바닥에 쏟아진 치프의 가루를 손으로 만지작거리며 물었다.

"해군 함선에 복숭아 아이스티가 있어?"

"가루로 된 게 있어. 그보다… 뭐 해?"

"응, 이 가루가 좀 신기해서."

탈리케이아가 다시 가루를 만졌다.

"신기해. 잘게 빻은 화강암 같아."

"그래?"

산화해서 부서진 자신의 몸을 자세히 살핀 적이 없는 치프는 의외라는 표정을 지었다.

"가문에서 온갖 암석을 다루니까 잘 알아. 하지만 왜 화강암에 가까운 거지?"

"그러게. 금이었으면 얼마나 좋을까."

"…그런 걸로 농담하지 마."

그녀가 진지하게 따지자 치프는 손을 들어 미안함을 표시했다.

탈리케이아는 혁대에 달린 가방에서 천으로 된 주머니를 꺼내 치프의 그 가루를 수습했다.

"기분이 이상하네. 불과 몇 시간 전까지만 해도 오크들이 고향에 쳐들어온다는 건 꿈에도 생각 못 했거든."

"나도 오늘 아침에 식사를 할 때까지도 생각 못 했어."

치프가 대답했다.

"이거 혹시 나 때문에 이렇게 된 건가?"

그가 자책감을 섞어 말했다.

헤이파가 그의 뒤통수를 살짝 때리는 것으로 경고를 대신한 뒤 방금 약초를 조합하여 만든 동그란 물체를 내밀었다.

"첫째가 이런 걸 몇 번 만들어줬을 것이네. 먹는 방법은 잘 알지?"

"물론이죠."

치프는 그 환약을 입안에 넣고 꿀꺽 삼켰다.

조금 뒤 해병이 1리터짜리 식수용 팩에 잔뜩 타서 담아온 복숭아 아이스티를 그에게 가져다주었다.

"얼음을 넣지 않았군."

그가 묻자 해병이 움찔했다.

"가져오겠습니다!"

"아니, 좋은 센스야."

"……."

치프는 그냥 차가운 음료는 좋아하지만 얼음이 담긴 음료는 그렇지 않았다. 얼음이 녹아서 음료의 농도가 낮아지는 것을 정말 싫어하기 때문이다.

아이스티와 헤이파가 준 약 덕분에 치프의 안색이 빠르게 나아졌다.

혼탁해진 몸의 기운과 혼란스럽던 정신이 안정되면서 부정적인 생각도 차츰 사라졌다.

냉정을 되찾은 치프는 곧이어 의무관이 가져온 전투복들을 이용하여 지금 입고 있는 전투복의 망가진 부분들을 깔끔하게 교체했다.

전투복과 함께 온 해병들도 바짝 집중하여 그를 도왔다. 그들은 여기서 치프를 제대로 돕지 않으면 자신들이 알타이르 행성에서 오랫동안 머물게 되거나 오크들에게 짓밟힐 수 있다는 사실을 잘 알고 있었다.

해병들의 전투복 부품들을 썼기에 비록 누더기처럼 되긴 했지만 전투복의 작동에는 아무런 문제가 없었다.

그는 마지막으로 동력로를 들었다.

기름 라이터 사이즈의 그 물건을 본 헤이파와 탈리케이아는 살짝 긴장했다. 크기만 작을 뿐, 무려 레이저 핵융합 동력로였기에 전투복을 움직이기에는 충분하고도 넘치는 물건이었다.

그것을 건전지처럼 갈아 끼우고 장갑판을 덮는 것으로 일을 마친 치프는 몸을 살짝 움직여 봤다.

'팔다리에 문제가 있지만 전투 수행에는 문제가 없어. 이 정도면 되겠지.'

헬멧을 다시 쓴 그는 함교에 통신을 보냈다.

"여기는 A—1730. 함장님, 위성 설치는 끝났습니까?"

—지금 마무리 단계일세. 어서 올라오게.

"알겠습니다. 위에서 뵙겠습니다, 함장님."

도움을 준 의무관과 해병들에게 경례를 한 치프는 헤이파, 탈리케이아와 함께 함교로 올라갔다.

"장갑판 균열 때문에 복도에 바람이 막 부네요. 함선이 찢어지지 않은 게 다행이군요."

치프의 태평스럽게 말했다.

실제로 지금 하와이는 날고 있는 게 신기한 물건이었다.

함교로 올라간 치프는 함장과 경례를 나눈 뒤 레이더 관제사에게 다가갔다.

"상황은?"

"좋지 않습니다."

관제사가 긴장한 표정으로 말했다.

그는 위성에서 관측한 화면을 치프와 헤이파, 탈리케이아에게 보여주었다.

"이 부근에 오크들의 함선이 집중적으로 상륙했습니다. 제가 알타이르 행성의 지형에 익숙지 않아서 잘 모르겠습니다만, 중요한 시설이라도 있는 겁니까?"

화면에 뜬 지도와 오크들의 배치 상황을 본 헤이파의 한숨 소리가 심하게 떨렸다.

"수도, 그것도 여왕 폐하께서 계시는 왕궁 근처라네."

"아… 그럼 정말 큰일이군요. 화면만 봤을 때는 알타이르 군대의 방어선이 급격히 무너지고 있습니다."

"그런 것 같군."

헤이파는 오크 군대의 전진속도를 살폈다.

그들은 전투를 치르며 진군한다기보다는 거의 마라톤을 하듯 질주하고 있었다.

"오크들이 정말 그 약을 쓴 것 같은데?"

"그렇겠죠, 여사님."

치프는 헤이파마저 무력화시켰던 그 약을 떠올린 뒤 조타수를 불렀다.

"조타수, 우리가 오크들의 군대와 접촉할 때까지 얼마나 걸리겠나?"

조타수는 씁쓸한 표정을 지었다.

"하와이의 속도가 4노트⋯ 시속 7.4킬로미터 이하로 떨어졌습니다. 이대로라면 날이 저물 무렵에나 현장에 도착할 수 있을 겁니다."

"⋯흠. 통신 관제사, 지구와의 연락은?"

치프가 묻자 통신 관제사가 그를 향해 몸을 돌렸다.

"제36임무부대가 지구에서 준비 중입니다. 하지만 알타이르 본성과의 통신이 두절되어서 머뭇거리고 있는 것 같습니다."

"방금 위성에서 찍은 사진을 사령부에 보낸 다음 무조건 출격시켜 달라고 해. 책임은 내가 질 테니까."

"알겠습니다."

치프는 이어서 함장에게 물었다.

"함장님, 격납고에 있는 수송기들을 써도 되겠습니까?"

"격납고 진출입로의 문이 고장 났는데?"

"부수고 나가야죠."

"하지만 상황이 안 좋네."

함장이 자신의 상황판을 보여줬다.

"아까 대기권에 강제로 진입하면서 격납고 내의 시설들이 타격을 입었네. 멀쩡히 움직일 수 있는 수송기는 한 대뿐이야."

"어쩔 수 없죠. 한 대면 됩니다. 보행전차 두 대를 대인전투 전용 무장으로 맞춰주시고, 조종 시스템은 가디언으로 해주세요."

함장은 치프의 주문에 따라 상황판을 이용하여 하와이의 격납고에 있는 보행전차들의 상태를 실시간으로 바꿨다.

"AP키트 장착에… 가디언이라고? 자네 혼자서 그것들을 운용하겠다는 건가?"

"물론 데토네이터로 운용해야죠."

"우리 함선엔 데토네이터가 없는데?"

"제가 만들 수 있어요."

"…그, 무장제조라는 걸로 말인가? 그거 만들 때마다 자네가 성냥처럼 탄다고 들었는데?"

"지금은 그런 걸 따질 때가 아니지 않습니까?"

치프는 장갑을 벗었다.

함장은 가루가 흘러내리는 텅 빈 전투복 소매를 보고 당황하여 입을 벌렸다.

"알타이르 사람들이 자네에게 어떤 보답을 할지 알아내기 위해서라도 오래 살아야겠군. 몸조심하게."

"알겠습니다, 함장님. …여기까지 모시고 와서 죄송합니다, 중령님."

치프가 진심으로 사과했다.

그 후덕한 몸집의 함장은 이 분위기에 무슨 그런 말을 하나는 투로 웃었다.

"열기구를 타고 세계 일주를 하는 느낌이랄까? 소년일 때 즐겼으면 더 신났을 것 같은데, 그래도 나름 괜찮은 것 같아. 자네와 엮인 이상 각오해야 하는 일이 아니던가?"

"이해해 주셔서 감사합니다."

경례를 한 치프는 헤이파와 탈리케이아를 데리고 함교를 나갔다.

엉망이 된 격납고에 도착한 치프는 수송기 안으로 들어가는 보행전차들을 보며 해병들에게 물었다.

"전차의 상태는 괜찮나?"

"원사님보다는 멀쩡합니다."

수송기와 보행전차들을 살피고 점검하던 해병들이 일제히 치프 쪽으로 돌아서서 경례를 했다.

"부디 살아서 돌아오십시오, 원사님."

"그래야지."

치프는 도열한 해병들 사이를 지나 수송기에 올라탔다.

조종석에 대기 중인 해병도 그에게 경례를 했다.

"함께해서 영광입니다, 원사님."

"집에 갈 때도 이걸 써야 하니까 예쁘게 잘 조종해 줘."

"알겠습니다."

치프는 헬멧의 통신기를 눌렀다.

"여사님, 탑승하셨습니까?"

―나와 탈리 모두 올라탔네.

"수송기 안쪽으로 깊숙이 들어가세요. 보행전차가 강하할 때 다치실지도 몰라요."

―걱정 말게. 수송기 위에 서 있으니까 괜찮을 거야.

"…당장 안으로 들어가서 의자에 앉아주세요. 안 괜찮으니까요!"

―이젠 나에게도 명령을 하는군.

투덜거린 헤이파는 탈리케이아와 함께 수송기 안으로 들어갔다.

"저분, 수송기를 수상스키쯤으로 아시는군요."

조종석의 해병이 중얼거리자 치프가 웃음소리를 냈다. 원래는 어깨를 들썩했겠지만 팔의 상태가 안 좋아서 그러지 못하고 있었다.

"보행전차 격납 완료!"

이윽고 해병이 외치자 치프가 헬멧에 손을 댔다.

"격납고 내의 전 해병, 안전 구역으로 이동! 예정대로 격납고 문을 부순다!"

―재미 보고 오십시오!

해병들이 들판의 들소들처럼 발소리를 내며 안전 구역을 향해 질주했다.

하와이의 격납고 문을 기총으로 부순 수송기가 알타이르의 하늘 속으로 뛰어들었다.

기체를 돌리며 균형을 잡은 수송기가 전속력으로 수도를 향해 날아갔다.

89
가진 것을 모두 꺼내서

치프는 왼팔 팔뚝 보호대에서 자신의 단말기를 뺐다.

그는 단말기의 확장 슬롯에 어떤 낡은 칩셋을 담담한 손짓으로 끼워 넣었다. 전체적인 모습이 꼭 안개 짙은 새벽 호숫가에 앉아 낚싯대를 준비하는 노인처럼 평범하면서도 무게감이 넘쳤다.

"원사님. 그건 인공지능 칩셋입니까?"

수송기의 조종을 맡은 해병이 물었다.

"작동 수명을 한참 넘은 신기한 친구지."

"친구라고까지 말씀하시는 걸 봐서는 원사님과 정말 오랫동안 함께 있었던 인공지능인가 보군요."

"그 정도는 아니고, 그냥 굴곡이 넘치는 인연이라고나 할까?"

치프는 팔뚝 보호대에 단말기를 다시 설치했다.

"상대해야 하는 놈들의 머릿수도 머릿수지만 인질을 잡아서 인간방패로 삼았을 가능성도 있어. 그러니 인공지능의 보조가 필요할 거야."

치프의 말에 해병이 움찔했다.

"인간방패라고 하셨습니까?"

"같은 종족도 소금에 절여서 갖고 다니는 놈들인데 인간방패 쯤은 일도 아니겠지. 시간이 촉박하니 알타이르 전사들의 팔다 리를 잘라서 조끼처럼 매달고 다니진 못할 거야."

"예?"

"그런 짓도 대충 했다가는 인질이 과다 출혈로 쇼크사하거든. 인질로서의 가치가 없어지지."

"⋯⋯."

해병은 치프의 말에 경악하여 몇 초 동안 말을 하지 못했다.

"혹시 그런 걸 보신 적이 있으십니까?"

"화성과 토성 식민지에서 그런 꼴을 봤지. 우리가 왔다는 얘 기를 어떻게 들었는지 자기네 보행전차에 사람들을 걸고 돌아 다니더군."

"⋯⋯."

치프는 조수석에 있는 종합 상황판을 들고 위성에서 들어오 는 정보를 다시 확인했다.

"적들의 총 숫자는 13만 7천 정도야. 한 척당 7,000명 안쪽으 로 탑승했단 뜻이겠지?"

"지휘 체계가 어디에 있을지 궁금하군요."

해병이 고개를 갸웃거렸다.

"14만에 가까운 인원이 상륙 1시간도 안 돼서 지휘 체계 같은 걸 꾸릴 수는 없을 거야. 내가 보기엔 오크 워로드 같은 놈들을 중심으로 20여 개의 군대가 대강 눈치를 보고 맞추면서 움직이는 것 같아."

"눈치요? 무려 14만 명인데요?"

"닥치고 파괴, 닥치고 납치, 닥치고 번식이 놈들의 인생 그 자체잖아? 우리가 모르는 노하우 같은 게 있을지도 모르지."

"예… 아, 왕궁 도착까지 앞으로 4분입니다."

"척력장 준비. 내가 낙하 위치를 지정하고 강하하면 지도의 이 지점을 향해서 전속력으로 이탈하도록 해."

치프가 수도의 어떤 곳을 손끝으로 찍었다.

"여기가 어딥니까?"

"뎃디네 집. 적어도 대공포를 맞을 일은 없을 거야."

조수석에서 일어난 치프는 해병의 좌석을 두드려 준 뒤 보행 전차가 있는 탑승실로 이동했다.

헤이파와 탈리케이아는 탑승실의 보조 좌석에 앉아 있었다. 둘은 눈을 감은 채 의자에 가만히 앉아서 정신을 가다듬는 중이었다.

치프는 그녀들과 얘기를 할까 하다가 남은 시간이 3분 정도라는 것을 떠올리고는 강하 준비에 들어갔다.

"설마 자네 혼자 내려갈 생각은 아니겠지?"

헤이파가 눈을 뜨더니 경고하듯 물었다.

"여사님께서 안 계시면 제가 괴물 취급을 받으며 두들겨 맞겠죠. 낙하 위치도 여사님께서 잡아주셔야 해요."

치프는 팔목보호대 안의 단말기를 조작하여 인공위성의 정보를 헤이파와 탈리케이아에게 전달해 주었다.

탈리케이아도 눈을 떴다. 그녀는 헤이파와 함께 단말기 화면을 보며 오크 군대의 규모와 현재 위치를 세밀히 살폈다.

치프는 그녀들이 고민하는 사이 화생방전 마스크를 꺼내 그들에게 건네주었다.

"약에 당하면 안 되니 불편하시더라도 이걸 사용해 주세요."

그가 건네준 마스크는 입과 코만 가릴 수 있는 물건이었다. 게다가 머리에 마스크를 밀착시키는 끈이 없었다. 마스크를 쓴 헤이파는 신기하다는 표정을 지었다.

"끈이 없어도 얼굴에 잘 달라붙는군. 접착제가 발라진 건가?"

"지구의 첨단기술이라고 생각해 주세요."

"그렇군. 낙하 위치는 이곳이 좋을 것 같네."

헤이파가 찍은 지점이 치프의 단말기에도 표시되었다.

치프는 보행전차에 시동을 걸면서 헬멧의 통신기를 눌렀다.

"해병, 낙하 위치 확인했나?"

ㅡ지금 확인했습니다. 138초 남았습니다.

"그 정도면 충분해."

치프는 헤이파와 탈리케이아에게 손짓했다.

"보행전차 위로 올라가세요. 위에 보병용 손잡이가 있으니 단단히 붙들고 계셔야 해요."

"알겠네."

자리에서 일어난 둘은 표범처럼 가볍게 전차 위로 올라갔다.

"해병, 후방 출입문 개방."

―후방 출입문 개방!

수송기의 후방 출입문이 좌우로 활짝 열렸다. 단말기 화면을 보며 타이밍을 계산하던 치프가 이윽고 외쳤다.

"전차 분리! A―1730도 강하한다!"

―분리! 행운을 빕니다, 원사님!

시동이 걸린 전차 두 대가 수송기의 출입문 뒤로 빠져나갔다. 치프는 밑에서 올라오는 오크들의 소총탄들을 향해 몸을 날렸다.

치프는 팔다리를 쫙 편 채로 강하하며 지상의 상황을 봤다.

오크들이 수류탄 비슷하게 던지며 뿌리는 흰색의 연기가 왕궁 한쪽에 자욱했다. 그 연기에 오랫동안 노출된 알타이르 전사들은 무기들을 놓치며 허무하게 쓰러졌다.

오크들은 그녀들을 포대 자루 다루듯 어깨에 걸치고는 즐겁게 본진 쪽으로 후퇴했다.

'나쁜 예감은 항상 들어맞는단 말이지.'

치프는 단말기에 손을 댔다.

"인공지능 보조 요청. 일어날 시간이야, 잭팟."

―J―P101 잭팟, 요청에 의해 기상. 아… A―1730? 저에게 무슨 짓을 하신 겁니까, 원사님?

치프는 헬멧 안에 잭팟의, 아니 사만다의 목소리가 울리자 흠칫했다.

"난 네가 왜 사만다의 목소리를 내는지 이해가 안 되는데?"

―됐습니다. 제가 왜 여기 있는 겁니까? 전 안드레이 중사님을 따라가는 것을 끝으로 폐기된 줄 알았습니다만?

"너처럼 불안 요소가 있는 인공지능은 흔하지 않거든. 말이 불안 요소지, 실제로는 인격체로 분류되는 희귀품이라서 말이야. 그래서 칩셋 형태로 보관하라고 안드레이에게 지시했어."

─우린 감동의 이별을 한 게 아니었습니까? 전 고백 비슷한 것도 했습니다만.

"내가 그런 걸로 감동할 사람이었으면 일찌감치 결혼해서 애를 봤겠지."

─원사님은 정말 나쁜 분이군요.

"이제 알았어?"

치프의 몸 전체에서 백금색의 빛이 흘러나왔다.

"잭팟, 보행전차를 데토네이터에 연동시켜."

─데토네이터가 없습니다만?

지상에서 올라온 입자들이 치프를 둘러싸고는 검은색의 육중한 기동병기, 데토네이터로서 재구축되었다.

─데토네이터 운영체제를 확인했습니다. 운영체제까지 완비되었을 줄은 몰랐…….

"연동해!"

─보행전차와 연동.

데토네이터가 중력파를 발생시켜 낙하 속도를 줄였다. 헤이파와 탈리케이아가 각각 올라탄 보행전차들 역시 추진 장치를 작동시켜 중심을 잡고 감속했다.

탈리케이아는 갑작스런 감속에 조금 당황했으나 무리 없이 중심을 잡고 자세를 낮췄다.

"데토네이터의 레일건으로 사격하겠어. 잭팟, 위성에서 오는 자료를 기반으로 오크들만 밀집된 구역을 표시해 줘."

─즉시 표시합니다.

치프의 헬멧에 오크들의 밀집 지역이 표시됐다. 그 지역과 레일건에 타격 예상 범위가 깔끔하게 겹쳤다.

"출력 조정 완료. 좋아."

데토네이터의 오른쪽 등판에 장비된 대구경 레일건이 사격준비에 들어갔다. 보행전차들 역시 그에 맞춰 포탑을 돌렸다.

─보행전차가 언제부터 공중사격이 가능했습니까?

잭팟이 물었다.

"지금부터지."

데토네이터 주변의 중력파가 보행전차를 감쌌다.

안정성을 확보한 데토네이터와 보행전차의 대구경 레일건들이 일제히 전기불꽃을 뿜었다.

데토네이터의 탄환은 단순한 쇳덩어리였으나 보행전차가 쏘는 포탄은 그렇지 않았다. 그 대인용 산탄은 오크들의 머리 위에서 폭발하여 굵직한 쇠구슬을 뿌려댔다.

약 400미터 반경 내의 생물체들이 일제히 분해됐다. 투명한 거인이 고운 잔디를 밟듯, 오크 대열의 한가운데가 허무하게 푹 꺼지는 모습은 헤이파와 탈리케이아에게도 압박감을 주었다.

"우린 내리겠네, 치프! 여왕 폐하를 보호하고 현재 상황을 아뢰겠네! 놈들이 약을 뿌리지 못하도록 조치하고 연락하게!"

"부탁드립니다!"

데토네이터의 외부 스피커로 응답한 치프는 아직 높은 고도에 있음에도 불구하고 왕궁을 향해 뛰어내리는 헤이파와 탈리케이아를 잠깐 동안 지켜봤다.

―저분들은 괜찮으실 겁니다.

"그래야겠지."

치프의 데토네이터와 보행전차들이 계속해서 포탄을 날렸다. 밀집한 채로 전진하던 오크들이 계속 쏟아지는 사격의 영향으로 인해 차츰 흩어졌다.

―보행전차의 장비를 확인했습니다. 대인용 미사일보다는 카본 블레이드가 인상 깊군요.

"갑옷이나 근육 따위로 막을 수 있는 무기가 아니잖아?"

―사람이 눈으로 확인하면서 사용할 수 있는 무기도 아니지요. 저에게 보조를 맡기신 이유를 알겠군요.

"그럼 열심히 일하도록 해! 알타이르 사람들은 건드리지 말고! 착륙한다!"

데토네이터가 열심히 사격 중인 오크 워스컬 하나를 깔아뭉개며 착지했다. 보행전차들 역시 데토네이터 좌우에 안착했다.

"보행전차를 보행 상태로 전환."

―보행 상태로 전환합니다. 데토네이터에 설치된 기관포 및 카본 블레이드, 플라즈마 토치로 엄호합니다.

보행전차들이 전차의 형태를 벗어나 이족 보행의 로봇처럼 일어나는 가운데, 데토네이터가 스케이트 선수처럼 지면 위를 질주하며 주변에 있는 오크들을 공격했다.

기관포탄에 맞아 분해되는 자들은 기본이었다.

데토네이터의 두 팔에 설치된 플라즈마 토치로부터 푸른색의 불꽃이 10미터가량 뿜어졌다. 그 초고열의 칼날은 나이트 스토커의 칼날처럼 오크들을 자르고 그들의 갑옷을 증발시켰다.

녹아버린 갑옷이 수은처럼 뭉친 채 바닥에 쏟아진 뒤 넓게 퍼졌다.

플라즈마 토치에 당한 자는 오크 워스컬과 워로드 정도였다.

가장 뛰어난 살상 능력을 보이는 것은 데토네이터의 어깨에서 엄청난 규모로 뿜어진 검은색의 실이었다.

눈으로 당장 확인하기 힘든 만큼 얇은 그 카본 블레이드들은 분자 하나 두께의 접촉면이라는 날카로움을 앞세워서 오크들을 학살했다.

인공지능의 보조를 받은 카본 블레이드의 공격 범위는 무려 3km였다. 본체에서 뻗어나간 실들은 인공지능의 제어에 의해 휘고 꺾이고 분열되면서 범위 내의 생물체들을 모두 잘라 버렸다.

인간은 카본 블레이드를 제대로 사용할 수가 없지만 데토네이터나 보행전차의 감지 장치, 그리고 위성의 보조를 받을 수 있는 인공지능은 그렇지 않았다.

민간인, 혹은 문명 수준의 격차가 큰 행성인들을 상대로 카본 블레이드는 열병기보다 더 깔끔한 대량 살상 무기였다.

판금갑옷 외엔 이렇다 할 방어 장비가 없는 오크들 입장에선 카본 블레이드의 실 하나하나가 지옥의 경계선이나 다름없었다.

보행전차들이 완전히 일어났다.

─보행전차, 보행 상태로 전환 완료.

"그럼 가볼까?"

─원사님의 생명반응이 점차 약해지고 있습니다. 전투복의

생명 유지 장치가 작동하기 직전입니다. 신체에 쌓인 각종 구급 약품의 농도가 위험 수준입니다. 괜찮으시겠습니까?

"몰랐나? 내 인생은 항상 이런 식이야!"

잭팟에 의해 연동된 보행전차들의 몸체로부터 또 다른 카본 블레이드들이 사출됐다.

한 대의 데토네이터, 그리고 두 대의 보행전차가 고속으로 질주했다.

인공지능의 보조를 받아 완전히 연동된 세 대의 기갑차량은 아이스 쇼를 벌이듯 나란히 땅 위를 미끄러지며 카본 블레이드들을 휘둘렀다.

부서진 성벽을 통해 꾸역꾸역 밀려오던 오크들의 신체가 순식간에 절단됐다.

중간 지휘를 맡은 족장이나 오크 워스컬들이 방패를 세웠으나 고속으로 움직이는 카본 블레이드를 그들의 눈으로 따라잡는 것은 불가능했다.

방패를 든 팔이 먼저 잘리고 산산조각 나는 자가 있는가 하면 방패와 갑옷째로 잘리는 자도 있었다.

현장에서 카본 블레이드의 움직임을 눈으로 확인할 수 있는 존재는 성벽 위에 있는 알타이르 전사들뿐이었다.

그 공포스러운 위력으로 인해 알타이르 전사들마저 데토네이터에 활을 겨누고 있었다.

─피아 식별을 확실히 해줄 필요가 있어 보입니다.

"피아 식별? 누구한테?"

카본 블레이드의 제어를 잭팟에게 맡긴 치프는 전방을 주시한 채 의아해했다.

─알타이르 전사들이지요. 잘못하면 우리 뒤통수에 화살이 꽂힐 겁니다.

"그렇군. 데토네이터라면 몰라도 보행전차는 장갑이 뚫릴 수도 있지. 어쩔까나?"

─제가 알아서 하지요. 원사님은 이 행성에서 꽤 유명한 분이 아닙니까?

"그렇긴 한데… 아, 잠깐! 잭팟!"

인간의 머리 역할을 하는 데토네이터의 감지 장치 위로 커다란 입체 영상이 올라왔다.

그 입체 영상은 잭팟이 알타이르 왕립 방송국에서 송출하는 치프의 모습을 대강 편집하여 만든 물건이었다.

"여기는 그라니트 용역의 치프입니다! 여러분들을 구해주러 왔으니 쏘지 마세요!"

뒤이어 상쾌한 느낌의 기타 연주가 쩌렁쩌렁 울려 퍼졌다. 치프는 잭팟이 흉내 낸 자신의 목소리와 음악 소리를 듣고는 얼굴이 빨개졌다.

알타이르 전사들은 하늘에 게이트가 갑자기 나타났다가 사라진 것을 기억하고 있었다.

그들은 치프가 함선을 만들고 메이건과 싸웠던 영상을 매일 봐왔던 덕분에 그 모든 것이 치프의 덕분임을 어렵지 않게 깨달을 수 있었다.

알타이르 전사들은 활과 창, 칼을 들어 올리며 환호하고 휘파람 소리를 냈다.

―원사님의 인기가 대단하군요.

"군에서 전역하면 여기에서 눌러 살까 생각 중이야. 안심하고 연금을 소비하며 살 수 있을 것 같거든."

치프의 대답은 물론 농담이었다.

그러나 그는 알타이르 전사들의 환호성이 더 커진 것을 느끼자마자 자신의 단말기가 들어 있는 팔뚝 보호대를 노려봤다.

"방금 그 말을 생중계한 건 아니겠지?"

―그들에겐 영웅이 필요합니다, 원사님.

"제길!"

그는 큰일이 터졌음을 직감했으나 그렇다고 눈앞에 있는 오크들을 봐줄 생각은 없었다.

입체 영상이 사라지자마자 성벽의 알타이르 전사들이 화살을 이용하여 치프를 지원해 주었다.

오크들은 쏟아지는 화살과 휘몰아치는 카본 블레이드에 휘말려 속절없이 사망했다.

오크들이 화살에 대비하여 머리에 쓴 무쇠투구가 화살에 맞아 날아가고, 그 자리에 카본 블레이드가 들이닥쳐 이마를 잘랐다.

그 패턴을 본 치프가 당황했다.

"카본 블레이드라면 저딴 투구 따위는 무시하고 자를 수 있잖아? 왜 일을 키우는 거야?"

―여성들에게 인기를 끌 수 있는 절호의 기회입니다.

"제발 참아줘!"

―즐거운 노후를 원하시는 게 아닙니까?

"이 행성에서 이런 식으로 띄워지면 말라 죽을 거란 말이야!"

—흠, 참으로 청소년 같은 환상을 갖고 계시는군요. 인기를 끄는 것과 종마가 되는 것은 다른 문제입니다. 이 행성의 여성들을 너무 가볍게 보시는 것 아닙니까?

"네가 분위기를 몰라서 그래!"

농담은 했지만 데토네이터를 조작하는 치프의 손에 멈춤이란 없었다.

땅에 숨은 채 카본 블레이드의 폭풍을 피한 오크들이 도끼와 검을 들고 은신처에서 뛰쳐나왔다. 하지만 그들은 보행전차의 양팔에 장비된 타격용 방패에 맞아 날아가거나 짓뭉개져 즉사했다.

"잭팟, 녀석들을 왜 놓친 거야?"

—땅속에 숨은 오크들은 위성에서 바로 발견할 수 없습니다. 데토네이터나 보행전차에 설치된 감지 장치까지 이용해야 합니다.

"그럼 이용하면 되잖아?"

—그렇지요.

"……."

치프는 피로감이 잔뜩 낀 한숨을 내쉬며 조종간을 움직였다.

"좋아, 잭팟. 구출해야 할 알타이르 사람이 몇 명인지 알아봐 줘."

—그 때문에 굳이 카본 블레이드의 기밀을 깨고 사용하시는 겁니까?

"그렇긴 한데, 아무튼 네가 필요해. 난 지금처럼 특수한 상황에서 사람들을 정확하게 구출할 자신이 없어."

—알겠습니다. 현재 계산 중. 오크들에게 끌려간 알타이르 전사들의 숫자는 1,722명입니다.

"그들의 신체 상태까지 알 수 있을까?"

—다들 몸매가 좋군요.

"…농담은 이쯤 하자고."

—그들은 모두 무사합니다. 잘해야 타박상이고, 오크들에게 험한 꼴을 당할 뻔했던 알타이르 전사들은 원사님의 포격 덕분에 큰일을 면했습니다. 생포한 알타이르 전사들을 옮기느라 바쁘군요.

"다행이군. 하지만 이상해."

치프는 오른손에 쥔 조종간을 당겼다.

보행전차 중 한 대가 멈추더니 전차용 건하운드를 뽑아 들고는 밀알보다 작은 크기의 탄환들을 전방에 살포했다.

그에 정면으로 얻어맞은 오크들은 파도에 강타당한 모래성처럼 분쇄됐다.

—이상하다니요?

"그렇잖아? 저 아가씨들을 자기네 함선에 무사히 싣는다고 해도 이 행성에서 탈출할 방법이 없다는 건 놈들도 잘 알 텐데?"

—저들에게 그러한 지능이 있다고 생각하십니까? 알타이르 함선들의 지상 타격 능력이 형편없어서 그렇지, 저들은 알타이르의 여왕만을 노린 무모한 공격만을 반복하고 있습니다.

"믿는 구석은 있는 것 같은데? 느낌상 말이야."

치프의 헬멧에 왕궁 쪽으로 다시 몰려오는 오크들의 모습이 잡혔다.

"네 말대로 여왕만을 노린 공격이라면 공성전 도중에 알타이르 전사들을 데려갈 이유가 없잖아? 놈들의 함선이 착륙한 지점을 봐. 물이 없어."

—원사님의 말씀대로 그들이 착륙한 장소에 적당한 식수원은 없습니다. 가장 큰 식수원은 이 왕궁이군요.

"흠… 생각해 보니 알타이르의 여왕이 어떤 능력을 갖고 있는지 알아본 적이 없군."

치프는 조종간을 움직이고 방아쇠를 당기며 오크들을 처리했다. 그의 시야 밖에서 돌격해 오는 오크들은 잭팟이 카본 블레이드로 썰어버렸다.

—알타이르 여왕에게 특수한 능력이 존재한다는 정보는 지구 측 데이터베이스 그 어디에도 없습니다.

"그게 문제야. 난 여사님께서 무의식 상태로도 정령 교감이 가능하다는 사실을 최근에야 알게 됐지. 알타이르는 대단히 폐쇄적인 곳이야. 최고 제사장이 정확히 무엇을 하는 존재인지, 그리고 누군가가 여왕으로 모셔지는 기준이 무엇인지 외부에 밝혀진 바가 없어. 사람들의 감이 너무 좋아서 첩자를 심는 것도 불가능하고 말이야."

—여사님이나 부사장님께 물어보시지 그러셨습니까?

"…그러게."

가볍게 한탄한 치프는 기계적으로 사격하며 고민했다.

보행전차들이 인마 살상용 미사일들을 뿌려서 오크들의 대열을 1킬로미터 가량 끊어버렸다. 그럼에도 불구하고 오크들은 동족의 피와 시체 조각들을 무참히 밟으며 계속 질주했다.

"확실히 짚고 넘어가야겠군. 잭팟, 헤이파 여사님과 연결해 줘."

─알타이르의 통신 시설이 완전히 마비된 건 아시지요?

"당연히 알지. 그래서 제36임무부대가 준비만 하고 있었잖아? …잠깐, 왜 마비됐지? 마비될 이유가 없는데?"

─이유는 불명입니다.

"…대충 느낌이 오는군. 위성을 이용한 통신으로 헤이파 여사님과 연결해."

─알겠습니다, 원사님.

조금 뒤, 헤이파의 목소리가 치프의 헬멧 안에 울렸다.

─자네, 무사한가?

"아직까지는 괜찮아요. 여사님, 아무튼 어려운 질문 하나 드려도 될까요?"

─어려운 질문? 무엇인가?

"만약 알타이르의 여왕 폐하께서 오크들에게 붙잡히면 어떻게 되죠?"

─정말 어려운 질문을 하는군.

"오크들이 왕궁만을 노리고 돌격해 오는 이유를 모르겠거든요. 그리고 이상한 건 그뿐만이 아니에요."

─무엇인가?

"지금까지 만난 오크 워스컬이나 워로드 모두 정령과의 교감을 쓰지 못하고 있어요. 나노머신을 주입당할 틈이 없어서 그렇다고 하면 할 말은 없지만, 한 놈 정도는 있어도 이상할 게 없잖아요?"

—자네에게 답을 해야 할지는 폐하께 여쭤보겠네. 잠시 기다리게.

치프는 자신의 질문이 그렇게나 치명적인 것인지 궁금했다.

이윽고 헤이파의 목소리가 다시 들려왔다.

—폐하께서 특별히 허락하셨네. 대신 오크들을 전부 죽이기 전에는 그 누구에게도 발설하지 말고 우리의 뜻에 거스르는 행동을 해서도 안 된다네.

"지금 말씀하신 오크라는 건 이 행성에 들어와 있는 오크들을 말씀하시는 거죠?"

—쯧.

헤이파가 대놓고 혀를 찼다. 치프는 자신의 신변이 엄청나게 위험해질 뻔했다는 사실을 쉽게 직감할 수 있었다.

—우리 행성은 정령이 가득한 장소일세. 하지만 정령들의 성질이 다소 야만스럽지.

"예?"

—누군가가 정령계에 반쯤 몸을 맡긴 채 정령들과 대화하고 그들을 위로해 주지 않으면 정령과의 과도한 교감을 피할 수가 없네. 이성적인 삶 자체가 불가능해지지.

치프는 가볍게 놀랐다.

"잠깐만요. 지구와 그라니트 행성에서는 여왕 폐하 없이도 교감에 문제가 없었잖아요? 여사님께서는 뎃디보다 앞서 파병활동도 다니셨을 텐데요?"

—자네가 다른 행성에서 여태껏 만난 알타이르 행성인들은

모두 고도의 훈련을 받은 자들일세. 일반적인 왕족이나 어린아이들은 이 행성에서만 만나지 않았나?

"…아."

예상치 못한 이야기를 들은 치프가 데토네이터 안에서 움찔했다.

—알타이르 왕족이 아무 고민 없이 살 수 있는 세상이 바로 이곳일세. 그리고 그러한 세상을 만드는 것이 여왕 폐하와 최고 제사장이라네.

"그럼 두 분 모두 사라진다면……."

—정령들은 머지않아 야만적으로 변하고, 어린아이부터 어른들까지 전부 과도한 교감에 빠져 이성을 잃겠지. 오크들 입장에선 말 그대로 외통수를 잡게 되는 거야.

"라이트스톤도 그 사실을 알고 있을까요?"

—우리들의 창조주랍시고 돌아다니는 존재이니 당연하겠지. 하지만 라이트스톤 말고도 하나 더 있는 것 같군.

"무슨 말씀이시죠?"

—우리의 통신 장비 말일세. 아주 익숙한 방식으로 망가져 있더군.

"…납치된 사람들을 구출하다 보면 대강 답이 나오겠네요."

—그렇겠지. 부탁하네.

"그러죠. 통신을 종료합니다."

심호흡을 한 치프는 조종간을 꽉 잡았다.

"잭팟."

—예, 원사님.

"카본 블레이드의 사용 한계 시간이 어느 정도지?"

―사출 및 제어장치의 발열 수준을 봐서는 앞으로 10분 남짓입니다.

"그럼 바쁘게 움직여 보자고."

치프는 자신이 움직일 수 있는 한계 시간도 그 정도일 거라고 생각하며 조종간을 움직였다.

데토네이터한 대와 보행전차 두 대가 고속으로 이동했다.

1분도 안 되어 왕궁을 완전히 이탈한 치프는 외부에 포진한 오크들을 베고 쏴서 정리한 뒤 그들의 군세에 맞서 돌진했다.

도중에 오크 워로드가 알타이르 전사 한 명을 인형처럼 옆구리에 낀 채 치프의 앞을 막아섰다. 나름의 인질극이었다. 하지만 워로드는 카본 블레이드에 의해 자신의 죽음조차 알지 못하고 바닥에 흩어졌다.

오크들은 알타이르 행성인들을 무력화시키기 위해 지급받은 연막탄까지 수류탄처럼 던지는 등 격렬히 저항했으나 데토네이터와 보행전차들에게 그러한 것들이 먹힐 리가 없었다.

약 8분 정도를 질주하여 상당수의 알타이르 행성인들을 구해낸 치프는 카본 블레이드의 과열 경고를 불쾌한 눈빛으로 바라봤다.

"잭팟, 10분 정도 버틸 수 있다고 하지 않았나?"

―숲의 습도와 왕궁의 습도가 달랐습니다. 장애물의 숫자도 예상 밖이었습니다.

"2분은 대단히 긴 시간이야, 잭팟."

―알고 있습니다. 하지만 이젠 걱정하지 않으셔도 됩니다.

치프가 보고 있는 지도에 파란색의 식별 신호가 잡혔다.

수십 발의 순항미사일들이 오크들의 함선 위로 벼락처럼 떨어졌다. 함선은 물론 함선 안팎에서 대기 중이던 수많은 오크들이 폭발을 견디지 못하고 녹거나 분해되었다.

"36임무부대!"

치프는 구축함 여섯 척, 순양함 두 척, 전함 한 척으로 구성된 소규모 함대가 접근해 오자 크게 환호했다.

그 순간 지상의 불꽃을 뚫고 날아오른 은색의 칼날이 구축함 한 척을 반으로 갈라 버렸다.

기습에 의한 함선 대파로 인해 함대의 대열이 흐트러지는 한편, 부메랑처럼 하늘을 선회한 그 칼날은 어떤 생물의 날개에 안착했다.

불꽃 속에서 위장을 풀고 그 거대한 자태를 드러낸 생물은 탁한 은색의 외골격을 가진 드래곤이었다.

그 드래곤, 실버로드는 자신에게 집중되는 함포 사격을 척력장으로 가볍게 튕겨내며 치프 쪽을 향해 몸을 돌렸다.

"여기가 너와 나의 마지막 싸움터다, A—1730."

결의에 찬 실버로드의 목소리가 하늘과 땅을 모두 흔들었다.

"그러시겠지."

알타이르의 통신 장비가 망가졌다는 말을 들었을 때부터 그의 존재를 눈치챘던 치프는 쓴웃음을 지었다.

과열로 비명을 지르는 카본 블레이드. 적재하고 있던 탄환이 모두 떨어지고 전력도 얼마 남지 않아 건설 장비 이상의 역할밖에 못하는 보행전차들.

대체 어디까지 타버렸는지 느껴지지도 않는 자신의 육체.

치프는 고개를 흔들어 그 모든 것을 떨쳐냈다.

책의 다음 페이지를 넘기듯, 그는 데토네이터의 조종간을 앞으로 밀었다.

'대파된 구축함의 사망자는 여섯 명. 중경상자 84명에 멀쩡한 자가 36명……. 하아, 제길.'

치프는 실버로드를 일찌감치 없애 버렸어야 했다며 깊이 후회했다.

'반달리온 녀석만 아니었으면 괜찮았을 텐데 말이지.'

반달리온의 부탁도 부탁이었으나 치프 자신도 실버로드를 딱히 죽이고 싶지는 않았다. 실버로드가 자신을 만난 이후 사람들을 함부로 죽이고 다니지는 않았기 때문이다.

그러나 그 순진한 믿음은 방금 전에 산산조각 나고 말았다.

치프는 이제 실버로드를 '집에 가기 전에 박살 내야 할 존재'로 인식했다.

실버로드에게 접근하던 치프가 조종간을 당겨 데토네이터를 세웠다.

데토네이터와 함께 이동하던 보행전차들도 일제히 멈춘 뒤 전차용 대형 건하운드를 소총처럼 두 손으로 들고 주변을 경계했다.

"내 말 들리나, 실버로드?"

"잘 들린다, A—1730."

둘이 스피커와 발성기관을 통해 서로의 이름을 불렀다.

"라이트스톤에게 받은 약 말인데, 얼마나 남았지?"

"알타이르 계집들에게 쓰는 약 말인가? 함선이 몇 척 부서지긴 했지만 여전히 많이 남았지. 네놈이 그것을 처리하며 나와 싸우는 광경을 보면 너무 즐거울 것 같군."

"어떻게 좀 안 될까?"

"이제 와서 나에게 비는 건가?"

실버로드가 가볍게 웃었다.

"맞아. 난 지쳐서 죽기 직전이거든."

"……."

"난 게이트를 두 번이나 만들었어. 약에 취하거나 오크들에게 납치된 알타이르 전사들을 전부 구하고 나면 너랑 싸울 시간이 없을 거야."

"이번에도 거짓이겠지."

실버로드의 콧등이 울룩불룩 일그러졌다.

"아니라고, 친구. 여길 잘 봐."

치프는 데토네이터의 출입문을 열고 밖으로 나온 뒤 자신의 장갑을 벗었다.

실버로드는 그의 텅 빈 전투복 소매에서 가루가 나타나 날아가자 더욱 더 인상을 구겼다.

"저번에 나를 속였던 방법에 비해서는 허접하군."

"흠. 믿기 싫으면 어쩔 수 없지."

다시 데토네이터 안에 들어간 치프는 보행전차들을 전차 모양으로 바꾸도록 지시한 뒤 물통에 미리 챙겨온 복숭아 아이스티를 마셨다.

걸쭉하다 싶을 정도로 진한 액상과당과 복숭아 향기가 그의 목을 지나 배 속으로 들어갔다.

당분 보급을 하느라 헬멧을 벗었던 치프의 얼굴에 생기가 돌았다.

'정말 살 것 같군. 팔다리가 멀쩡했으면 정말 춤이라도 췄을 것 같아.'

당분이 그에게 준 힘은 그만큼 굉장했다.

"이제 반달리온이고 뭐고 몰라. 넌 여기서 죽는다, 실버로드."

스피커 밖으로 나오는 치프의 목소리에 힘이 넘쳤다.

치프의 단말기 속에 들어 있는 잭팟은 복숭아 아이스티의 위력이, 정확히는 당분의 위력이 이 정도일줄 몰랐기에 대단히 놀라고 있었다.

치프의 신체상황을 지켜보던 실버로드는 갑자기 좋아진 그의 몸 상태와 목소리에서 느껴지는 죽음의 기운에 자극을 받았다.

날개부터 꼬리 끝까지, 몸 전체가 환희로 경련을 일으켰다.

'두근거리는군. 진짜 A—1730이야. 드디어 나의 모든 것을 녀석에게 던질 때가 왔어!'

혼자 기쁨을 즐기던 실버로드가 문득 인상을 구겼다.

"그런데 반달리온의 이름이 여기서 왜 나오나? A—1730이여."

"네가 맞이할 운명을 바꿔달라고 나에게 부탁하더군. 쓰레기처럼 죽어가는 것만은 보고 싶지 않다고 말이야."

"…들었던 것 같기도 한 이야기로군."

"아무튼 넌 오늘 끝이야. 전력으로 네놈을 상대해 주지. 대신 알타이르 전사들에게 약을 쓰는 건 멈춰줘. 그들을 우리의 놀이터에 들이는 건 너도 싫겠지?"

"후후, A—1730이여. 약에 대한 조사를 제대로 안 해봤나?"

실버로드는 지상에서 상체를 들고 날개를 폈다.

사방에서 몰려든 구름으로 인해 하늘이 검게 변했다. 주변에 낙뢰가 떨어지는 가운데, 벼락의 불꽃에 이따금씩 보이던 실버로드의 외골격이 흠뻑 젖어들었다.

엄청난 폭우가 실버로드를 중심으로 왕궁에까지 쏟아졌다.

"라이트스톤이 나에게 준 그 약은 수용성이야. 물에 잘 녹지. 이 정도의 폭우라면 오크들에게 붙잡힌 계집들도 정신을 차릴 걸? 보았는가, 지구인이여? 네가 대적할 상대의 위대함을 말이야!"

치프는 목숨을 건져줄 테니 농장에 물을 대는 아르바이트나 해 보라며 그를 자극하고 싶었다.

하지만 상황이 상황인지라 가만히 침묵한 채 보행전차들의 변형이 완전히 끝나기만을 기다렸다.

빗물이 알타이르 전사들을 억눌렀던 약의 기운을 씻겨주었다.

정신을 차리고 힘을 되찾은 알타이르 전사들은 맨몸으로 주변의 오크들을 때려 죽인 뒤 각자 숲으로 도망쳤다.

약 기운 때문에 정확히 어디로 가야 할지 모르던 그녀들은 서로의 접근조차 모를 정도로 기척을 죽인 채 이동했다.

그런 그녀들에게 등대처럼 빛을 내는 존재가 발견됐다.

푸른색으로 빛나는 방열 장치를 기체 곳곳에 노출시킨 데토네이터였다.

실버로드가 만든 어둠 속에서 홀로 푸르게 빛나는 치프의 모습은 이정표로 삼기에 충분했다

치프의 뒤쪽에 있는 왕궁에선 어렵게 봉화를 피워 탈출한 자들을 인도했다.

알타이르 전사들이 치프를 거쳐 왕궁으로 이동하는 한편, 치프는 탈출 도중에 죽고 만 전사들의 시신이 있는 위치를 지도에 마킹하여 헤이파에게 전달한 뒤 조종간을 다시 잡았다.

"잭팟. 지금 우리가 탄 데토네이터의 성능은 대충 인지했겠지?"

―버전 4.8의 성능은 놀랍군요. 원사님. 단독으로 순양함까지 상대할 수 있는 기동병기일 줄은 몰랐습니다.

"그렇게 위험한 녀석이라서 4.8버전의 데토네이터는 지구상에 존재하지 않아. 오로지 설계도와 시작품 상태의 4.5버전 기체만이 존재하지."

―그런데도 버전 4.8을 태워줬으니 자랑스러워하라는 말씀이십니까?

"나에게 걸리는 부담이 엄청날 거야. 실버로드만 처리하면 되는 상황일 경우 아낌없이 나를 던졌을 텐데 말이지."

―고통을 분담하자는 말씀이십니까?

"아니, 네가 90% 정도는 짊어져줬으면 좋겠어."

―이제야 원사님답군요. 알겠습니다.

치프는 단말기에서 잭팟의 칩셋을 뽑은 뒤 데토네이터의 인공지능 설치 장소에 끼워 넣었다.

―사용할 수 있는 용량이 커서 좋군요.

"그 용량 그대로를 네가 뒤집어써야 해."

─그렇군요.

"그럼 위험하게 가보자고."

치프는 텅 빈 물통을 데토네이터 밖으로 던진 뒤 조종간을 다시 잡았다.

전차의 형태로 완전히 바뀐 보행전차와 데토네이터 사이에 푸른색 전류가 흘렀다.

데토네이터의 두 팔이 분리되고 금속 입자로 바뀌어 사라졌다.

─팔의 강제 분리를 확인.

잭팟의 안내와 동시에 팔이 있던 자리 쪽으로 보행전차가 달라붙었다.

─보행전차… 아니, 정체불명의 유닛 접속! OS에서 인식할 수 없는 유닛입니다! 어서 분리해야 합니다!

데토네이터의 실내등이 비상 상태를 뜻하는 붉은색으로 바뀌었다.

치프는 기계들의 경고를 무시한 채 데토네이터와 접속한 보행전차를 향해 힘을 가했다.

헬멧 속에 숨겨진 그의 오른쪽 눈이 다시 백금색으로 빛나더니 보행전차들의 모습이 두껍고 우람한 팔의 모습으로 변했다.

전차포는 순수한 레일건이 되어 어깨 부위로 올라갔고 전차의 앞부분은 장갑이 쪼개지면서 뭔가를 붙잡거나 타격을 하기에 딱 좋은 형태로 바뀌었다.

캐터필러의 바퀴와 레일은 데토네이터의 장갑에 흡수되어 그 두께를 증가시키는 요소가 되어버렸고 전차의 엔진은 데토네이터의 엔진과 연동되어 더욱 크고 흉측한 모습으로 변했다.

그렇지 않아도 유인원에 가까운 데토네이터의 모습이 이제는 중장갑을 걸친 괴물로 바뀌었다.

전함 주포를 연상시키는 초대형 레일건 한 대가 왼쪽 어깨 위에 구축되었다. 그리고 전기톱이 달린 몽둥이 두 개가 데토네이터의 두꺼운 주먹을 더욱 돋보이게 만들었다.

―정체불명의 유닛, 엔진 연동, 규격외의 무장으로 인해 부하가 올라가고 있습니다. 이것은 더 이상 데토네이터가 아닙니다.

"그럼 드래곤 슬레이어라고 부르면 되겠군."

―이름이 그렇게 중요합니까?

"흠, 어쨌거나."

데토네이터의 몸 구석구석에 설치된 로켓 모터가 불을 뿜었다.

"실버로드의 목을 치자고!"

형태가 바뀐 데토네이터가 실버로드를 향해 질주했다.

그가 달려오는 모습을 본 실버로드는 입을 벌린 뒤 은색의 드래곤 브레스를 뿜었다.

막강한 두께의 방사열선을 좌우로 재빨리 움직여 피한 데토네이터는 왼쪽 어깨 위에 설치된 초대형 레일건과 어깨 좌우에 설치된 전차포를 일제히 작동시켰다.

미리 깔아둔 척력장에 초대형 레일건 탄환을 제대로 맞은 실버로드는 척력장의 출력이 바닥으로 떨어지고 그 힘을 유지하는 신체 기관에 피가 쏠리는 것을 감지했다.

절연파괴로 전차포를 막으려 했던 실버로드는 전차포탄의 표면에 미리 깔린 고압 전류 때문에 절연파괴가 불가능하다는 것을 직감했다.

결국 실버로드는 포탄을 몸으로 받아냈다.

포탄은 그의 외골격을 파괴하지 못하고 튕겨나갔다.

"가볍구나, A—1730!"

실버로드가 다시 드래곤 브레스를 뿜으려 했다.

치프는 데토네이터의 이동 방향을 과격하게 뒤틀며 헬멧에 손을 댔다.

"36임무부대, 봤나? 척력장이 사라졌다! 놈에게 갈길 수 있는 걸 전부 갈겨!"

실버로드가 만든 먹구름 속에서 대열을 정비한 제36임무부대가 일제사격을 개시했다.

전함의 대형 포탄, 순양함의 중형 포탄과 각종 미사일들이 실버로드를 향해 쏟아졌다.

몸의 외골격과 비늘만으로 그 모든 공격을 받아낸 실버로드는 그들 쪽으로 드래곤 브레스를 쐈다.

상공의 구름이 발사 충격으로 인해 원형으로 밀려 나갈 만큼 강력한 공격이었다.

선두에 위치하고 있던 전함이 척력장으로 그것을 받아냈다. 하지만 얼마 못가 척력장이 깨지고 장갑판에 드래곤 브레스가 직격했다.

약 1킬로미터 크기의 전함과 머리부터 꼬리까지 140미터 내외의 실버로드는 그 물리적인 크기가 달랐다.

적의 주포 직격탄도 이겨낼 수 있도록 설계된 전함의 장갑판은 살짝 녹기만 할 뿐이었다.

하지만 실버로드는 그럴 줄 알았다는 듯 그대로 공중에 떠올라 급선회를 하면서 날개의 외골격을 부메랑처럼 날렸다.

행성의 자기력을 이용하여 급가속한 그 은색 부메랑들은 전함의 장갑판을 찢고 함교가 숨어 있는 장소에도 충격을 주었다.

하늘을 선회하여 다시 전함에게 돌진한 부메랑들은 주포탑을 차례로 베어버렸다. 그도 부족하여 미사일 및 어뢰 발사관까지 타격하여 막아버렸다.

"나와 A-1730의 싸움에 끼어들지 마라, 인간들이여!"

고함을 지른 실버로드가 한 번 더 드래곤 브레스를 뿜었다.

갈라진 장갑판 사이에 드래곤 브레스를 맞은 전함은 선두에 큰 타격을 입고 조금 휘청거렸다.

'쉽게 죽진 않는군.'

씁쓸해한 실버로드는 외골격 부메랑들을 재충전시키기 위해 그들을 귀환시켰다.

외골격들이 날개에 붙으려는 찰나, 실버로드는 뭔가가 자신의 등골을 두드리는 것을 감지했다.

"그 외골격들이 왜 물리법칙을 무시하고 날아다닐까 궁금했어. 역시 네가 직접 컨트롤하는 물건이었군."

치프의 데토네이터가 양손에 든 몽둥이로 실버로드의 등판을 계속 건드렸다.

외골격의 비행과 상태 점검 때문에 주변 감시에 소홀했던 실버로드는 뜨끔하여 목을 돌렸다.

초대형 레일건 탄환이 그의 머리를 때렸다.

실버로드의 머리는 라이트 훅을 제대로 맞은 복싱 선수처럼 옆으로 휘청했다. 탁한 은색의 외골격 파편이 공기 중에 휘날렸다.

실버로드는 본능적으로 몸을 틀어 치프를 떼어내려 했다. 그러나 치프의 데토네이터는 사방으로 케이블을 사출하여 실버로드의 몸에 자신을 완전히 고정시켰다.

"그래, 실버로드. 누가 오래 버티나 해보자고."

마치 치프와 엠페라투스가 조작하던 게이트처럼, 데토네이터의 장갑판이 이리저리 열리더니 푸른색으로 빛나는 골격을 노출시켰다.

기체 전체에 과부하가 걸린 데토네이터는 원령처럼 몸을 불태우며 양손에 든 몽둥이를 휘둘렀다.

실버로드의 등판을 보호하는 외골격과 비늘이 처참하게 튀어나갔다.

실버로드는 척추 바로 위쪽의 외골격이 부서지자마자 위기감을 느꼈다.

'뭐지? 수술을 받는 느낌이야!'

그는 땅에 추락한 날개의 외골격을 다시 띄워 치프를 떨어뜨리려 했다. 그러나 데토네이터에서 사출된 케이블로부터 방해전파가 흘러나와 그의 외골격 조종을 방해했다.

"긴장했군, 실버로드."

데토네이터에서 치프의 목소리가 나왔다.

"충고 하나 하지. 입 꽉 다물어."

실버로드의 등판에 적당한 크기의 상처를 만든 치프는 데토네이터가 들고 있는 두 개의 몽둥이를 전기톱으로 바꿨다.

데토네이터의 키만큼 길게 늘어난 전기톱이 실버로드의 상처 부위에 파고들었다.

근육에 전기톱이 걸리자 치프는 다른 전기톱을 이용해 근육 조직을 끊고 살을 파고들었다.

치프는 과거에 전기톱을 엠페라투스에게 들이댔을 때 어떤 일을 겪었는지 확실히 기억하고 있었다.

당시에는 전기톱의 톱날이 엠페라투스의 근섬유에 걸리면서 못 쓰게 됐는데, 지금은 그런 일을 막기 위해 일부러 두 개의 전기톱을 쓰고 있었다.

'그땐 미칠 뻔했지.'

치프는 헬멧 속에서 쓴웃음을 지으며 전기톱을 조작했다.

근육이 찢기고 피가 튀는 소리가 전기톱의 굉음에 묻혔다. 하지만 데토네이터를 뒤덮는 피까지 감추진 못했다.

실버로드의 위기감은 곧 공포로 바뀌었다. 치프가 자신의 어디를 노리고 있는지 알아차렸기 때문이다.

치프가 노리는 것은 실버로드의 척추였다.

날개와 하반신을 마비시키기 위한 것인데, 치프는 척추의 어디를 어떻게 잘라야 드래곤의 상태를 망가뜨릴 수 있는지 잘 알고 있었다.

젝스가 해적들에게 붙잡혀 험한 꼴을 당했을 때, 치프는 UNSMC 대원들에게 해적들이 젝스의 어디를 어떻게 건드렸는지 철저히 조사하도록 지시했다.

뿐만 아니라 해적들이 갖고 있던 '해부 설명서'를 입수하여 그 모든 정보를 자신의 단말기에 옮겨놨다.

'식민지에서 만났던 희생자들은 전부 처음 보는 사람이라서 견딜 수 있었어. 하지만 젝스는 그렇지 않았지. 우리 식구였다고.'

그동안 치프가 목격하고 가슴에 담아온 모든 고통들이 이제는 치명적인 무기가 되어 실버로드의 몸을 파고들고 있었다.

"이 녀석! A—1730!"

고함을 지른 실버로드가 급상승을 하고 좌우로 맹렬히 방향을 틀어댔다.

전투기 조종사들도 기절시킬 만큼의 가속도가 치프에게 걸렸다.

만약 치프가 해병대용 전투복을 입었다면 틀림없이 기절했을 것이다. 하지만 UNSMC 전투복은 위성 궤도에서 지상으로 강하하는 것을 상정하고 만들어진 물건이기에 가속의 위험을 충분히 버틸 수 있었다.

"여어, 실버로드. 왜 당황하지? 나와 목숨을 건 싸움을 바란 게 아니었나? 기대했던 순간이잖아? 품위를 지키라고!"

전기톱의 톱날이 척추에 닿는 순간 실버로드의 거대한 몸체가 감전이라도 된 듯 공중에서 펄떡 움직였다.

"이해가 안 되나 본데, 부릴 수 있는 재주가 있다면 지금 부리는 게 좋아. 난 널 죽일 생각이라고. 어설프게 날개와 팔다리를 잘라서 어딘가에 장식할 생각 따위 없어."

"날개? 팔다리?"

실버로드는 자신의 날개가 이상하게 움직이고 있음에도 불구하고 웃음을 터뜨렸다.

"하하, 그 젝스라는 계집의 이야기를 하고 있군."

"…어떻게 알았지?"

"해적들이 그 계집을 잡아 해체할 때 나도 있었거든. 왕녀 말인데, 정말 멍청하더군. 내가 해적들 사이에 끼어 있는데도 날 알아차리지 못했어."

"받아들이기 어려운 일이 일어나고 있었으니 어쩔 수 없지. 근데 네가 거기 왜 있었지?"

"해적선 한 척이 날개 달린 자 넷을 아무 피해 없이 붙잡을 수 있다고 생각했나? 당연히 내 도움이 있었기 때문이지!"

순간 실버로드의 가슴이 터졌다. 그의 등판에서 몸으로 파고든 레일건 탄환이 가슴까지 관통해 버린 것이다.

"좀 늦은 충고이긴 한데, 넌 죽음을 앞당기는 특기가 있어. 그래서 입을 다물라고 한 건데 말이지."

데토네이터의 레일건 포대를 실버로드의 몸에서 뽑아낸 치프는 전기톱으로 작업을 마무리했다.

건물 6층 높이의 두께를 가진 실버로드의 척추가 결국 절단되었다.

실버로드의 날개가 멈추고 꼬리와 다리도 흐느적거렸다.

치프는 추락하는 실버로드로부터 케이블을 뽑은 후 이탈했다.

'이제 폭격을 지시하면……'

그가 제36임무부대를 돌아보는 찰나였다.

케이블이 뽑은 타이밍이 너무 일렀던 탓일까.

땅에 꽂혀 있던 실버로드의 날개 외골격 중 하나가 하늘로 뜨더니 치프의 데토네이터를 향해 날아갔다.

너무 갑작스런 공격이었기에 치프는 미처 피하지도, 막아내지 못했다. 애초에 데토네이터 자체가 공중전에 어울리는 물건이 아니었다.

부메랑처럼 생긴 외골격의 칼날이 데토네이터의 오른팔을 자르고 옆구리에 박혔다.

"큭!"

짧은 비명을 지른 치프는 자신의 두 다리가 조종석을 파고든 외골격에 잘린 것을 확인하고 눈을 감았다.

그의 무릎 아래 단면에서 흐르는 것은 피가 아니라 화강암 가루였다. 치프의 몸은 이미 허벅지 부근까지 연소된 상태였다.

―원사님? 원사님! 안됩니다! 정신 차리십시오!

잭팟이 경악하여 그를 불러댔다.

데토네이터가 잘리면서 가해진 충격으로 인해 결국 기절해 버린 치프는 좌석의 안전벨트에 의지한 채 조종간을 놓고 흐느 적거렸다.

―제가 조작합니다!

중력파로 데토네이터의 중심을 잡고 낙하 속도를 떨어뜨리던 잭팟은 왼팔로 실버로드의 외골격을 뽑으려 했다.

그때 치프가 다시 조종간을 잡았다.

"뽑지 마, 잭팟."

―원사님?

"다리가 허전하군. 아프진 않은데……."

잠깐 말을 끊은 치프는 헛웃음을 터뜨렸다.

"뭔가 좀 무섭네. 살아서 돌아갈 수 있을 것 같지가 않아."

―그런 농담은 집어치우십시오!

"뭐, 비장의 무기가 있으니 너무 흥분하지 마."

치프는 실버로드를 추적했다.

실버로드는 숲 저편에 추락했고 치프의 데토네이터는 왕궁 근처에 착륙했다.

"제36임무부대, 들리나? 여기는 알파 하나 칠 삼 공. 응답 바람."

―들린다, 알파 하나 칠 삼 공. 여기는 기함 인디애나의 통신 관제사입니다. 괜찮으십니까, 원사님? 그 데토네이터 옆에 뭔가 이상한 게 꽂혀 있는데 말이죠.

"난 괜찮아. …괜찮은 건가? 그보다 저기 떨어진 은색 드래곤을 공격해. 아직 죽지 않았을 거야."

―알겠습니다.

응답을 받은 치프는 제36임무부대의 모든 함선들이 실버로드를 향해 집중 사격하는 모습을 지켜봤다.

'실버로드의 생명 신호가 점점 커지고 있어. 엠페라투스는… 날 도울 리가 없겠지.'

그는 팔뚝 보호대 안의 단말기를 조작했다.

"탈리, 들려?"

―치프, 괜찮아?

"이쪽으로 좀 와 줘야겠어. 위치는 왕궁 근처인데, 마침 다른 아가씨들이 주변에 모여들고 있어서 금방 찾을 수 있을 거야.
네가 아니면 큰일이 날 테니 어서 와 줘."

─알았어, 금방 갈게!

통신을 마친 치프는 다시 36임무부대 쪽으로 연락했다.

"여기는 알파 하나 칠 삼 공. 제36임무부대는 뒤로 물러나길
바란다."

─여기는 인디애나 통신 관제사. 원사님, 무슨 말씀이십니까?

"저 은색 드래곤은 아직 죽을 생각이 없는 것 같아. 무슨 짓
을 벌일지 모른다고. 함대와 녀석의 거리가 너무 가까우니 뒤로
최대한 물러나도록 해."

─하지만…….

"전함 인디애나도 녀석의 공격 때문에 중파 상태잖아? 최악의
상황을 피하고 싶으면 물러나는 게 좋아."

─사령관님께 말씀드리겠습니다. 통신 종료.

"알파 하나 칠 삼 공, 통신 종료."

통신을 종료한 치프는 긴 숨을 내쉬었다.

─탈리케이아 워치프가 오면 상황이 바뀔까요?

"네가 탈리에게 뭘 줬는지 기억이 안 나?"

─예?

"아니, 탈리가 챙겨갔다고 하는 편이 맞겠지. 알다시피 탈리
는 호기심이 많잖아? 이길 수 있을 거야."

─이기고 지는 게 문제가 아닙니다! 원사님께서 살아남으실
수 있느냐가 문제입니다!

치프는 잭팟이 꽂혀 있는 장소를 손으로 덮은 뒤 좌우로 만

지작거렸다.

"UNSMC의 형제들이 이어 붙여준 목숨이야. 조금 무서운 건 사실인데, 더 무서운 일을 막아달라는 부탁을 받고 여태껏 살아왔다고. 그러니 괜찮을 거야, 잭팟."

―부탁을 받았으니 괜찮을 거라고요? 이해할 수 없는 근거입니다.

"조금만 있어봐. 증명을 해주지."

이윽고 탈리케이아가 치프의 데토네이터 앞에 나타났다.

그녀는 데토네이터에 꽂힌 채 기울어진 실버로드의 외골격을 보고 뭐라 말을 하지 못했다. 그 거대한 외골격을 보며 그저 허둥댈 뿐이었다.

데토네이터의 뒤쪽이 열리고 치프가 앉은 조종석이 드러났다.

"여기야, 탈리."

치프가 손을 흔들었다.

주변에 몰려 있던 알타이르 전사들은 무릎 아래가 잘린 치프의 모습에 경악했다.

탈리케이아 역시 놀라서 사색이 되었다.

"치프, 다리가……?"

"패달은 인공지능에게 맡겼어."

그는 일부러 잭팟의 존재를 숨겼다.

머리를 세차게 흔들어 침착함을 되찾은 탈리케이아는 치프의 잘린 다리를 살폈다.

"화강암……! 대체 어디까지 타버린 거야?"

"허벅지 위쪽까지. 손으로 누르면 전부 쏟아질 테니 지금은 건드리지 마. 그보다… 그거 갖고 있지?"

"그거라니?"

"운캄타르의 비늘 말이야. 연구하고 싶다면서 네가 가져갔잖아?"

"아……!"

탈리케이아는 허리에 찬 가방에서 백금색의 비늘을 꺼냈다. 얌전했던 그 비늘은 치프와 가까워질수록 강렬히 발광했다.

탈리케이아는 자신의 손을 태울 듯한 그 강렬한 힘에 대단히 놀랐다.

"이걸로 어쩌려고?"

"어서 건네줘. 지금 내가 사용할 수 있는 마지막 카드야. 더 이상 지체하면……."

치프가 말을 끝내려는 찰나였다.

무자비하게 폭격을 받던 실버로드로부터 강렬한 빛이 솟구쳤다.

그가 구름을 불러 모아 어둡게 만들었던 하늘이 삽시간에 밝아졌다. 정상적으로 떠돌고 있던 구름들마저 지평선 너머로 밀려 나갔다.

제36임무부대에서 쏜 포탄이 다시 일어난 실버로드의 몸을 꿰뚫었다. 하지만 비늘이나 외골격이 튀어나가는 일은 없었다.

마치 실체가 없는 유령을 건드리듯 모든 포탄들이 실버로드의 몸을 아무렇지 않게 통과하고 있었다.

"저게 무슨 상태인지 설명해 주면 맛있는 거 사줄게, 탈리."

"정령……."

"뭐?"

"정령체… 아니 환상체야! 생물과 정령 사이에 놓인 존재야! 이론상으로만 논의됐던 건데 실제로 보다니……!"

"넷디와 교감할 때의 셸리도 저 상태 아닌가?"

"맞아. 하지만 좀 달라. 중량감이 있어!"

치프는 헬멧 옆에 손을 대고 과거의 사례를 생각해봤다.

"흠… 신수였던 진 플레커의 마지막 모습이 불꽃 상태였지. 그때와 흡사하군."

치프는 오른손을 탈리케이아에게 뻗었다.

"아무튼 어서 그걸 건네줘. 어떻게든 해볼게."

"……."

"어서, 탈리. 시간이 없어."

"…죽지 마, 치프."

탈리케이아에게 운캄타르의 비늘을 받은 치프는 다시 데토네이터 안으로 들어갔다.

"후우."

심호흡을 한 치프는 장갑을 벗은 후 팔의 단면에 그 비늘을 꽂았다.

—원사님!

잭팟이 비명을 질렀다.

데토네이터에서 뛰어내린 탈리케이아는 이윽고 기체에서 백금색의 빛이 피어오르는 것을 봤다.

잘려 나갔던 데토네이터의 오른팔이 큼지막하게 재생되었다.

옆구리에 꽂힌 실버로드의 외골격을 부메랑처럼 뽑아든 데토네이터는 천천히 일어난 뒤 숲 저편에 있는 실버로드 쪽으로 돌아섰다.

잭팟은 치프의 눈이 왼쪽마저도 백금색으로 불타는 것을 지켜봤다.

데토네이터에서 뿜어지는 기운을 감지한 실버로드가 눈을 부릅떴다.

"네놈, 인간이기를 포기한 건가?"

"남 말하듯이 지껄이는군."

로켓처럼 하늘로 솟구친 데토네이터가 실버로드를 향해 돌진했다.

90
즐거움의 끝에서

데토네이터의 오른팔 손가락이 변형되어 실버로드의 외골격과 하나가 됐다.

오른팔 팔뚝에서 튀어나온 케이블들까지 외골격과 연결되면서 현수교의 그것처럼 외골격과 데토네이터를 단단히 연결해 주었다.

치프는 시험 삼아 대형 레일건으로 실버로드를 공격해 봤다.

레일건의 탄환은 하늘에 하얀 궤적을 남기며 실버로드의 몸체를 통과했다.

"우리 실버로드 씨가 너무 흥미로운 상태가 됐는데? 죽이기 아까울 정도군!"

데토네이터의 몸체에 붙은 대형 레일건이 금속 입자로 변하여 떨어져 나갔다.

외골격의 중량도 어마어마한데, 그만큼 무거우면서도 효력이 없어 보이는 레일건 포대를 굳이 유지할 필요는 없었기 때문이다.

대신 금속 입자들은 데토네이터의 오른팔에 모여들어 아주 크고 두꺼운 방패로 다시 태어났다.

치프가 방패를 선택한 이유는 방어도 방어지만 기체의 무게 중심을 맞추기 위해서였다.

실버로드가 상승하면서 드래곤 브레스를 뿜었다. 치프는 즉시 방패를 들어 브레스를 막아냈다.

방패 표면에 흐르는 에너지가 드래곤 브레스와 방패의 직접적인 충돌을 방해했다.

드래곤 브레스를 떨쳐낸 치프는 다시 돌격하여 오른손에 붙인 실버로드의 외골격을 휘둘렀다.

외골격의 날은 실버로드의 몸을 그냥 지나가고 말았다. 베이는 것만 같았던 실버로드의 몸은 호수의 물처럼 출렁거리기만 할 뿐이었다.

"A—1730이여. 네놈이라면 몇 번 봤을 텐데? 날개 달린 자와 알타이르 행성인의 교감을 말이야!"

발성기관이 아니라 몸 전체로 외친 실버로드는 드래곤 브레스를 연속으로 뿜어 치프를 공격했다.

치프는 방패로 막거나 과격한 움직임을 이용해 공격을 피했다.

"교감 상태와는 다른 것 같은데? 일단 그림부터 말이야"

"딱히 다르진 않지! 넌 3세대가 사는 땅의 정령이 왜 강력하고 영리한지 잘 모르나보군!"

"하! 뭔가 재밌는 말이 나올 것 같으니 열심히 들어주지!"

데토네이터 안의 치프는 오른손으로 움직이던 조종간을 놓고는 팔뚝 보호대에 들어 있는 단말기를 급히 조작했다.

'지금은 전문가의 의견이 필요하군.'

단말기 화면에 헤이파의 이름이 떴다.

—치프! 자네, 살아 있나?

"말씀들은 김에 부탁드리죠! 도와주세요!"

—내가 당장 그 고철에서 자네를 꺼내주지!

"아니, 말고요! 이제부터 실버로드가 무슨 얘기를 할 것 같거든요? 그걸 들으시고 놈을 잡아낼 답을 마련해 주세요!"

—듣기 평가인가?

치프는 말문이 막힌 나머지 잠깐 숨을 멈췄다.

"농담하실 여유가 있으신 것 같아 너무 기쁘군요! 아무튼 들어주세요!"

실버로드는 치프의 예상대로 드래곤 브레스를 계속 뿜으며 소리를 질렀다.

"A—1730이여! 정령술사라는 말을 들은 적이 있나?"

"맨 처음이 젝스였나? 아니, 엠페라투스였을지도? 반달리온도 그런 호칭을 썼던 것 같은데, 왜?"

치프는 데토네이터의 스피커를 이용해 큰 소리로 응답했다.

"후후, 네놈은 정령이라는 것이 오로지 알타이르의 계집들을 위한 것이라고 생각하나? 정령은 우리 날개 달린 자들의 또 다른 양식이다!"

"호오?"

"인간들이 식사만으로 살아가진 않지 않나? 호흡을 해야지! 네놈들이 숨을 쉬듯 우리들은 온몸을 이용하여 정령을 흡입하고 내쉬지! 알타이르 계집들은 우리들의 그 생태를 기반으로 개조된 생물이다! 그래서 정령을 이용할 수 있는 것이야!"

실버로드는 드래곤 브레스를 두 번 내뿜었다.

데토네이터의 움직임을 나름대로 예측하고 쏜 것이라 치프는 두 번째의 브레스를 방패로 막을 수밖에 없었다.

방패는 이번에도 드래곤 브레스를 막아냈지만 그 대신 방패 표면에 흐르는 에너지가 급감하고 말았다.

방패의 에너지를 충전시키기 위해 데토네이터의 동력로가 위험할 정도로 돌아갔다.

치프는 과열을 막기 위해 데토네이터의 장갑판을 열고 파랗게 달궈진 골격을 노출시켜 냉각을 시도했다.

"아르마게일은 옛 고향에서 어떤 존재를 만들기 위한 실험을 했지! 너희들, 그러니까 인간은 대단히 특이한 존재였어. 우리들이 정령을 호흡하여 만들어내는 각종 현상에 저항하는 유일한 생물이었거든! 다른 짐승들은 불이나 번개를 보기만 해도 도망가기에 바빴는데 말이야!"

"어쩔 수 없지! 인간의 역사는 항상 저항을 기반으로 하거든!"

"그래, 네놈 그 자체지! 그래서 아르마게일은 인간을 개조하여 정령술사를 만들었는데, 육체의 기본이 나약하여 모조리 폭주하고 말았지! 그 인간의 후손이 이제 와서 나를 망가뜨릴 줄 알았다면 그때 모조리 죽였어야 했어!"

치프는 실버로드가 대단히 흥분한 상태임을 직감했다.

'잘도 주절거리는군. 탈리가 저 녀석의 상태를 환상체라고 했었지? 저 꼴이 되면 미친 듯이 흥분해버리나?'

그래도 실버로드가 헛소리를 하는 게 아님을 직감한 치프는 왼팔의 방패를 까딱거려 상대를 도발했다.

"얘기가 재밌는데? 정령에 관한 얘기를 더 들려주면 널 죽일지 살릴지 고민해 주지!"

"건방진 놈!"

실버로드의 드래곤 브레스가 다시 방패에 직격했다.

은은한 파란색으로 빛나던 데토네이터의 골격이 과열로 인하여 용광로 속의 쇳물처럼 맹렬히 빛났다.

"날개 달린 자들이 죽었을 때 그 영혼은 정령들 속에 녹아든다! 동물의 시체가 땅을 기름지게 만들듯 날개 달린 자들의 영혼은 정령들을 윤택하게 만들지! 날개 달린 자들이 알타이르 계집들과 교감하기 위해서는 죽음에 가까운 상태에 돌입해야만 한다! 하지만 지금의 나는 달라!"

"어떻게 다른데?"

"지금의 나는 엠페라투스 님, 그리고 운캄타르에 가까운 상태다!"

"어… 기분 좋은 건 딱 봐도 알겠는데, 그건 너무 나간 거 아냐?"

"나에겐 단지 그릇이 없을 뿐! 생물도, 정령도 아닌 이 상태야말로 신성함 그 자체다!"

실버로드가 다시 드래곤 브레스를 날리자 치프는 데토네이터를 땅에 눕히다시피 하여 공격을 피했다.

"널 유리병에 넣으면 봉인할 수 있을까?"

"닥쳐라!"

의도적으로 실버로드를 화나게 만든 치프는 조종간까지 잭 팟에게 맡긴 뒤 단말기를 다시 조작했다.

"여사님. 실버로드의 말을 들으셨나요?"

―자네를 도울 수 있을 것 같군. 지금 성벽으로 가고 있으니 조금만 더 버티게.

"저기요, 여사님!"

입으로만 드래곤 브레스를 뿜어내던 실버로드가 날개를 완전히 펼쳤다. 날개 전체에서 뿜어지는 빛줄기의 해일이 데토네이터를 덮쳤다.

그 공격 한 번으로 데토네이터의 방패가 쿠킹 호일처럼 구겨지고 말았다.

"조금도 못 버틸 것 같아요!"

―이런, 제기랄! 끊게!

착지한 데토네이터의 방패에 지상에서 올라온 금속 입자가 달라붙어 형태를 복구시켰다.

실버로드는 그 틈을 노리고 드래곤 브레스와 날개의 빛줄기를 전부 쏟아냈다.

치프 대신 조종간을 맡은 잭팟은 데토네이터의 추진기가 부서지는 것을 각오하고 강제로 기동시켰다.

일반 인공지능이었다면 그 정도의 리스크를 감수하지 못하겠지만 잭팟은 달랐다.

잭팟은 스스로의 생존을 위해 위험한 거래를 했을 만큼 인공지능의 한계를 넘어섰기에 그처럼 과격한 결단이 가능했다.

급상승으로 드래곤 브레스를 피한 잭팟은 뒤이어 쏟아지는 빛줄기를 방패로 한 번 튕겨냈다.

그 충격으로 인해 데토네이터가 허공에서 불규칙적으로 움직였다. 나름대로 데토네이터의 움직임을 예측하여 빛을 발산하던 실버로드는 급류 위의 낙엽처럼 어지러이 움직이는 데토네이터를 제대로 포착하지 못했다.

최소한의 피해로 사격을 피한 잭팟은 연막과 조명탄을 마구 뿌려 모습을 지운 뒤 숲속에 데토네이터를 숨겼다.

─멋지지 않습니까, 원사님?

"일단은 고맙다고 말해주지."

헬멧 안에 구토를 할 뻔했던 치프는 기침을 몇 번 한 뒤 조종간을 잡았다.

조명탄이 사라진 후 데토네이터의 열을 감지한 실버로드가 다시금 드래곤 브레스를 뿜었다.

땅을 질주하며 드래곤 브레스를 피한 치프는 위성에서 전송되는 주변 지도를 살폈다.

─여사님과의 연계 공격을 위한 것입니까?

"내가 얘기 안 했나? 난 아무도 믿지 않아."

─부사장님은 믿으신다고 하신 것 같습니다만.

"그건 비교적 평화로울 때의 얘기라고! 지금은 내가 날 믿지 못하는 상황이잖아? 몸 상태는 최악이고 실버로드의 능력도 아직 미지수라고! 놈이 엠페라투스 어쩌고 했던 게 거짓말이 아닌 것 같아!"

—그렇다면 엠페라투스에게 다시 지원을 요청하시죠?

"내가 엠페라투스라면 어딘가에서 이 상황을 즐겁게 쳐다보고 있겠지!"

실제로 엠페라투스는 성층권 부근에 자리 잡은 채 치프와 실버로드의 싸움을 지켜보고 있었다.

모습만 감췄을 뿐, 날개를 활짝 펴고 팔짱을 단단히 낀 엠페라투스는 실버로드에게 시선을 고정한 상태였다.

'과시를 위해서가 아니라 자신을 위해서 모든 것을 던지는 기분이 어떠한가, 실버로드여?'

엠페라투스는 뿌듯하게 웃었다.

'즐겁지 않나? 보기가 매우 좋구나.'

한편, 자신이 원하던 것을 찾아낸 치프는 마구 쏟아지는 실버로드의 공격을 피하면서 그에게 착실히 접근했다.

지상에서 이동하는 사이에 냉각이 끝난 데토네이터는 장갑판을 닫고 골격을 감췄다.

동력로의 에너지가 기체 곳곳에 정상적으로 장소에 분배되며 기체 상태가 안정됐지만 데토네이터의 내부 전등은 여전히 붉은색을 유지하고 있었다.

—데토네이터 4.8은 과열 문제를 해결하지 않으면 안 되겠군요.

잭팟이 지적하자 치프가 조종간을 잡은 채 어깨를 으쓱했다.

"우리가 지금 이걸 제대로 몰고 있다고 생각해?"

—그건 아니죠. 아무튼⋯ 원하시는 것은 발견하셨습니까?

"보험으로 쓸 수 있는 걸 찾아냈어. 근데 저것까지 안 통하면 정말 우린 끝장이야."

―보험으로 삼으신 물건이 뭔지 알려주신 뒤에 끝장을 논하시면 안 되겠습니까?

"역시 넌 삶에 대한 욕구가 장난이 아니구나. 일반적인 AI라면 인간의 안전을 우선하는 규정을 어기지 못할 텐데 말이지."

잭팟은 아무 말도 하지 않았다.

"너와 같은 경우의 AI는 꽤 희귀한 편이야. 특별 관리 대상이지. 재수 좋으면 인격으로서 인정받을 수 있어."

―인정을 받으면 어찌됩니까?

"연구 대상으로 지정되어 영원히 연구실에서 살아가겠지."

―매우 불쾌하군요.

"누가 망치로 널 때려서 영원히 보내 버리는 것보단 나을걸?"

―그래도 그건 아닙니다.

그때 치프의 단말기가 반짝거렸다.

―나일세, 치프.

헤이파의 목소리였다.

"말씀하십시오, 여사님."

―이쪽은 준비됐네. 그러니 약속 하나 해주게.

"예?"

―나에게 무슨 일이 생기면 자네가 첫째와 셋째를 돌봐주게.

"아, 그건……."

―결혼하라는 뜻이 아닐세. 그 애들은 둘째가 세상을 떠났을 때도 한 달 가까이 제정신을 못 차렸거든. 그 아이들의 마음을

지지해 줄 사람이 필요해. 그러니 약속해 주게.

치프는 대답하기 전에 한숨을 크게 내쉬었다.

"하아, 여사님. 유가족을 돌보는 건 제 전문 분야가 아니에요."

—거절하겠다는 건가?

"VIP 경호가 제 특기죠. 여사님은 제가 지킵니다."

—후후, 우울함이 날아가는 말이로군. 믿겠네. 그럼 가게! 실버로드의 그림자를 잘 지켜보게!

데토네이터의 머리 위로 전류를 휘감은 화살이 초고속으로 지나갔다.

치프는 뭔가 지나갔다는 사실만 유추할 수 있었다. 그 화살의 속도는 눈으로 볼 수 있는 것이 아니었다.

실버로드는 급히 날개로 몸을 가렸으나 번개의 정령을 듬뿍 머금은 헤이파의 화살은 실버로드의 날개를 통과한 뒤 그의 몸속에서 폭발했다.

전기의 파동이 실버로드의 몸 전체로 퍼졌다.

헤이파의 말대로 실버로드의 그림자를 지켜보던 치프는 그의 그림자가 진해지는 것을 확인했다.

'실체화됐어!'

그는 최대출력으로 돌진했다.

직선으로 날아가던 데토네이터가 회전했다. 기체의 오른팔에 달린 실버로드의 외골격이 실버로드의 목으로 향했다.

—그만, 치프! 물러나게!

헤이파의 고함에 움찔한 치프는 즉각 방향을 바꿨다.

금방 실체화가 풀린 실버로드의 꼬리가 데토네이터를 무자비하게 후려쳤다.

외골격이 깨지고 데토네이터의 동체가 우그러들었다. 구겨진 조종석이 치프 쪽으로 밀려들어오고 데토네이터의 장갑판들이 충격에 휙휙 날아갔다.

데토네이터는 연기가 치솟는 숲의 한가운데에 처박혔다.

실버로드의 복원 능력을 예측하지 못했던 헤이파는 치프가 추락한 곳을 잠깐 바라본 뒤 새로운 화살을 시위에 걸었다.

아까보다 훨씬 강력한 정령 교감이 일어나면서 헤이파 주변의 하늘이 어두워졌다.

번개의 정령이 모여들어 만드는 그 빛은 실버로드에게 있어서 좋은 표적에 불과했다.

"오크들이 네년을 위대한 브라토레라 부르며 두려워하더군! 내 손으로 그 전설을 짓뭉개 주마!"

활짝 벌려진 실버로드의 입안에 드래곤 브레스의 빛이 압축되었다.

헤이파가 예측한 드래곤 브레스의 위력은 헤이파 자신은 물론 왕궁까지 날려 버릴 수 있을 정도로 위험했다.

'하지만 화살의 힘이 부족해! 정령들을 더 모으지 않으면……!'

이를 악문 헤이파의 시야에 거대한 고철덩이가 들어왔다.

실버로드의 공격을 받아 반으로 갈라지며 추락한 지구의 구축함이었다.

조각나며 대파한 구축함을 양팔에 매단 것은 데토네이터

였다.

공기에 노출된 데토네이터의 골격으로부터 푸른색의 불꽃이 일어났다. 과열 상태를 넘어 연소하고 있는 상황이었다.

실버로드가 그 모습을 보고는 기쁘게 눈을 부릅떴다.

"A—1730! 네놈이 그런 식으로 죽을 리가 없지, 아무렴!"

헤이파는 치프의 이름을 부르짖는 실버로드의 태도를 이해할 수 없었다.

'무슨 말이지? 치프의 생명 반응이… 느껴지지 않는데?'

구축함의 길이는 약 300미터였다.

그 함선은 실버로드가 부메랑처럼 던진 외골격에 의해 오이나 호박처럼 좌우로 잘린 상태였다. 하지만 함선의 동력로만큼은 동력로를 보호하는 격벽에 의해 외골격의 칼날이 튕긴 덕에 무사했다.

치프의 데토네이터가 구축함의 파편을 두 팔로 붙잡은 채 날아가는 모습, 그리고 함선 대파로 인해 꺼진 동력로까지 강제로 기동시켜 힘을 얻는 모습은 멀리서 상황을 지켜보고 있던 제36임무부대까지 당황시켰다.

─원사님, 살아계신 겁니까?

잭팟이 물었다.

잭팟은 전투복의 생명 유지 장치가 꺼진 것을 확실히 감지하고 있었다.

조종간을 잡고 있던 치프의 헬멧이 움찔했다.

"이게 마지막일 거야, 잭팟."

치프는 데토네이터의 계기판 사이에 있는 인공지능 설치 장소에서 잭팟을 뽑아 자신의 단말기 안에 집어넣었다.

"내가 어떻게 되어도 단말기만은 남겠지. 죠니와 안드레이, 킹은 네 존재를 알고 있으니 셋에게 나 대신 얘기 잘 해줘. 알았지?"

─원사님의 생명 신호가 끊겨 있습니다!

"그러게."

─예?

"나도 내가 왜 살아 있는 건지 모르겠어."

치프는 넝마가 된 데토네이터를 실버로드 쪽으로 밀어붙였다.

단말기로 옮겨진 잭팟은 치프의 모습을 볼 수 없었다. 치프의 단말기는 잭팟의 능력으로 해킹할 수 있는 기계가 아닐 뿐더러 단말기의 카메라도 팔뚝 보호대 때문에 무용지물이었다.

하지만 잭팟은 치프가 분명 웃고 있을 거라고 예상했다. 조종간을 조작하는 치프의 손동작이 흥겨웠기 때문이다.

실버로드의 드래곤 브레스와 날개에서 뿜어지는 빛줄기의 해일이 치프에게 닥쳐왔다.

치프는 구축함의 동력로마저 과부하를 걸어 척력장을 최대 출력으로 가동시켰다.

구축함의 척력장이 드래곤 브레스를 튕겨내면서 만들어진 빛의 파편이 숲에 쏟아졌다. 숲이 폭발하고 불에 휩싸이는 와중에도 푸른색으로 연소하는 데토네이터의 골격은 뚜렷하게 빛났다.

"A─1730! 나와의 싸움이 즐거운가? 그런 건가?"

실버로드가 공격을 계속하며 물었다.

대답은 없었다. 그러나 실버로드는 자신을 향해 올곧이 날아오는 데토네이터의 모습과 살기 가득한 푸른색의 불꽃을 보고 확신을 가졌다.

지금 저 사내의 시야에는 자신밖에 없다는 것을.

'녀석에게 집착하길 잘했어.'

만족감이 실버로드의 감정을 가득 채웠다.

활을 들고 화살을 겨눈 채 번개의 정령과 교감하던 헤이파는 참았던 숨을 내쉬었다.

초여름의 기온임에도 불구하고 뚜렷이 흘러나온 헤이파의 입김이 깃발처럼 바람에 나부꼈다.

'이것으로 마무리해 주게, 치프. 그리고 살아서 우리들 앞에 나서는 거야.'

헤이파의 화살이 활에서 떠났다.

사격의 반동으로 인해 헤이파가 밟고 있던 성벽의 망루가 터져 나갔다.

큰 파편들을 징검다리처럼 뛰어 밟고 그곳을 벗어난 헤이파는 실버로드의 몸에 박히는 자신의 화살을 확인했다.

'실버로드…… 살아남기 위해 몸부림치는 게 아니었군.'

헤이파의 화살에 적중당한 실버로드는 아까와는 차원이 다른 전기의 파동에 물들며 실체화되고 말았다.

마침 근접한 데토네이터, 치프는 자신에게 주어진 시간을 허비하지 않기 위해 전장 300미터짜리 구축함의 파편을 실버로드에게 휘둘렀다.

전류에 휩싸인 실버로드 역시 손발과 꼬리를 휘두르며 치프와 난타전을 벌였다.

실버로드의 날개가 찢어지고 데토네이터의 팔뚝에 불똥이 튀었다.

턱뼈가 부서진 실버로드는 덜렁거리는 자신의 턱을 무시한 채 드래곤 브레스를 쏘려 했으나 치프가 구축함의 파편으로 목을 후려치고 콧등을 주저앉혀 드래곤 브레스를 막았다.

실버로드가 손톱을 앞세워 구축함의 파편을 잘랐다.

손톱은 그 기세를 살려 데토네이터에 닿았으나 더 깊게 닿기 전에 반대편 파편이 실버로드의 어깨를 쳐서 부쉈다.

데토네이터의 전면 장갑이 뜯겨 나가고 조종석의 치프가 노출되었다

실버로드는 헬멧의 바이저를 뚫고 올라오는 한 쌍의 백금색 안광을 보고 눈웃음을 지었다.

'저 죽음의 기운! 나를 죽이기 위한 일념! 이것이 목숨을 건다는 것!'

등골이 오싹할 만큼의 재미를 느낀 실버로드는 꼬리로 치프를 노렸다.

구축함의 남은 파편이 실버로드의 꼬리를 막아냈다. 파편은 즉각 형태를 바꿔 실버로드의 꼬리를 붙잡고 전선을 꼬듯 실버로드의 꼬리를 비틀었다.

'사투! 이것이야말로 엠페라투스 님께서 독점하셨던 재미!'

치프는 동력로가 달린 구축함의 파편을 하늘 높이 들어 올렸다. 과부하를 넘어서 자폭 직전까지 몰린 동력로가 플라즈마

증기를 맹렬히 배출했다.

'이 싸움에서 이기면 얼마나 기분이 좋을까?'

실버로드의 실체화가 풀렸다. 구축함의 파편에 붙잡혀 있던 꼬리가 자유로워지고 실버로드의 상처도 모조리 복구되었다.

"내가 이겼다, 치프!"

기뻐 외치는 실버로드를 향해 번개의 정령을 품은 화살들이 날아왔다.

왕궁 성벽에 집결한 알타이르 전사들이 일제히 날린 그 화살들은 헤이파가 혼자 날린 것에 비할 바가 아니었으나 실버로드를 실체화시키기에는 충분했다.

플라즈마 증기를 내뿜는 구축함의 동력로가 실버로드의 어깨를 파고들고 몸통 안쪽에 박혔다. 실버로드의 몸에 박힌 동력로는 내부에서 일어나는 붕괴 현상을 수습하기 위해 실버로드의 존재를 빨아들였다.

데토네이터가 구축함의 파편에서 떨어지려 하자 실버로드가 왼팔을 뻗어 그 밑을 받쳤다.

조종석 안의 치프는 피식 웃었다.

"A—1730이라고 노래를 부르더니 이제 와서 치프야?"

치프가 묻자 실버로드도 웃었다.

"마지막인데 어때?"

"하긴."

"…이봐, 치프. 대답해 주겠나? 나와의 싸움은 즐거웠나?"

"두 번 다시 보기 싫을 정도로 즐거웠지."

치프의 대답을 들은 실버로드는 만족스럽게 한탄했다.

"하, 이제 깨달았어. 난 역시… 순진해."

중얼거린 실버로드는 데토네이터를 왕궁 쪽으로 집어던졌다.

치프는 모든 동력을 잃은 데토네이터의 조종간을 꽉 잡은 채 실버로드의 모습을 지켜봤다.

"나야말로 큰일이네. 하아……."

실버로드의 모든 것이 동력로의 균열 속으로 빨려 들어갔다.

지구의 함선에 공통적으로 사용되는 저온 핵융합 엔진이 냉각제 대신 실버로드를 집어삼키며 급속 냉각을 시도하고 있었다.

이윽고 폭발한 동력로의 불꽃이 실버로드를 완전히 분해시켰다. 실버로드의 탁한 은색이 사방으로 퍼지다가 정령들 사이로 섞여 사라졌다.

동력로에서 일어난 화염은 완전히 노출된 데토네이터의 조종석 안으로 파고들어 치프의 전투복을 불태웠다.

헬멧 바이저 속에서 불타던 치프의 백금색 눈빛이 사라졌다. 조종간을 잡은 손이 움찔하더니 서서히 굳어졌다.

'이번엔 살아서 돌아가기만 해도 다행이라 생각하긴 했는데……. 미안, 사만다. 아저씨는 여기까지인 거 같아.'

왕궁의 성벽 아래에 처박힌 데토네이터는 이내 금속 입자로 변해 사라졌다.

황급히 몰려온 알타이르 전사들이 그 자리에서 발견한 것은 무릎 아래가 잘린 채 꼼짝도 않는 치프의 모습이었다.

그을린 그의 전투복에서 생명력이란 찾아볼 수가 없었다. 하늘을 향하여 반쯤 굽혀진 채 경직된 그의 두 팔은 구경하는 모든 이들에게 절망감을 안겨주었다.

하늘에서 그를 지켜보던 엠페라투스는 실망스런 표정을 지었다.

'죽어? 네놈이? 그럴 리가?'

엠페라투스의 초감각조차도 치프의 생명을 감지하지 못했다.

조금 뒤 치프에게 다가온 헤이파는 고목나무처럼 가만히 서서 그를 내려다봤다.

'항상 혼자 싸우더니, 결국……'

한발 늦게 도착한 탈리케이아는 다른 전사들의 부축을 받은 덕에 주저앉는 것만은 피할 수 있었다.

헤이파가 치프의 곁에 앉아 그의 헬멧을 벗기려 했다.

헬멧이 전투복에서 조금 떨어지자 그 사이로 대량의 화강암 가루가 흘러나왔다.

헤이파가 당황하여 헬멧의 열린 틈을 손으로 막았으나 쏟아지는 가루를 막아내진 못했다.

"아……"

신음을 터뜨린 헤이파는 땅에 무릎을 꿇고 주저앉았다.

그녀는 손에 묻은 가루들을 만지작거렸으나 그것이 피와 살로 다시 바뀔 기색은 전혀 보이지 않았다.

둘째를 잃었을 때보다는 못한, 하지만 성질은 완전히 다른 슬픔이 헤이파의 어깨를 짓눌렀다.

'나부터 납득을 못 하는데, 대체 누구에게 어떻게 설명해야 한단 말인가?'

데스디아와 셀레스티아, 사만다, 포프, 젝스 등의 얼굴이 헤이파의 눈앞을 지나갔다.

헤이파는 치프의 싸움이 완전히 끝났다는 말을 그들에게 대놓고 할 자신이 없었다.

그 자리에 모인 모든 알타이르 전사들이 헤이파나 탈리케이아와 마찬가지로 우울한 침묵을 유지했다.

얼마 못가 탈리케이아가 똑바로 섰다.

"오크들의 잔당을 처리한다, 전사들이여. 무기를 점검하라."

알타이르의 워치프답게 위엄서린 목소리를 낸 탈리케이아는 오크의 잔당이 남아 있는 곳을 향해 자신의 환도를 뽑아들었다.

"이 탈리케이아 디레이샤 알타이르 클라두스가 군단을 지휘한다! 전사들이여, 나를 따라라!"

그녀가 오크들의 기운이 느껴지는 숲을 향해 달려갔다. 알타이르의 전사들이 그녀를 따르며 각자의 무기를 꺼내 들었다.

오크 잔당의 사냥이 시작되는 한편, 하늘에 떠 있던 엠페라투스는 더 이상 볼 것 없다는 듯 대기권을 훌쩍 벗어나 게이트로 향했다.

'마음이 허전하군.'

그는 운캄타르의 계획이 이렇게 끝날 줄은 예상조차 못하여 자못 당황하고 있었다.

'결국 나 혼자 하이시리스를 상대해야 한단 말인가?'

그는 고민했다.

'어머니의 뒤틀린 운명을 책임지는 것도 자식이 할 일이긴 하지. 하지만 이건 너무 재미가 없는데?'

엠페라투스는 일단 그라니트 행성으로 돌아가서 뒷일을 생각해 보기로 했다.

게이트를 향해 날아가던 그는 순간 날개를 활짝 펼치며 멈췄다.

뭔가가 게이트에서 나오려 하고 있었기 때문이다.

'그리운 느낌의 힘이군. 뭐지?'

게이트를 통과한 것은 백금색의 드래곤이었다.

고속으로 움직이던 그 드래곤이 엠페라투스를 발견하고는 그와 눈을 마주했다.

"호오, 왕녀인가?"

"…나중에 이야기하지요."

그 드래곤, 셀레스티아는 다시 이동하여 알타이르 행성의 대기권으로 들어갔다.

마찰열에 의해 붉게 빛나는 것도 잠깐이었다.

엠페라투스는 셀레스티아가 간 곳을 바라보며 생각했다.

'저 바보가 어떻게 알고 여길 왔지? …설마?'

뭔가를 깨달은 엠페라투스는 잃어버렸던 '재미'를 되찾고 활짝 웃었다.

"이제 좀 알겠군. 네놈들의 정체를, 그리고 운캄타르의 진짜 계획을 말이야!"

우주에서 큰 웃음을 터뜨린 엠페라투스가 게이트 안으로 사라졌다.

$*$ $*$ $*$

실버로드가 사망하고 치프의 데토네이터가 왕궁의 성벽 아래에 처박힌 그때.

치프는 그 근처의 숲에서 눈을 떴다.

'어라……?'

목숨을 내던진 전투의 냄새, 그리고 주변에 굴러다니는 오크들의 시체와 장비들의 악취가 치프의 후각을 자극했다.

하지만 그보다 더 강렬하게 치프를 일깨운 것은 그의 온몸에 전해지는 수풀의 감촉이었다.

악몽에서 깨어나듯 윗몸을 일으킨 치프는 자신이 실오라기 하나 걸치지 않은 상태로, 그것도 말끔한 몸으로 앉아 있다는 사실을 믿을 수 없었다.

그는 자신의 팔다리를 살폈다. 연소의 흔적은 물론 실버로드의 외골격에 무릎 아래가 잘린 흔적도 없었다.

그냥 새로 태어난 듯 깨끗했다.

'내가 꿈을 꾼 건가?'

눈을 깜박거리던 치프는 순간 본능적으로 움직여 수풀 사이에 몸을 숨겼다.

다리 사이의 민감한 부분에 알타이르의 억센 수풀이 스쳤으나 그는 비명을 지르기는커녕 숨도 내쉬지 않았다.

완전무장한 알타이르 전사 두 명이 그가 있던 장소에 걸어와 주변을 살폈다. 치프는 엠파시를 이용해 그녀들의 감각에서 완전히 벗어났다.

"뭔가 있었는데?"

"나도 느꼈어. 오크는 아니었던 것 같아."

"숲의 짐승들도 아니었지. 수색해 볼까?"

"그럴 기분은 아니지만… 하아."

알타이르 전사들의 은색 눈동자가 적색에서 푸른색으로, 그리고 녹색으로 바뀌었다.

그녀들이 숲을 수색하는 한편, 치프는 자신이 헐벗은 상태로 그들 앞에 나타나 도움을 요청했다가는 틀림없이 큰일을, 특히 거세에 가까운 일을 당할지도 모른다고 생각했다.

하지만 그냥 이대로 있을 수만은 없었다.

일단 배가 고팠고, 무엇보다 당분에 대한 욕구가 엄청났다.

'어설프게나마 알타이르 언어를 배워두길 잘했군.'

그는 근처에 떨어져 있는 오크의 방패를 들고는 주변을 살폈다.

성벽 아래에서 하늘을 향해 휘날리는 금속 입자의 모습이 보였다.

'그러고 보니 데토네이터가 추락했지? 저곳인가?'

그는 방패로 앞을 가린 채 숲속을 이동했다.

'발바닥이 뚫릴 것 같아. 이 행성의 수풀들은 왜 이리 억센 거야?'

몰래몰래 움직이던 그는 이윽고 헤이파와 자신의 전투복이 보이는 곳에 도달했다.

'난 여기 있는데 내 전투복은 왜 저기 있지? UNSMC 전투복에 이처럼 파렴치한 탈출 장치 따윈 없을 텐데? 내가 무슨 번데

기도 아니고.'

고민하던 그의 눈에 헤이파의 표정이 뚜렷이 들어왔다. 전투복 곁에 주저앉은 채 화강암 가루를 내려놓는 그녀의 모습은 절망 그 자체였다.

'꼭 내가 죽은 것처럼 행동하시잖아?'

치프는 생각에 잠겼다.

'아니, 상식적으로 말이 안 돼. 내가 추락하는 도중에 튕겨 나온 거라면 전투복을 입고 있어야 하는 게 정상이야. 게다가 난 팔다리뿐만 아니라 몸까지 완전히 연소된 상태였어. 이렇게 신선한 몸을 가지고 눈을 뜰 리가 없다고.'

너무 고민해서였을까.

생각에 잠긴 그의 목에 차가운 날붙이들이 무수히 닿았다.

'어머나.'

치프는 앞에 둔 방패를 몸에 밀착시켰다.

그는 자신을 완전히 포위한 알타이르 전사들의 눈을 훑어 봤다.

그 큰 키의 여성들은 다행이도 분노나 공포, 경계심 대신 당혹감으로 치프를 대하고 있었다.

"저기… 제 옷 좀 가져다주시겠어요?"

그가 알타이르 언어로 더듬더듬 말했다.

결국 치프는 헤이파 앞으로 끌려왔다.

대부분의 전사들이 그의 엉덩이에 시선을 두고 있는 가운데, 헤이파는 '넌 뭐냐'는 표정으로 치프를 바라봤다.

"여사님. 옷 좀 입으면 안 될까요?"

"큭!"

자리에서 벌떡 일어난 헤이파가 그를 후려칠 기세로 노려봤다. 얼마나 힘차게 일어났는지 눈꺼풀에 매달려 있던 굵은 눈물이 아래쪽으로 주룩 흘러내렸다.

구경하던 전사들이 바짝 긴장했다. 치프는 최소한 옷을 입은 상태로 얻어맞고 싶다는 말을 해볼까 고민했다.

하지만 헤이파는 그의 어깨를 꽉 잡고는 그의 몸 곳곳을 소중히 살폈다. 심지어는 코를 가까이하여 냄새까지 맡았다.

그녀는 방패로 가린 치프의 앞까지 살피려 했으나 치프가 사력을 다해 버틴 관계로 거기까진 눈을 두지 못했다.

"자네… 정말 자네 맞나? 내가 헛것을 보는 건 아니겠지? 전부 타버렸는데……!"

"…부탁이니 제 인권을 존중해 주세요."

"이 상황에서 멀쩡하게 지껄이는 꼴을 보아하니 자네가 맞는 것 같군."

헤이파는 안약을 넣으려는 사람처럼 고개를 들더니 손바닥으로 눈가를 꾹꾹 눌렀다. 그러면서 아주 긴 한숨을 내쉬었다.

마음을 진정시킨 헤이파는 주변을 둘러봤다. 엄청난 숫자의 알타이르 전사들이 치프의 몸에 시선을 두고 있었다.

"전사들이여! 명예를 위해 일제히 돌아서라!"

그녀의 고함이 주변의 공기를 흔들었다.

전사들이 일제히 돌아서자 치프는 방패를 내려놓은 뒤 자신의 전투복을 주섬주섬 챙겼다.

물론 전투복 안에 꽉 차 있는 가루를 털어내는 것도 잊지 않왔다.

"여사님."

"이야기하게."

"여사님도 돌아서 주시면 안 될까요?"

"……."

뒤로 완전히 돌아선 헤이파는 시거를 꺼내어 불을 붙였다.

치프는 조금 긴장한 표정으로 헬멧을 들었다.

아무리 흔들어대도, 헬멧 안에 손을 넣어 뒤져봐도 두뇌에 박힌 백업용 칩이 나오지 않았다.

그는 소리를 내지 않고 안도의 숨을 내쉬었다. 자신이 복제 인간 내지는 다른 수단으로 만들어진 또 다른 존재가 아님을 확인했기 때문이다.

'죽기 직전에 몸만 따로 튕겨 나간 건가?'

치프는 이해가 가지 않았지만 서둘러서 전투복을 챙겨 입었다.

'가루 때문에 몸이 가려워!'

그는 대단히 불편했으나 해변이나 사막에서 전투복 탈착 훈련을 해본 덕에 죽을 정도로 힘들진 않았다.

어찌어찌 전투복을 입은 치프는 실버로드 때문에 잘렸던 무릎 아래 부분까지 챙겨 신은 뒤 무장 제조 능력을 이용하여 잘린 부분을 이어 붙였다.

그는 마지막으로 헬멧을 썼다.

'전투복 기동. 각 부위의 동력 전달에 이상 없음. 좋아.'

발목까지 점검해 본 치프는 팔뚝 보호대에 있는 단말기를 톡

톡 두드렸다. 그의 생체 파장을 인식한 단말기의 화면이 밝게 켜졌다.

─정말 원사님이시군요!

단말기 화면에 잭팟의 말이 문자 메시지처럼 떠올랐다.

고개를 끄덕인 치프는 다시 단말기를 두드려 화면을 껐다.

그가 다시 헬멧을 벗자 가루가 우수수 떨어졌다.

'미치겠네.'

치프는 손으로 자신의 검은색 머리를 털었다.

"이제 괜찮습니다, 여사님."

"후우."

헤이파가 걱정 때문에 잔뜩 찡그린 표정을 그에게 돌렸다.

돌아서 있던 알타이르 전사들도 슬슬 방향을 바꿨다.

"죄송해요. 희생자의 발생을 막을 순 없었네요."

치프는 탈출 과정에서 사망한 알타이르 전사들에 대한 이야기로 말을 시작했다.

"…마음에 두지 말게. 자네는 왕궁뿐만 아니라 수도의 사람들 모두를 구했어. 전사들의 시신은 그들의 가족에게 무사히 인도될 것이네."

헤이파는 동력로 폭발의 열 폭풍에 구워져 하얗게 변한 치프의 전투복을 살핀 뒤 고개를 끄덕였다.

"첫째와 자네가 만난 것은 우리에게도 큰 행운이었군. 정말 고맙네."

"하아, 어서 회사로 돌아가고 싶네요."

"오크 잔당의 처리가 아직 끝나지 않았네. 피곤한 건 알지만 너무 마음 놓지 말게."

"그러죠."

치프는 다시 헬멧을 쓴 뒤 통신을 위해 그 옆을 눌렀다.

"여기는 알파 하나 칠 삼 공. 제36임무부대, 들리나?"

─기함 인디애나입니다. 원사님의 생명 신호를 확인. 대체 어떻게 되살아나신 겁니까?

"전투복에 잠깐 이상이 생겼나 보지. 드래곤 실버로드는 이쪽에서 처리했다."

─확인했습니다. 전투복에 킬마크를 새기셔야겠네요.

"그렇게 기분 좋은 싸움은 아니었어. 제36임무부대의 일정은 어떻게 되나?"

─현재 알타이르 측과 상의 중입니다. 알타이르의 통신 시설이 회복되어 지금은 아무 문제없이 통신이 가능합니다.

"여유가 있으면 근처에 있는 하와이를 맡아주겠나?"

─인디애나의 피해가 커서 어찌될지 모르겠습니다. 노력해 보겠습니다.

"부탁하지."

─알겠습니다. 인디애나, 통신 종료.

"알파 하나 칠 삼 공. 통신 종료."

통신을 마친 치프는 단말기를 조작하여 제36임무부대의 위치를 살폈다.

그 함대는 숲의 바다 위에 정지한 채 꼼짝도 않고 있었다.

"알타이르에서 오크 잔당 처리에 대한 협조 요청을 넣지 않았나 보네요."

치프의 말에 헤이파가 살짝 인상을 구겼다.

"이쪽에선 창칼을 들고 놈들과 싸우는데 폭격에 휘말리면 곤란하지 않나?"

"그렇죠."

헤이파는 자신의 단말기를 빼들었다.

"통화권 이탈 상태에서 회복되지 않는군."

"민간용 통신 시설은 복구에 상당한 시간이 걸릴 거예요."

"첫째와 셋째에게 연락하고 싶은데……."

"지금은 참으셔야 할 것 같네요. 아무리 저라고 해도 군용 회선을 빌려 드렸다가는 큰일이 나니까요."

"그렇군. 할 수 없지."

헤이파는 가장 가까이에 있는 알타이르 전사를 불렀다.

"자네, 단말기를 다룰 줄 아는가?"

"그렇습니다, 브라토레 님."

"요즘 젊은이들은 역시 다르군. 그럼 좀 찍어주게."

치프의 옆에 선 헤이파는 그의 어깨에 팔을 두른 뒤 몸을 밀착한 채 자세를 잡았다.

"헬멧을 잠깐 벗게, 치프."

"…방금 전에 긴장을 풀지 말라고 말씀하셨던 것 같은데요."

"물론이지. 긴장을 하고 있다는 증거를 남길 것이네."

"……"

헬멧을 벗은 치프는 밋밋한 표정으로 단말기의 렌즈를 봤다.

촬영음이 들린 뒤 헤이파가 옆으로 물러났다. 치프는 그라니트 행성으로 돌아갈 궁리를 하려 했으나 현장의 상황이 그를 놔주지 않았다.

"치, 치프 님?"

고민하는 치프에게 잔뜩 긴장한 표정의 알타이르 전사 한 명이 다가왔다.

"무슨 일이신가요?"

"저도 긴장을 하고 있다는 증거를 남기고 싶습니다."

단발의 그 전사는 가죽 케이스로 감싼 자신의 단말기를 빼들었다.

'저 단말기도 민간용이잖아? 현장에 민간용 단말기를 가지고 나오는 정신머리는 대체 뭐지?'

군인으로서 불쾌감을 가진 치프의 귀에 요란한 소리가 들렸다.

적잖은 수의 전사들이 사냥감을 앞둔 암사자들처럼 치프에게 시선을 고정한 채 각자의 단말기를 뽑아들고 있었다.

'…신이시여.'

맥이 빠진 치프는 알타이르의 단말기 보급률이 궁금했지만 정확한 답을 알기까지는 긴 시간이 필요했다.

91
폭주의 시작

알타이르 전사들이 단말기를 앞세운 채 치프를 포위하고 거리를 좁혔다. 치프는 그냥 혼이 빠진 표정으로 가만히 있을 뿐이었다.

그 모습을 가만히 보던 헤이파는 자신이 불씨를 던진 것이나 다름없는 이 사태를 어떻게 수습해야 할지 고심했다.

치프의 기도가 통한 것일까.

지원 요청을 알리는 피리 소리가 하늘에 울렸다. 화살에 매달려 쏘아진 작은 피리의 소리는 단말기를 만지작거리던 알타이르 전사들의 정신 상태를 단숨에 바꿔 놨다.

"지원부대는 내가 지휘할 수밖에 없겠군."

헤이파가 마치 새처럼 높고 날카로운 휘파람 소리를 규칙적으로 내며 전사들을 집중시키고 대열을 정비시켰다.

"거기. 자네와 자네."

헤이파는 치프 가까이에 있는 두 명의 전사를 불렀다.

"예, 브라토레 님."

"치프는 지금 싸울 수 있는 상태가 아니니 자네들이 그와 동행하게. 근위대 사령관에게 데려가면 될 것이야. 내가 보냈다고 말하게."

"말씀대로 실행하겠습니다, 브라토레 님."

두 전사가 오른손 주먹을 왼쪽 가슴 위에 대며 헤이파의 명을 받아들였다.

"그리고 치프."

"예, 여사님."

"배가 고파 보이니 근위대 사령관을 만나면 식사를 좀 달라고 하게."

"아니… 전 그냥 하와이로 돌아가면 되는데요?"

"……."

"이곳에 올 때 썼던 수송기는 여사님 댁 위에 있으니 저는 그걸 타고 가도록 하죠. 회사가 너무 걱정되거든요."

"그곳은 괜찮을 테니 잠시 있어보게. 여러모로 오래 걸리진 않을 것이야."

"음… 그러죠."

그녀에게 뭔가 생각이 있음을 느낀 치프는 천천히 헬멧을 썼다.

그는 전사들을 이끌고 숲으로 달려가는 헤이파와 그녀와 함께 숲속으로 사라지는 알타이르 전사들을 잠시 지켜봤다.

"가시지요, 치프."

전사 중 한 명이 치프를 불렀다.

치프는 자신보다 키가 훨씬 큰 그녀들과 함께 부서진 성벽을 통하여 왕궁으로 들어갔다.

성벽 안쪽에는 적잖은 수의 알타이르 전사들이 남아 있었다. 그 전사들의 복장은 치프의 안내를 맡은 자들과는 전혀 달랐다.

'근위대잖아?'

치프는 과거 신룡의 유적에서 알타이르의 여왕과 처음 만났을 때 그 근위대를 본 일이 있었다. 물론 근위대 전사들 중에도 치프를 알아보는 자들이 꽤 많았다.

그 사건 당시 여왕과 함께 온 근위대의 숫자가 약 2,000명이었고 왕궁 내에서 지내는 근위대 총 숫자가 약 3,000명이니 면식이 있는 자가 많은 것은 이상한 일이 아니었다.

'저 사람들이랑 이렇게 다시 만날 줄은 몰랐네.'

치프와 근위대 전사들은 특별히 인사를 나누진 않았다. 게다가 근위대는 오크와의 격전에 대비하여 복면을 쓰고 있었기에 표정을 알 수도 없었다.

하지만 그들은 부드러운 분위기와 온건한 눈빛 등으로 환영 인사를 대신했다.

"왕궁에 두 개 이상의 군단이 있나보네요?"

치프가 안내자들에게 물었다.

"라샤이드 탈리케이아 님의 군단이 왕궁의 수비를 맡았습니다."

"그럼 다른 곳은요?"

"라샤이드 오리오넬 님의 군단과 함선들이 민간인들의 사수 명령을 받았습니다. 라샤이드 데스디아리아 님의 군단이 전멸되고 함대의 대부분을 잃은 탓에 정말 걱정했습니다만… 치프 덕분에 고향이 무사할 수 있었습니다. 감사합니다."

"저도 감사드립니다, 치프. 당신은 여왕 폐하와 저희들의 가족, 그리고 저희들 모두를 지켜주셨습니다."

둘이 진심으로 고마워하자 치프가 매우 멋쩍어했다.

"전 제가 하고 싶은 일을 했을 뿐이에요. 그리고 전 다른 행성의 군인이에요. 기밀 사항을 함부로 들려주시면 안 된다고요."

"주의하지요."

치프의 조언을 들은 전사들은 조심스럽게 웃었다.

치프는 문득 하늘을 봤다. 나무껍질처럼 보이는 새들이 왕궁 어딘가를 향해 날아가고 있었다.

"저 새들은 뭐죠?"

"전서구입니다."

대답을 들은 치프는 조금 당황했다.

"아… 무선 연락망이 없나요?"

"있었지요."

그녀들은 통화권에서 이탈되었다는 메시지가 떠 있는 단말기를 꺼내 보였다.

"민간용 단말기를 군용으로 썼단 말인가요?"

"본래는 전서구를 사용하는 것이 규정입니다만 차츰 바꿔고 있는 추세입니다. 합성수지에 대한 적응이 끝나면 그때부터는 함대에만 사용 중인 군용 무선 장비를 지상에도 들여오겠지요."

"알타이르 본토에 대한 외적의 침범 가능성을 아예 0으로 보셨나 보네요."

"저희가 말씀드리기에는 너무 어려운 문제로군요."

그녀들이 힘겹게 대답하자 치프는 손을 살짝 들어 미안함을 표시했다.

그녀들과 함께 근위대 사령관 앞으로 간 치프는 천막 비슷한 것도 없는 현장 상황에 살짝 당황했다.

큰 탁자 앞에서 전서구를 통해 오크 잔당 처리에 대한 보고를 받은 근위대 사령관은 방금 쓴 답장을 전서구에 매단 뒤 그것을 날려 보냈다.

녹색과 검은색의 옷들을 갑옷처럼 껴입은 사령관은 다섯 장 정도의 지령서를 처리한 뒤에야 치프 쪽으로 돌아섰다.

"오오, 치프. 우리의 은인이여."

치프는 헤이파보다 나이가 좀 있어 보이는 그녀의 모습을 아주 잠깐 살핀 뒤 헬멧을 벗고 손을 들어 경례했다.

"지구 UNSMC 및 해병대 주임원사 대리인 A—1730입니다."

"아."

나무 케이스에 든 단말기를 꺼내어 치프의 사진을 찍으려 했던 사령관은 헛기침을 한 뒤 오른손 주먹을 왼쪽 가슴 위에 댔다.

"알타이르 근위대 사령관인 올라루스라고 하오. 진심으로 감사드리오, 치프."

"아닙니다. 수고 많으십니다."

"그렇지도 않소. 방금 라샤이드 탈리케이아의 보고를 받았소."

그녀는 돌돌 말린 보고서 중에 하나를 펴서 그것을 눈으로 읽었다.

"워로드는 모두 죽었고 현재 극소수의 도주 세력이 있다고 하오."

그녀는 이어서 다른 보고서를 펼쳤다.

"정령 교감을 사용하는 워로드가 단 한 명뿐이라고 하니 다행이구려."

"한 명이요?"

"그렇소."

올라루스 사령관은 다른 보고서를 또 펼쳤다.

"그 한 명 때문에 열네 명의 전사들이 부상을 입었지만 라샤이드 탈리케이아가 처리했다고 하오."

사령관은 탁자 위에 몇 장 더 쌓여 있는 보고서를 보며 한숨을 쉬었다.

"하루빨리 무선 장비를 들여와야겠구려. 하지만 제대로 도입을 하려면 브라토레 가문의 기부가 필요하니 영······."

올라루스 사령관이 언짢은 표정을 지었다.

"헤이파 여사님과 사이가 안 좋으신가요?"

"그렇진 않소. 나와 헤이파 모두 무관 출신이고 소꿉친구이기도 하오. 물론 나이는 내가 한참 더 많지만 우정이 상한 적은 없소."

"음… 이곳은 인맥이 지배하는 곳이군요."

"으음? 하하! 좋은 지적이오."

올라루스 사령관이 호탕하게 웃었다.

"무관 가문과 문관 가문은 사는 지역부터가 다르오. 그리고 첫 번째 아이가 엄마를 완벽히 닮는 특성 때문에 대대로 관직이 이어지는 경우가 많다오. 지구처럼 인구가 많았다면 선출을 통해 공무원을 뽑는 것도 가능하겠지만… 아, 어려운 얘기는 이쯤 합시다."

사령관이 손을 저었다.

"내가 언짢아하는 것은 조정과 관련된 문제라오. 국가 예산을 초월하는 금액을 어떤 가문에서 불쑥 내놓는다는 사실이 조정 중신들의 자존심을 건드리고 있어서 처리가 쉽진 않구려."

"뭐, 브라토레 가문의 돈으로 문제를 해결했다가는 브라토레 가문을 중심으로 한 무관 가문의 힘이 더 강해지겠죠."

치프가 가볍게 지적했다.

올라루스 사령관은 불쾌한 기색 없이 그의 말을 받아들였다.

"우리에 대해 잘 아는구려. 역시 헤이파의 입술을 훔친 영웅답소."

"…네?"

치프는 뒷목에서 피가 쑥 빠지는 듯한 느낌을 받았다.

"유명한 이야기라오. 탈리가 매주 편집해서 우리에게 보내주는 '주간 치프'도 인기가 있다오."

"……."

치프는 탈리케이아의 단말기를 며칠간 숨길까 하는 생각을 해봤다.

"후후, 놀릴 생각은 없소. 그보다 안색이 안 좋은데, 몸에 문제가 있소?"

"배가 아주 많이 고프네요."

치프가 살짝 웃으며 실토했다.

"그렇구려. 그럼 비상식량이라도 드시겠소?"

"지금은 뭐든 먹을 수 있을 것 같아요."

올라루스 사령관이 부관에게 손짓을 했다.

부관이 허리에 찬 가방에서 꺼낸 것은 아주 길고 두꺼운 건조 풀잎이었다.

"……."

"아, 입에 안 맞나보오?"

"아뇨. 감사히 먹겠습니다."

건조 풀잎을 받아든 치프는 쓸쓸한 표정으로 그것을 씹었다. 그 군용 비상식량은 향도 거의 나지 않고 특별한 맛도 없었다. 그냥 의미 없이 배를 불려줄 뿐이었다.

'지구의 군용 식량은 고급 뷔페였군.'

치프는 데스디아가 달거나 짠 음식을 들고 다닌 적이 없었음을 떠올리며 자신의 신세를 한탄했다.

"여왕 폐하께서 자네에게 상을 내리실 것이네."

"그럼 저를 당장 돌려보내 주세요."

"…식량이 입에 안 맞나 보군."

"아뇨, 회사가 걱정돼서요. 저희 회사를 노리는 자가 있어요."

"회사를 말인가?"

"예. 저와 알타이르 모두를 함정에 빠뜨린 자가 있죠. 여기서 시간을 낭비… 아니, 여유를 즐길 수는 없어요. 그자를 막아야 해요."

풀잎을 열심히 씹으면서 A—1729, 로젤라에 대한 이야기를 한 치프의 표정에는 초초함이 역력했다.

"그럼 지금 당장 자네를 여왕 폐하께 안내하겠네."

"예?"

"은인을 대접한다면서 시간을 빼앗을 수는 없지."

사령관은 자신의 가문 문장이 수놓아진 망토를 벗고는 그것으로 치프의 전투복을 닦아주었다.

"아, 제가 하면 되는데……."

"이것만은 양보해 주게. 자네가 내 아이들과 손녀들을 구했어. 근위대 사령관 주제에 이것마저 못 한다면 난 크게 후회하며 살아갈 것이네."

"……."

치프는 헬멧을 쓰고 몸의 힘을 뺐다.

"그럼 부탁드리겠습니다."

"고맙네."

사령관은 열심히 치프의 경장갑 전투복을 닦아주었다.

눈치를 보던 안내자들과 근위병들까지 자신의 망토를 벗고 사령관을 도왔다.

"지구의 경장갑 전투복에 대한 정보는 잘 알고 있네만… 이 전투복은 앞뒤의 색이 다르군."

사령관이 묻자 치프는 가볍게 웃음소리를 냈다.

"아까 싸우다가 열에 노출돼서 그렇죠. 그냥 도자기처럼 구워진 거예요. 대기권 돌입도 가능한 물건인데 이제는 소용이 없죠. 능동 위장도 불가능하고… 그냥 힘을 내는 것만 좀 도와주는 수준에 지나지 않아요."

"집에 돌아가면 당장 내다 버릴 분위기로군."

"어쩔 수 없죠. 망가진 전투복을 계속 쓰기는 좀……."

"후후, 잘 알겠네."

전투복 청소를 마무리한 사령관이 의미심장한 미소를 지으며 치프의 어깨를 두드렸다.

이 여자가 또 무슨 생각을 하는 거냐며 치프가 불안해하는 가운데, 자신의 망토를 부관에게 넘겨준 사령관이 앞서 걸음을 옮겼다.

"따라오게. 절차를 전부 생략한 알현이니 얼마 안 걸릴 것이네. 너무 부담가지지 말게."

"알겠습니다."

"혹시 전투복 속에 숨긴 무기는 없겠지?"

"없습니다."

"그러고 보니 자네는 무기를 만들어낼 수도 있지 않나?"

"지금은 너무 배고프고 목이 말라서 아무것도 안 나와요. 음식 정도는 습격할지도 모르겠네요."

"역시 아까 준 비상식량에 불만이 있었군. 하하."

"……."

치프는 묵묵히 사령관을 따라 왕궁 안을 걸어갔다.

굳이 다른 행성에서 온 사람이 아니더라도, 아무런 직위를 갖지 못한 자가 알타이르의 여왕을 왕궁에서 만나기 위해 통과해야 하는 절차는 무려 마흔 가지가 넘었다.

알타이르 조정은 그 절차들을 시행할 준비가 안 되어 있었다. 그들 모두가 활과 창을 든 채 여왕의 사수에만 집중하고 있었기 때문이다.

덕분에 올라루스 사령관의 절차 생략 요청은 큰 충돌 없이 받아들여졌다. 치프는 거의 멈추는 일 없이 알타이르의 여왕이 있는 어전(御殿)으로 갈 수 있었다.

올라루스 사령관은 어전의 문을 앞에 둔 치프를 마지막으로 살펴봤다.

"여기까지 와서 물어보기엔 적절치 않네만, 혹시라도 뭔가 준비할 시간이 필요하다면 충분히 주겠네."

"괜찮습니다."

치프는 헬멧을 벗은 후 왼쪽 옆구리에 단단히 꼈다.

"알겠네."

사령관은 문지기들에게 고갯짓을 하여 문을 열 것을 요청했다.

완전무장한 상태의 문지기들은 손에 든 작은 북을 쳐서 방문자의 입장 허가 요청을 보냈다. 그러자 어전 안쪽에서 북소리를 내어 요청을 허락했다.

이윽고 녹색으로 물을 들인 어전의 문이 열렸다.

사령관과 함께 걸어 들어가던 치프는 어전의 맨 끝에 앉아 있는 알타이르의 여왕을 눈으로 확인했다.

여왕은 예전과 마찬가지로 면류관을 이용하여 얼굴을 가린 상태였다. 금과 은, 그리고 풀을 잘 엮어서 만든 화려한 옷은 의자에 꽂힌 대형 조류의 꼬리 깃털과 함께 여왕의 작은 몸을 조금이라도 크게 보이도록 만들어주었다.

치프가 눈여겨본 것은 사실 여왕이 아니었다. 여왕의 주변에 깔려 있는 푸른색의 안개였다.

'뭔가 음침한데?'

치프는 그 안개를 향해 뚜벅뚜벅 걸어갔다.

그런 치프의 앞으로 사령관이 손을 뻗었다.

"멈추게."

치프가 움찔했다.

"자네 눈에는 안개처럼 보이겠지만 저것은 정령계와 이 세상의 경계면일세. 정령에 대한 훈련을 받지 않은 자가 저 안에 들어간다면 큰일을 당할 수도 있네."

"주의하겠습니다."

평소의 치프였다면 이리저리 따졌겠지만 지금은 비공식적이면서도 중요한 자리이기에 짧게 대답했다.

치프를 방문자의 자리에 세운 올라루스 사령관은 바닥에 오른쪽 무릎을 꿇고 앉은 뒤 자신의 오른쪽 주먹을 왼손으로 단단히 감싼 후 그것을 여왕 쪽으로 내밀었다.

"위대한 알타이르 왕국과 외부 부족들의 대족장이시며 그 모든 영토를 지배하시는……."

"미안합니다, 근위대 사령관. 손님의 입장이 급박한 것 같으니 최소한의 인사로 시간을 아끼도록 하지요."

여왕의 목소리가 어전 안에 울렸다.

"알겠습니다, 여왕 폐하."

사령관은 허리를 굽힌 채 일어났다.

"인사드리게, 치프."

그녀가 속삭였다.

치프는 즉각 손을 올려 경례했다.

"지구소속 UNSMC 및 해병대 주임원사 대리인 A—1730입니다. 다시 뵙게 되어 영광입니다, 여왕 폐하."

"와줘서 기쁩니다, A—1730. 편의상 당신을 치프라고 부르겠습니다."

"알겠습니다, 여왕 폐하."

둘의 인사가 끝나자 올라루스 사령관이 보고서를 들고 여왕에게 다가갔다.

"여왕 폐하. 오크들의 잔당은 최소 사흘 이내에 정리될 것 같습니다."

사령관은 정령계와 세상의 경계면을 문제없이 통과하여 여왕 앞에 섰다.

보고서를 받아 읽은 여왕은 아주 천천히 고개를 끄덕이며 안도했다.

"수도에서 떨어진 마을들이 피해를 입을 수도 있으니 그들에 대한 관심을 놓지 말아주십시오, 사령관."

"그 누구도 다치거나 죽지 않도록 사력을 다하겠습니다, 여왕 폐하."

"믿고 있겠습니다. 그럼 손님과 이야기를 나누도록 하겠습니다.”

“예, 폐하.”

사령관이 몸을 숙인 채 뒤로 물러났다.

“치프. 당신은 오늘 수많은 사람들을 구했습니다. 바라는 것이 있다면 무엇이든 말씀해 주십시오.”

“예, 당장 회사로 돌아가고 싶습니다.”

치프의 즉답에 어전 내부가 조용해졌다.

근위병들은 묵묵히 표정을 유지하긴 했지만 나름대로 치프가 무슨 얘기를 내놓을지 기대하고 있었기에 적잖이 당황했다.

“그 부분은 얼마든지 협조해 드릴 수 있습니다. 하지만 그것만으로는 우리 모두가 마음의 빚을 떨칠 수 없을 겁니다. 다른 것을 말씀해 주시지요.”

치프는 어쩔까 생각하다가 한번 크게 질러보기로 마음먹었다.

“지금 그라니트 행성에서는 날개 달린 자들을 구하기 위한 전쟁이 벌어지고 있습니다. 오크들의 왕과 그를 따르는 놈들도 이 전쟁에 참전한 상황입니다. 돈으로 고용한 헌터들과 제가 가진 전력으로는 당장 해결하기 힘들 것 같습니다. 훈련된 군인들의 수가 절대적으로 부족합니다. 군대를 원합니다, 여왕 폐하.”

그가 군대를 원하자 근위병 몇몇이 마른침을 삼켰다. 여왕 역시 작게 한숨을 쉬었다.

“라샤이드 탈리케이아의 보고서에 따르자면 그라니트 행성의 전쟁은 생각보다 치열한 것 같더군요. 뜻하지 않은 상황도 무수히 발생한다지요? 치프는 나에게 우리 전사들의 목숨을 달라고

요구하는 것입니까?"

"그렇습니다."

"희생자가 발생하면 어찌할 생각입니까?"

"문제는 간단합니다. 이 자리에서 제 부탁을 거절하시면 됩니다, 여왕 폐하."

"……."

여왕은 말없이 고민했다.

"부담을 가지실 필요는 없습니다, 여왕 폐하. 저는 괜찮습니다."

"그렇습니까?"

"예. 그라니트 행성의 전쟁은… 어찌 보면 굉장히 사적인 싸움입니다. UNSMC 대원들 전원은 자기네 멋대로 저와 함께하고 있으며 라샤이드 데스디아리아 브라토레와 헤이파 브라토레 역시 마찬가지입니다. 그 외의 직원들도 그렇습니다. 그와 같은 일에 알타이르의 군대가 참여하는 것은 어려운 문제임이 분명합니다."

"라샤이드 탈리케이아에 대한 말은 하지 않는군요."

"그녀는 알타이르에서 저에게 보낸 첩자가 아닙니까?"

그의 지적에 여왕이 오른손을 들고 좌우로 흔들었다.

"라샤이드 탈리케이아는 분명 저에게 직접 명을 받긴 했지만 첩자는 아닙니다. 그녀의 순수한 마음을 믿어주십시오."

"대체 얼마나 순수한 임무인지 궁금하군요. 여왕 폐하."

치프는 그 말을 내뱉자마자 속이 뜨끔했다. 여왕에게 직접 내뱉기에는 너무 예의가 없는 발언이었기 때문이다.

"치프가 우리 정자 은행에 협조를 하게끔 설득하라고 지시했습니다."

"…네."

여왕의 대답을 들은 치프는 너무 어이가 없었다.

'탈리가 나에게 했던 이야기가 전부 사실이었군.'

그는 나중에 탈리를 만나면 사과해야겠다고 생각했다.

"시간을 주십시오, 치프. 군대를 움직이는 것은 나 혼자서 결정할 수 있는 문제가 아닙니다. 전사들의 가족들에게 동의를 구해야 합니다."

신하들과 얘기를 나눌 거라는 얘기를 들을 줄 알았던 치프는 조금 놀랐다.

"알타이르는 전제군주제가 아니었습니까?"

"우리는 공동체입니다, 치프. 그리고 알타이르의 전사들은 고향에 충성을 맹세했지 나에게 충성을 맹세하진 않았습니다. 상황을 설명하고 동의를 구하는 것은 당연한 일입니다."

"……"

치프는 알타이르가 보기보다 민주적인 곳인 것인지, 아니면 여왕의 생각이 그런 것인지 판단하기 힘들었다.

"아무튼 치프, 그대의 부탁은 잘 들었습니다. 군대에 대한 문제는 되도록 빨리 결정하여 라샤이드 데스디아리아에게 전하겠습니다. 그대는 어떠한 방법을 사용해도 좋으니 즉시 귀환하십시오."

"알겠습니다, 여왕 폐하."

치프가 손을 올려 경례했다.

사령관과 함께 어전을 나선 치프는 헬멧을 단단히 썼다.

"사령관님. 외부와 연락을 해도 될까요?"

"그리하게. 물론 내가 통신 내용을 들을 수 있으면 더 좋겠군."

"그러죠."

치프는 단말기를 급하게 두드렸다.

"하와이에서 쏜 위성이 살아 있어야 할 텐데 말이죠."

"위성?"

"제가 이곳에 도착했을 때 순양함 하와이를 통해서 전술용 위성을 하나 올렸거든요. 1회용이고 그 수명이 3시간 남짓이에요. 제36임무부대에서도 위성을 올렸겠지만 해군용이라서 채널은 닫혀 있을 거예요."

치프와 사령관이 어전을 완전히 벗어나자 위성의 존재를 확인해 주는 신호가 잡혔다.

"위성이 살아 있어요. 다행이군요."

그는 즉시 데스디아에게 연락했다.

─치프, 어떻게 됐어? 당신, 살아 있나?

"난 괜찮아. 어찌어찌 말이지. 목소리 들으니 기분 좋네."

치프가 힘없이 웃었다.

"여사님과 탈리는 오크 잔당들을 처리하고 있어. 회사에는 문제없지?"

─오크 함대가 나타났을 때는 비상이 걸렸지만 지금은 경계 상태야. 아무 일 없어.

"요르엘과 오라클은 어디 있어?"

—그 애들은 숙소에 있어.

"그럼 네가 직접 오라클을 보호해 줘. 로젤라가 그곳을 습격할 가능성이 높아."

—A—1729가? 그건 어떻게 알았지?

"로젤라가 오크들의 행성에서 나에게 엿을 먹였거든. 다음 목표는 오라클이라고 분명히 말했으니 이쪽도 움직여야겠지. 일단 연락을 끊을 테니 지금 즉시 움직여 줘."

—언제 올 거지?

"당장 갈 거야. 걱정하지 마. 통신 종료."

—기다리지. 통신 종료.

데스디아와의 통신을 마친 치프는 다음 통신을 위해 단말기를 계속 두드렸다.

"호오, 뎃디의 목소리에 애정이 넘치는군."

사령관이 말하자 치프는 통신 연결용 번호를 잘못 누를 만큼 놀랐다.

"애정이라뇨? 평소랑 다를 바가 없는데요?"

"뎃디는 자기 엄마한테도 언제 올 거냐는 말 따위는 하지 않았네. 그런 아이를 이토록 귀엽게 만들다니, 자네는 역시 걸물이야."

"하하."

어색하게 웃는 것으로 대응을 끝낸 치프는 다시 단말기를 두드렸다.

"해병, 들리나? 여기는 A—1730. 들리면 응답 바람."

—말씀하십시오, 원사님. 기다리다가 지쳤습니다.

"미안. 수송기는 무사하지?"

─문제없습니다.

"알타이르 왕궁 쪽으로 바로 와줘. 그 수송기로 그라니트 행성까지 돌아가야 할 것 같아."

─혹시 회사에 무슨 일이 있는 겁니까?

"일이 터질 가능성이 커. 대기권 이탈 및 재진입에 문제는 없나?"

─상태 점검 중. 문제없습니다.

"내 신호를 향해 바로 오도록. 통신은 계속 유지해. 안 그러면 자네와 수송기는 고슴도치가 될 거야."

─알겠습니다, 원사님.

단말기에서 손을 뗀 치프는 사령관을 돌아봤다.

"수송기를 어디서 타야만 집에까지 앉아서 갈 수 있을까요?"

"북서쪽 전망대일세. 같이 가세. 그쪽에 배치된 근위대에게는 내가 직접 신호를 보내야 하네."

"그러죠."

사령관이 먼저 달리고 치프가 그 뒤를 따라갔다.

*   *   *

'이상하네.'

로젤라가 회사 본관을 보며 한숨을 쉬었다.

그녀의 주변에는 UNSMC 대원 네 명이 바닥에 쓰러진 채 미동도 않고 있었다.

'분위기가 너무 안정적이야. 오크 왕의 함대를 봤을 텐데? 지금쯤 알타이르 행성은 난리가 났을 거고 말이야. 그런데 왜 조용하지? 혹시 치프가 오크 행성을 탈출했나? 설마?'

불쾌감을 느낀 로젤라는 본관에서 걸어 나오는 데스디아와 그녀를 따르는 포프를 목격했다.

'…저것들, 숙소로 가잖아? 치프가 정말 탈출했나본데? 뭐 이런 경우가 다 있지?'

조금 당황한 로젤라는 쓰러진 UNSMC 대원들을 배수로에 던진 뒤 데스디아와 포프의 뒤를 따라갔다.

'물어봐야겠군.'

로젤라가 회사에 침입했고 자신들의 뒤를 따라오고 있다는 사실을 전혀 감지하지 못한 데스디아는 포프가 말을 하지 않자 그녀를 돌아봤다.

"포프, 불안하니?"

데스디아는 질문과 동시에 발을 멈췄다.

자신을 따라오고 있어야 할 포프가 어디에도 없었기 때문이다.

그녀가 있어야 할 자리에는 포프의 발소리와 걸을 때의 충격을 재현해 주는 야구공 크기의 군용 로봇이 있었다.

회사 내의 UNSMC 중에서 그러한 장비를 갖고 노는 전문가가 많이 있긴 했다.

그들은 빅시티에 휴가를 갈 때를 제외하고는 군용 로봇을 이용한 레포츠에 빠져 시간을 보냈다. 심지어 돈을 걸고 로봇 레이싱을 즐길 때도 있다.

아무튼 중요한 것은 냄새였다.

데스디아는 그 작은 로봇에서 풍겨오는 냄새가 낯설었다.

'지구인 암컷… 아니, 여성의 냄새야.'

그녀는 누군가의 이름을 기억의 창고에서 꺼낸 채 단말기를 들었다.

"킹, 들리나?"

―여기는 찰리 리더. 경계 임무 지속 중. 무슨 일이십니까, 부사장님?

"내 앞에 뭔가 있는데, 거기서 이 물체를 확인할 수 있을까?"

―잠시만 기다립시오. 아… 그건 기만용 로봇입니다. 폭약이 감지되진 않습니다.

"회사 사람들이 사용하는 물건인가?"

―아닙니다. 정식으로 배치된 일이 없는 최신형입니다.

"…포프에게 일이 생긴 것 같군."

그녀가 한숨을 쉬었다. 무전의 저편에 있는 킹 역시 마찬가지였다.

―로젤라일까요?

"속단할 수는 없지. 난 요르엘과 오라클에게 가보도록 하겠네. 자네는 포프, 혹은 침입자를 수색하도록 해."

―브라보 및 델타 리더에게도 전달하겠습니다.

"부탁하지. 통신 종료."

―알겠습니다, 부사장님. 통신 종료.

단말기를 거둔 데스디아는 심호흡을 한 뒤 숙소 쪽으로 뛰어올랐다.

'내 감각을 속이는 건 그렇다 치더라도 감지가 아예 안 되다니, 대체 어디 있는 거지?'

요르엘과 오라클이 있는 방의 베란다에 안착한 데스디아는 문득 회사의 장벽을 봤다.

'설마?'

고개를 저은 데스디아는 베란다의 유리문을 열고 안으로 들어갔다.

"요르엘. 오라클. 둘 다 무사한가?"

게임기 패드를 각각 든 채 TV에 눈을 두고 있던 둘은 움찔하며 데스디아 쪽을 돌아봤다.

"부사장?"

요르엘이 먼저 입을 열었다.

"우리는 괜찮아, 부사장."

오라클이 이어서 답했다.

"무슨 일이 있는 거야?"

요르엘이 묻자 데스디아는 유리문을 닫고 커튼을 친 뒤 방탄 성능을 지닌 블라인드도 내렸다.

"침입자가 있어. 정리하고 침대 쪽으로 오도록 해."

게임기와 TV를 차례로 끈 요르엘은 오라클과 함께 침대로 간 뒤 침대 사이에 앉았다.

데스디아는 정령 교감을 이용하여 몸을 숨겼다.

"부사장이 그 정도로 주의하는 걸 봐서는 굉장한 침입자인가 보네."

요르엘이 불안한 표정으로 물었다.

"쉽진 않겠지. 조금 있으면 연락이 올 거야. 둘 다 조용히 있어."

둘은 아무것도 보이지 않는 허공에서 데스디아의 목소리가 들려오자 몸을 굽히고 숨을 죽였다.

데스디아가 그들을 맡은 한편, 로젤라에게 붙잡혀 회사 장벽 밖으로 끌려 나간 포프는 혼신의 힘을 다해 저항해 보려 했다.

그러나 운동 능력 보강 장치의 도움을 받는 경장갑 전투복은 그녀의 완력 따위로 어떻게 할 수 있는 물건이 아니었다.

로젤라는 포프를 바닥에 내리꽂고 발로 그녀의 머리를 걸어 찼다.

무의식적으로 몸을 틀어 머리 부상을 피한 포프는 반쯤 찢어져 날아간 자신의 헬멧을 볼 틈조차 없었다.

"어라, 저번에 공항에서 만났을 때보다 나아졌는데?"

로젤라가 콧소리를 섞으며 팔을 휘둘렀다.

날카로운 물체가 바람을 가르는 소리에 포프는 반사적으로 몸을 젖혔다. 잘 갈린 군용 단검이 포프의 눈썹 몇 가닥을 잘랐다.

"흠."

꼬마의 동작에 조금 놀란 로젤라는 오른손에 든 단검을 척척 움직였다.

포프는 엄청난 압박감을 받고 있었다.

상대는 눈앞에 있었고 뭔가 특이한 위장 장치를 쓰지도 않았다.

그냥 슬슬 다가오며 단검을 휘두를 뿐이었으나 포프는 자신이 촘촘한 어망에 갇힌 것 같은 착각에 시달렸다.

진 플레커도 능수능란했지만 지금처럼 호흡조차 못할 정도는 아니었다.

"숨 좀 쉬면서 싸워봐, 꼬마야. 쯧, 질식사하면 재미없지."

로젤라가 단검을 잠깐 멈췄다. 그 틈을 이용해 뒤로 뛰어 거리를 둔 포프는 몇 분 동안 잠수를 하고 나온 사람처럼 숨을 몰아쉬었다.

그녀는 눈앞에 아뜩했지만 인내심을 발휘하여 권총을 뽑으려 했다.

하지만 그녀의 몸에 권총은 없었다. 로젤라가 미리 권총집을 잘라 떨어뜨렸기 때문이다.

그녀가 잃어버린 것은 권총에 그치지 않았다.

투척용 히트 블레이드와 각종 암기, 도구와 구급약이 든 주머니를 모두 잃었고 남은 것은 단검 한 자루와 전기 충격기가 설치된 장갑뿐이었다.

로젤라는 단검을 이리저리 돌리는 등 손장난을 치며 포프를 봤다.

포프는 호흡을 조절하며 로젤라의 장비를 살폈다.

'UNSMC의 경장갑 전투복이지만 형태가 조금 달라. 뭔가 부드러워 보여.'

그녀는 벌써 땀이 맺힌 턱에 손가락을 댔다.

"A—1729. 당신이 우리 사장님보다 강한가요?"

"응? 후후. 그렇게 보여?"

"지금은 그러네요."

"음… 옛날 일이라 잘 기억이 안 나네."

중얼거리는 로젤라의 앞에서 전기 충격기의 불꽃이 크게 터졌다.

손바닥의 전기 충격기가 망가지는 것을 감수하고 로젤라의 눈을 속이려 했던 포프는 상대가 오히려 자신을 향해 다가오자 그 자리에 굳어지고 말았다.

"너, 바보지?"

포프의 시야에서 로젤라의 오른팔이 사라지는 찰나, 포프의 복부에 로젤라의 단검이 깊숙이 박혔다.

단검이 배에 꽂힐 때의 충격은 묵직했다. 내장이 흔들린 포프는 버티지 못하고 그대로 주저앉았다.

"죽일 생각은 없어. 널 죽였다가는 뒷감당하기가 힘들어질 것 같거든. 아무튼 한 가지만 물어볼 테니 대답 잘 해, 꼬마야."

"으, 으윽……!"

포프는 통증을 못 이기고 수풀을 쥐어뜯었다.

로젤라는 발로 포프의 등을 꽉꽉 눌렀다.

"혹시 치프와 연락이 된 거니? 알타이르에 무사히 나타났다던가?"

"……."

포프는 수풀에 얼굴을 묻다시피 한 채 고개를 끄덕였다.

"하, 미치겠네. 혹시 치프의 목소리를 직접 들었니?"

포프가 다시 끄덕거렸다.

"…이러면 계획이 틀어지는데 말이지. 딱 일주일 정도만 거기에 가둬두려고 했는데… 응?"

중얼거리던 로젤라는 포프가 끙끙거리며 다시 일어나는 것을 보고 의아해했다.

"잘못 움직였다가는 내장이 상해서 죽을 텐데? 그냥 누워 있으면 내가 소독약 정도는 발라줄게."

"……."

포프는 퍼렇게 질린 얼굴로 숨을 헐떡이며 오른손을 뻗었다.

로젤라는 그녀가 낀 장갑을 보고 실소를 지었다.

"그 전기 충격기로 어쩌려고?"

"으윽……!"

포프는 이를 꽉 물었다.

로젤라는 포프의 뒤쪽에서 검보라색의 안개가 치솟는 것을 목격했다.

"쯧."

로젤라가 혀를 찼다.

왼손으로 상대의 오른쪽 손목을 잡고 비튼 로젤라는 오른손으로 포프의 복부에 박힌 나이프를 확 뽑았다.

나이프가 배 속에서 움직인 충격으로 인해 포프는 몸의 힘이 완전히 풀려 쓰러지고 말았다.

포프의 몸 뒤편에서 일어나던 검보라색의 안개가 차츰 수습되어 사라졌다.

로젤라는 뭔가에 깎인 듯 하얗게 흠집이 난 자신의 헬멧을 만지작거렸다.

"그래, 너도 괴물 중에 하나였지. 네가 사용하는 무술이 나이트 스토커의 무술에서 비롯된 것쯤은 알고 있었는데……."

로젤라는 아직도 붙잡고 있는 포프의 오른쪽 손목을 봤다.

포프의 손바닥 한가운데에는 검보라색의 빛이 라이터의 불꽃처럼 살랑거리고 있었다.

"네 마음은 어떨지 몰라도 네 몸은 마스터 어쎄신의 길을 택한 것 같군."

"……."

포프의 몸은 흐느적거렸지만 그녀의 눈동자만은 흐릿하게나마 로젤라를 쫓고 있었다.

"넌 영원히 피 냄새를 뿌리며 돌아다니는 여자가 될 거야. 치프를 위해서라도 그 운명을 끊어주고 싶지만… 안 되겠네. 그렇지, 치프?"

로젤라는 포프의 손목을 놓아주며 옆으로 돌아섰다.

전투복 손상으로 인해 허우적거리며 착지한 치프는 복부를 찔린 포프와 그 앞에 서 있는 로젤라를 번갈아 바라보며 헬멧을 벗었다.

"목표는 오라클이 아니었나? 포프는 왜 괴롭히고 있는 거야?"

"네가 오크들의 행성에서 살아 돌아왔다는 말을 들었거든."

로젤라의 대답을 들은 치프는 헬멧을 전투복의 목 보호대에 거치했다.

"청부업자가 됐으면 주어진 일에 집중해야 하는 게 옳지 않나?"

"경우의 수가 너무 많아지면 내 목숨부터 챙기는 게 당연하잖아? 아무튼 재주도 좋네? 전투복의 손상 수준을 보니 고생이란 고생은 다 한 것 같고 말이야."

로젤라는 치프의 경장갑 전투복을 위아래로 훑어봤다.

"됐으니 지혈제 있으면 당장 내놔."

"흥."

로젤라는 허벅지 장갑판에 달린 작은 가방에서 의료용 거품 스프레이를 꺼내 치프에게 건네주었다.

장갑을 벗은 치프는 그 거품을 자신의 손등에 뿌려본 뒤 냄새를 맡으며 유해성을 확인해 봤다.

"제대로 된 물건이군."

그는 로젤라에게 시선을 떼고 포프 옆에 다가가 앉았다.

"똑바로 누워봐, 포프. 내 목소리 들리지?"

포프의 머리가 꿈틀거렸다.

치프는 포프의 전투복을 찢어 그녀의 복부를 드러냈다. 1년 전과는 달리 복근이 뚜렷하게 잡혀 있었지만 치프의 눈에 보이는 것은 찢어져 피가 흐르는 부분뿐이었다.

그는 출혈 부위에 거품을 쑤셔 넣다시피 했다. 포프는 처음에만 고통스러워했을 뿐, 진통제와 마취제 덕분에 차츰 안정을 되찾았다.

응급처치를 마무리한 치프는 헬멧을 다시 쓰며 일어난 후 로젤라가 있던 장소를 돌아봤다.

로젤라는 이미 없었다.

몸을 숨긴 것인지, 아니면 특별한 이동 수단을 사용했는지 알 수 없었지만 치프는 그녀에게 신경을 쓰고 싶은 생각이 없었다.

UNSMC 대원들이 탄 차량과 해병대 원정군 소속 응급 환자 수송기가 치프를 향해 각각 다가왔다.

"마실 것 좀 가져오라고 할걸."

중얼거린 치프는 응급 환자 수송기를 향해 수신호를 보내어 포프의 상태를 알렸다.

＊　　　＊　　　＊

치프가 식당에서 엄청난 기세로 식사를 하는 한편, 안드레이와 킹은 다른 테이블에 앉아서 치프가 가져온 각종 자료들을 살피는데 여념이 없었다.

알케온과 켐리는 평소의 몇 배 이상 먹어대는 치프의 모습에 당황했다.

"사장님이 저렇게 잘 드셨나요?"

"한 번인가 본 것 같기도 하군. 아무튼 오늘은 기록적이야."

중얼거리는 둘을 향해 치프가 빈 접시를 흔들었다.

"스테이크. 하나 더."

"조만간 많이 먹기 대회라도 나갈 기세로군."

알케온이 걱정하여 물었다.

"지금은 무쇠라도 소화시킬 수 있어. 알타이르에서 먹은 비상 식량을 어서 내 배 속에서 지워 버려야 한다고."

알케온은 이 자리에 데스디아가 없는 것이 다행이라 생각하며 접시를 회수했다.

"안드레이."

"예, 원사님."

안드레이가 대형 단말기를 내려놓으며 부름에 답했다.

"포프의 상태는 어때?"

"내일 아침이면 위스콘신에서 귀환할 겁니다. 걱정하지 않으셔도 됩니다."

"오늘은 아무 일도 없었으면 좋겠는데 말이지."

치프는 옆에 놓은 탄산음료를 목에 들이부었다. 컵 안에 있는 얼음까지도 기세 좋게 씹어 삼키는 그의 모습에서 피로란 찾아볼 수 없었다.

"행여 무슨 일이 있더라도 오늘은 쉬시는 게 좋을 것 같습니다."

"그렇게 피곤하진 않아. 이상할 정도로 말이야."

"예?"

"음… 아냐. 그만큼 몸 상태가 괜찮다는 소리야."

치프는 그냥 얼버무렸다.

전투복의 손상 수준을 직접 확인하고 경악했던 안드레이는 눈에 낀 선글라스를 매만지는 것으로 그에 대한 염려를 대신했다.

"그라니트 행성에 왔다는 오크들은 어때?"

"그것이……"

안드레이가 대답하려는 순간이었다.

킹의 단말기가 격렬하게 진동했다. 단말기를 즉시 낚아챈 킹은 즉시 화면을 두드렸다.

"여기는 찰리 리더. …아, 제발 거짓말이라고 말해줘, 죠니. 알았어. 바로 전해 드리지."

단말기를 내린 킹이 치프를 돌아봤다.

"원사님. 빅시티 인근에 브리치 다섯 개가 나타났다고 합니다."

"…로젤라가 포프를 찌르고 도망간 이유를 알겠군. 포프 현상을 극단적으로 폭주시킨 게 분명해."

"그게 인위적으로 조작이 가능한 현상이었습니까?"

킹이 당황했다.

"당연히 농담이지. 과로로 쓰러진다는 게 어떤 기분인지 알 것 같군."

치프는 포크와 나이프를 내려놨다.

"안드레이. 위스콘신에 새 전투복을 요청해 줘. 아르마게일도 불러주고."

"닥터 말씀이십니까?"

"물어볼 게 엄청 많거든."

안드레이는 지금처럼 생기가 넘쳐흐르는 치프를 볼 때마다 자신의 아이들이 떠올랐다.

지금 치프는 게임의 마지막 스테이지를 앞둔 아이들처럼 기대감에 흠뻑 빠져 있었다.

'원사님의 저 표정……. 볼 때마다 소름이 돋지. 정말 마지막을 보신 것 같군.'

안드레이에게 있어서 군에 들어온 이후 가장 힘들었을 때는 안드레이 자신이 중상을 입고 사이보그로 개조됐을 때가 아니었다.

바로 치프와 함께 임무를 수행하면서 마주했던, 비인간적인 상황들이었다.

차라리 환각이었으면 싶은 경우도 많았다.

가축, 혹은 전시물이 된 인간들의 끔찍한 모습과 그들의 냄새, 소리, 그리고 그런 생지옥을 만든 주제에 뻔뻔하게 웃는 범죄자들.

안드레이는 막사에 돌아와 쉴 때도 그런 것들을 잊을 수가 없었다.

간이 탁자 위에 올려둔 권총을 머리에 대고 방아쇠를 당기기만 하면 이 모든 악몽에서 벗어나 현실로 돌아갈 수 있을 것 같았다.

어느 날, 한계에 달한 그를 막아준 것은 바로 군용 식수였다.

페트병에 담긴 깨끗한 물.

범죄자들에게 잡혀 있던 희생자들은 얼핏 보면 오렌지주스가 아닌가 싶을 정도로 탁한 물에 의존해 목숨을 이어나가고 있었다.

존엄성을 철저히 박탈당한 가운데에서도, 본능적으로나마 삶에 대한 희망을 놓지 않았다.

안드레이는 자신이 터무니없는 사치를 즐기고 있다고 생각했고 결국 머리에 댔던 권총을 내려놓았다.

다음 날 아침, 안드레이는 임무를 전달하며 모두를 격려하는 치프의 모습을 봤다.

일상에 가까운 모습, 아니 토하고 싶을 정도로 지겨운 말이었지만 그날의 안드레이는 이상하게도 치프로부터 눈을 뗄 수 없었다.

이 바닥에서 왜 저 사람만은 제정신인지, 어째서 생기를 잃지 않는지 궁금했기 때문이다.

답은 간단했다.

'우리를 기다리는 사람들이 있다.'

안드레이의 부정적인 생각은 치프가 자신들을 격려할 때 항상 하는 그 말을 해석하면서 완전히 극복되었다.

그리고 그 자리를 대신한 것은 군인으로서가 아니라 인간으로서의 책임감이었다.

안드레이가 취미로만 사용했던 손도끼, 즉 군용 토마호크를 주력 무기로 쓰기 시작한 것도 그때부터였다.

가장 직접적으로 자신의 분노를 발산할 수 있고, 인간 같지 않은 인간들에게 삶의 소중함을 가르쳐줄 수 있는 최고의 수단이라 판단한 것이다.

그때 다져진 안드레이의 정신력은 전신 사이보그 시술을 받고 나서 재활 훈련을 할 때도 큰 도움이 되었다.

"안드레이, 알파와 델타를 준비시켜 줘."

치프의 요청을 듣고 추억에서 벗어난 안드레이는 고개를 끄덕였다.

"알겠습니다."

그는 치프에게 경례를 한 뒤 식당을 나서며 단말기를 들었다.

"위스콘신 병기창, 들리나? 여기는 델타 리더. 알파 리더가 새 옷을 원한다. 아니, 그 거지 같은 셔츠가 아니다. 경장갑 전투복이다. 전투복의 옵션 세팅은 원사님의 프로필을 참고하도록."

전투복 지급문제를 끝낸 안드레이는 곧장 다른 곳으로 통신을 넣었다.

"닥터, 들리십니까? 상황은 아십니까? 아신다면 다행입니다. 원사님께서 부르십니다. 시간이 없으니 서둘러 주십시오. 빅시티에서 우리를 기다리는 사람들이 있습니다."

통신을 끝낸 안드레이는 식당 밖에서 대기 중인 알파와 델타 스쿼드 대원들을 손짓으로 모았다.

"A−1729의 침입에 의한 사상자 확인은 끝났나?"

"포프까지 합쳐서 아홉 명 부상입니다. 사망자는 없습니다."

대원 한 명이 입체 영상으로 명단을 출력하여 안드레이에게 보여줬다.

"포프가 가장 심하게 다쳤군. 로젤라답지 않아."

"일종의 보험 아니겠습니까? 실제로 그라니트 행성에서 로젤라 때문에 죽은 대원이나 회사 직원은 없습니다."

"포프 입장은 다르겠지. 그 애는 두 번이나 칼을 맞았어."

말은 그리했지만 안드레이는 '보험'이라는 표현을 부정하지 않았다.

'틀린 말은 아닐 거야. 로젤라는 이상한 집착을 가졌을 뿐이지 아예 미치진 않았거든. 가까운 시일 내에 진실을 알게 되겠지.'

안드레이가 팔을 움직였다.

"알파와 델타 스쿼드 전원은 잠시 해산하여 각자 장비를 점검한 뒤 훈련장에 다시 모인다. 움직여."

"예, 중사님."

델타 스쿼드 대원들이 회사 안을 바삐 뛰는 가운데, 안드레이는 다시 단말기를 들었다.

"브라보 리더, 들리나? 여기는 델타 리더."

―여기는 브라보. 잘 들린다, 델타 리더.

"죠니, 상황은 어떤가?"

―브리치의 이동속도가 장난이 아니야. 못해도 30분 내에 빅시티에 직접 진입할 것 같아.

"브리치의 상태는?"

―그게 좀 이상해.

"이상하다니?"

―비행하는 모습이 마치 드론 같아. 아주 세련되게 움직이고 있어. 게다가 우리와 루할트 영주를 거들떠보지도 않는군.

"자네 지금 타이콘데로가에 타고 있지 않나?"

―맞아. 시선을 끌 수 있지 않을까 해서 능동 위장을 걸은 상태인데 의미가 없어.

"누군가의 의도에 따라 움직이고 있는 것이 분명하군."

―그렇겠지. 느낌이 안 좋아. 그보다 포프는 어때? 다쳤다고 들었는데.

"단검을 배에 맞아 중상을 입긴 했지만 지금은 안정됐어. 내일이면 문제없이 복귀할 거야."

―포프의 동생들은?

"언니 곁에 있지."

―그렇군. 원사님은?

"너무 건강하시지. 완전히 신나셨어."

―허, 이 행성에서의 일이 끝날 때가 됐다 이거군.

"아마도."

―다음 임무는 뭘까?

"글쎄? 적어도 밭에서 딸기를 재배하라고 하진 않겠지."

―빌어먹을. 그럼 특이 사항이 발생하면 바로 보고하지. 브라보 리더, 통신 종료.

"델타 리더, 통신 종료."

단말기를 내린 안드레이는 소형 자동차 크기의 화물 수송기를 타고 지상에 내려오는 아르마게일을 지켜봤다.

하얀색 가운을 입은 아르마게일은 강풍에 흐트러진 머리와 수염을 정리한 뒤 곧장 식당으로 들어갔다.

캔 커피를 마시던 치프는 캔을 놓고 일어나 아르마게일을 맞이했다.

"왜 이렇게 오랜만에 보는 것 같죠?"

"기분 탓이겠지. 무슨 일인가?"

"여쭤볼 게 있어서요."

치프는 이야기에 앞서 알케온과 켐리에게 손짓했다.

"알케온. 저 할아버지와 단둘이 얘기하고 싶은데, 괜찮겠어?"

"물론이지."

정리하던 식기를 내려놓은 알케온은 켐리를 데리고 식당 밖으로 나갔다.

"어려운 이야기를 하려나 보군."

아르마게일이 물었다.

"그렇죠."

"그럼 아무도 엿듣지 못하도록 도와주지."

아르마게일은 가운의 주머니에서 열쇠고리 비슷한 것을 꺼낸 뒤 그것을 눌렀다. 그러자 검은색의 직육면체 입자들이 몰려나와 치프와 아르마게일의 주변을 감쌌다.

어둠속에 갇힌 치프는 어이가 없었다.

"전 상대의 얼굴을 보면서 대화를 나눠야 안심이 되는 사람이거든요?"

"까다로운 친구로군."

입자들의 색이 반전되면서 치프와 아르마게일에게 허용된 공간이 밝아졌다.

치프는 다시 자리에 앉아 캔 커피를 입에 댔다.

"이제 좀 낫군요."

"흠."

"일단 제 몸을 좀 봐주시겠어요?"

치프의 요청을 들은 아르마게일이 인상을 찌푸렸다.

"…난 그런 취미 없네."

"마침 저도 없으니 서로 잘됐네요. 학자로서 좀 살펴봐 주시죠."

아르마게일은 고개를 설레설레 저은 뒤 치프의 몸을 살펴봤다.

한참을 살피던 아르마게일의 표정이 조금 달라졌다. 그는 가운 안에서 단말기를 꺼내 치프의 머리 근처에 댄 뒤 그의 상태를 세밀하게 관찰했다.

"몸이 구체적으로 어떻다는 건가?"

"상태가 너무 좋아서 말이죠."

"기분 탓이라고 치부하기에는 상태가 너무 좋긴 하군."

"뭔가 얼렁뚱땅 넘어가려 하지 마세요. 전 알타이르 행성에서 몸이 전부 소모될 정도로 싸웠다고요."

"누구와?"

"실버로드요. 아마 다시는 만나지 못하실 거예요."

그러자 아르마게일이 가볍게 혀를 찼다.

"멋진 광경을 놓쳤군."

"…이번엔 정말 죽음을 피할 수 없을 거라고 생각했는데, 어느 순간 눈을 떠보니 알몸으로 수풀에 누워 있더군요. 아주 멀쩡한 상태로 말이죠. 제가 있어야 할 전투복 속에는 가루만 잔뜩 있었고요."

"……."

아르마게일이 우뚝 멈추고 침묵했다. 구름 위에서 세상을 내려다보는 존재처럼 술술 대답하던 그의 평소 태도를 생각하면 아주 이상한 광경이었다.

"저기요, 어떻게 그렇게 될 수 있는지 말씀해 주실 수 있나요?"

"음… 말해줄 수 없네."

아르마게일이 고개를 저었다.

"이봐요."

"자네 기분은 이해한다네. 아니, 그런 일을 겪고도 멀쩡한 얼굴로 질문을 하는 그 정신력이 신비로울 정도야. 하지만 설명은 거부하겠네."

"……."

"아무튼 자네의 신체에는 아무 문제가 없다네. 안심하게."

"전 게이트를 구축한 적도 있어요."

"게이트? 게이트 크기의 탈란바토르 말인가?"

"예."

"하하."

짧게 웃은 아르마게일은 대체 뭘 잘못 먹었냐는 표정으로 치프를 봤다.

"이제 좀 알 것 같군. 자네가 느끼는 문제는 정신과 관련된 것이었어."

"진짜라고요! 순양함 하와이에도 그 영상이 남아 있어요!"

"영상이라니?"

"제가 게이트를 구축한 거요. 그걸로 오크 함대의 대부분을 지구 쪽으로 날려 버렸죠."

"그럴 리가!"

아르마게일이 경악했다.

"나는 물론 운캄타르 성왕 폐하께서도 끝까지 파악할 수 없었던 것이 탈란바토르일세! 지구에서 자네들이 보내준 탈란바토르의 파편을 아무리 분석해 봐도 '골격'을 찾지 못했다고! 그런데 자네가 그걸 구축했다고? 말도 안 돼!"

고함을 지르던 아르마게일이 갑자기 표정을 바꿨다.

"신의 지식……!"

"예?"

"자네, 설마 엠페라투스와 함께 행동했나? 그에게 신의 지식을 선물 받았나?"

"……"

치프는 시치미를 뗐다. 그렇지 않아도 하얀 편인 아르마게일의 얼굴이 더욱 하얗게 떴다.

"오, 역시 그렇군! 이젠 자네 뇌를 해부해서 그 신의 지식을 습득하는 수밖에 없다네!"

아르마게일이 손을 내밀어오자 치프가 벼락같이 낚아챘다.

"제길, 소용없다고요! 녀석이 나에게 준 신의 지식은 휘발성이라고 했단 말이에요!"

"그런 사탕발림에 넘어갔단 말인가? 그렇다면 내 앞에서 무장제조 능력을 사용해 보게! 과부하만 걸어도 상관없으니 어서 해보란 말이게!"

아르마게일은 자신이 만든 폐쇄 공간을 빠져나간 뒤 식당 벽에 걸린 거울 하나를 뽑아들고는 다시 안으로 들어왔다.

그가 자신에게 거울을 들이밀자 치프는 불쾌한 표정으로 무장 제조 능력을 사용했다.

이윽고 치프의 눈동자가 빛을 발했다.

상감색으로 빛나야 할 그의 눈이 백금색으로만 빛을 발했다.

"아아, 성왕 폐하……!"

아르마게일은 거울을 내려놓으며 한탄했다.

"우리의 모든 계획이 끝장났다네! 너무 일러! 지금 자네가 가진 육체는……!"

순간 무엇인가가 폐쇄 공간 안으로 들어오더니 치프와 아르마게일의 머리에 손을 댔다.

둘은 그 즉시 마네킹처럼 멈추고 말았다.

"불필요한 말씀은 필요 없습니다, 아르마게일 대장로. 치프도 방금 있었던 대화는 듣지 못한 걸로 해줘."

"……."

둘은 자신들의 의식을 막아버린 존재, 셀레스티아에게 눈을 돌리더니 매우 수동적으로 고개를 끄덕였다.

아르마게일에게서 손을 뗀 셀레스티아는 두 팔로 치프의 머리를 감싸 안았다.

"데토네이터를 강화시켜 달라고 부탁해, 치프. 오늘은 그걸로 충분해."

치프의 이마에 입술을 댄 셀레스티아는 폐쇄 공간을 빠져나갔다. 그 직후 아르마게일과 치프의 의식이 다시 돌아왔다.

"일단 제 몸을 봐주시겠어요?"

치프의 요청을 들은 아르마게일이 인상을 찌푸렸다.

"그냥 건강해 보이는데?"

"그런가요? 그렇군요."

치프는 뭔가 아니라는 표정으로 고개를 갸웃거렸다.

"그보다 데토네이터에 대한 얘기를 좀 해보죠. 저에게 멋진 계획이 있어요."

"그냥 강한 데토네이터가 필요하다는 소리로 들리는군."

"하, 우리 뭔가 좀 통하네요."

"후후."

둘은 서로를 보며 즐겁게 웃었다.

92
게임을 위한 숫자

13년 전.

UNSMC의 목성 식민지 임무 종료 직후, 그때까지만 해도 해군 청장 자리를 정상적으로 유지하고 있던 톰은 이상한 보고를 받았다.

"현장에서 이상 현상 발생이라고?"

그는 검은색 제복을 입은 해군 정보부 소속의 대위가 자신에게 전달한 보고서의 내용을 이해할 수 없었다.

"UN사령부의 특수 보안 연구소에서 일을 저지른 것 같습니다."

"음… 그래, 알았네. 살펴본 뒤에 다시 부를 테니 잠시 나가 있게."

"알겠습니다, 청장님. 지시를 기다리겠습니다."

경례를 한 대위는 깔끔한 동작으로 돌아서서 톰의 방을 나갔다.

'아, 맙소사.'

자신의 가슴을 치며 한탄한 톰은 단말기에서 올라오는 가상현실 보고서를 만지작거리며 안에 적힌 글들을 자세히 살폈다.

'특수 보안 연구소에서 로젤라에게 오메가 스쿼드 프로그램 사용을 허가했군. 그 결과 오메가 스쿼드 상태에 빠진 UNSMC 대원 다수가 치프에게 사살됐고… A─1730이하 모든 UNSMC 대원들의 백업 칩이 오프라인 상태에 빠졌다고? 게다가 오프라인 이유는 불명?'

톰은 당황했다.

'이젠 두 번 다시 UNSMC 대원들을 재생시키거나 재활용시킬 수가 없잖아? 아니, 다른 친구들은 어떻게 돼도 상관없어. 치프가 오프라인이라는 건 큰 문제인데?'

그는 UNSMC 대원들의 뇌에 들어 있는 백업 칩이 어떠한 역할을 하는지 정확히 알고 있었다.

백업 칩은 대원들의 신체 상태뿐만 아니라 기억까지 담아서 UNSMC 사령부에 전송하는 역할을 한다.

만약 대원들이 노화되어도 캡슐에 들어가 복원을 하면 단순히 젊어지는 것이 아니라 사령부 서버에 기록된 '최상의 신체 상태'로 되돌아오게 된다.

심지어는 대원이 사망을 하고 백업 칩이 망가져도 UNSMC 사령부 내의 서버와 연결되어 있다면 재구축 치료기를 통해 다시 되살리는 것마저 가능했다.

그러나 지금, UNSMC 대원들의 백업 칩은 원인을 알 수 없는 어떤 현상에 의해 오프라인 상태가 되고 말았다.

방에 차폐 장치를 켠 톰은 어딘가에 연락을 했다.

"이보게, 라이트스톤. 들리는가?"

—말씀하십시오, 폐하.

톰의 옆자리에 헬멧으로 머리를 감춘 남자, 라이트스톤의 입체 영상이 나타났다.

톰은 그를 돌아보며 물었다.

"자네가 UNSMC 대원들의 머리에 이식한 칩들이 전부 망가졌다네. 혹시 아는 바 있나?"

—혹시 목성에서 그렇게 된 것입니까?

"맞아. 자료를 넘겨주겠네."

톰은 단말기를 조작하여 아까 자신이 넘겨받은 자료를 라이트스톤에게 전송했다.

자료를 한참 살피던 라이트스톤이 머리를 좌우로 저어댔다.

—오메가 스쿼드가 실패했군요.

"무슨 말인가?"

라이트스톤의 말을 들은 톰은 대단히 당황했다.

—아시지 않습니까? 목성 식민지는 스파르탄 프로젝트… 새로운 4세대의 날개 달린 자들을 양성하기 위해 만들어진 곳입니다.

"그래서?"

—이것을 보십시오.

라이트스톤은 어떤 소녀의 사진을 손바닥 위에 띄웠다.

—이 여자아이가 A—1730의 의식에 간섭했습니다.

"…알아듣기 쉽게 얘기해 주면 좋겠군."

—그러지요. UNSMC 대원들이 사령부로 전송한 기억 데이터를 살펴본 결과, 부모를 잃고 건물 잔해에 깔려 있던 이 아이는 무의식적으로 자신을 구해줄 자들을 호출했습니다. 그에 응답한 자는 알파 프로젝트의 산물… A—1730과 A—1729뿐이었습니다.

"로젤라까지? 그 당시 로젤라는 지구에 있는 UNSMC 사령부에 있었을 텐데?"

—호출이 무선 신호에 섞였습니다, 폐하.

"……."

톰은 잠깐 말을 잃었다.

라이트스톤의 말이 사실이라면 그 목성 식민지 소녀의 감응 능력은 3세대 날개 달린 자를 초월하는 수준임에 분명했기 때문이다.

"여전히 이해가 안 되는군. 스파르탄 프로젝트가 완성되려면 적어도 두 번 이상의 세대교체가 필요하다네. 그만큼 강력한 힘을 가진 자가 이 시기에 태어날 리가 없어."

—어렵게 생각하지 마십시오, 폐하. 메타휴먼이나 알파 프로젝트의 생존자들과 같은 돌연변이에 불과합니다.

"웃기는군."

톰이 짧게 쏘아붙이자 라이트스톤이 움찔했다.

"치프는 응답한 게 아닐세. 그 아이의 명령에 따른 것이 분명해."

—과도한 해석입니다, 폐하.

"똑바로 대답하게. 오메가 스쿼드 프로그램을 강제로 무력화시키고 백업 칩을 오프라인으로 전환시킨 게 그 아이지?"

　톰의 질문에 라이트스톤은 대답을 피했다.

　그를 한참 바라보던 톰은 이윽고 한숨을 쉬었다.

"흠, 아무래도 그 아이는 완성된 4세대인 것 같군. 혹시 왕녀 수준인가?"

　—아마도 그럴 겁니다, 폐하. 격리하여 실험해 볼 가치는 충분합니다. 근육의 질, 혈관의 탄성, 신경 및 뇌의 발달 상태 등등, 전부 해부하여 분석하고 싶군요.

　톰은 뭔가 굉장한 이야기를 아무렇지 않게 말하는 라이트스톤의 모습이 마음에 들지 않았다.

　그는 자신의 오랜 친구인 아르마게일의 경고를 떠올렸다.

'아르마게일의 예상대로 라이트스톤의 광기가 강해지고 있군. 아직 이른데……'

　잠깐 고민한 톰이 라이트스톤을 향해 손을 저었다.

"기다리게. 그 아이는 분명 가치가 있을 거야."

　—그 가치는 방금 제가 단순화하여 말씀드렸습니다만?

"소중하게 다뤄도 괜찮을 것 같은데?"

　—알겠습니다.

　라이트스톤은 손 위에 띄운 아이의 모습을 다시 훑어봤다.

　—돌연변이라고는 하지만 폐하의 말씀대로 완성도가 높습니다. 잘 성장시키면 두 번째 고향에 있는 왕녀 전하의 능력을 대신할 수 있겠군요.

"……."

—믿을 만한 자에게 이 소녀를 맡기십시오. 이 아이가 완전히 성장한다면 성왕 폐하의 미래를 위한 중요 실험체가 될 겁니다.

톰은 표정을 감추고 고개를 끄덕거렸다.

"그 아이의 이름은 무엇인가?"

—사만다입니다, 폐하.

"치프가 그 아이를 아껴주면 좋겠군."

톰의 말에 라이트스톤이 가볍게 어깨를 들썩거리며 웃음소리를 냈다.

—폐하. A—1730은 이 아이를 아낄 수밖에 없습니다.

"그런가?"

—A—1730과 UNSMC 전원은 이미 이 아이에게 무의식적으로 종속되어 있습니다.

"……."

—말씀드렸지 않습니까? 왕녀 전하의 능력을 대신할 만한 잠재력을 가진 존재입니다. 엠페라투스가 대살육을 일으킬 때처럼 다른 존재의 의식에 뭔가를 심거나 의식 그 자체를 조작할 수 있지요. 다행이도 지금은 자신이 가진 그 능력을 스스로 사용하지 못합니다.

설명을 들은 톰은 책상을 손끝으로 두드리며 생각에 잠겼다.

—A—1730과 UNSMC는 무슨 수를 써서라도 자신의 새로운 주인을, 이 사만다라는 아이를 지키려 할 겁니다. 심려치 마십시오.

"……."

라이트스톤의 그 이야기는 톰의 뇌리에 불길함을 남겼다.

*　　　　*　　　　*

현재.

치프가 아르마게일과 함께 신형 데토네이터에 대한 이야기를 즐겁게 나누고 있을 무렵이었다.

치프를 보기 위해 식당으로 향하던 사만다는 마침 식당 밖으로 걸어 나오는 셀레스티아를 목격했다.

'공동대표님?'

셀레스티아는 식당 밖에 있는 사람들 사이를 유유히 지나쳤다.

그 순간 사만다는 등골이 오싹했다. 셀레스티아와 다른 사람들 사이에 상호작용이 느껴지지 않았기 때문이다.

극단적으로 표현하자면 통나무 사이를 지나오는 것 같았다.

뿐만 아니라 셀레스티아의 눈빛이 평소와는 너무나 달랐다. 항상 충만했던 상냥함 대신 지배자로서의 패기가 가득했다.

이윽고 셀레스티아가 사만다와 눈을 마주했다.

그녀는 신기하다는 듯이 사만다를 바라봤다.

"사만다, 혹시 내가 느껴져?"

"예?"

"…음, 그렇구나."

셀레스티아가 평소처럼 웃었다.

그녀의 표정이 변하자마자 주변에 있던 UNSMC와 해병대원들이 움찔하며 셀레스티아 쪽을 봤다.

일제히 시선을 돌린 그들은 사만다의 하얀색 머리카락과 셀레스티아의 하얀색 머리카락이 이상하게 겹치는 것을 느끼자마자 각자의 눈을 만졌다.

갑작스럽게 닥친 어지러움 때문이다.

물론 정상적인 어지러움은 아니었다. 사이보그인 안드레이마저 그 현상으로 인해 흔들리고 있었다.

"이제 알 것 같아, 사만다. 데스디아와 여사님이 너에게 정령을 느낀 이유도, 치프가 네 이야기만 들으면 신경을 곤두세우는 까닭도, 그리고 오메가 스쿼드 프로그램을 풀어버린 힘의 원천도 말이야."

셀레스티아의 손이 사만다의 두꺼운 근육질 어깨에 닿았다.

"고, 공동대표님? 오메가 스쿼드를 어떻게……?"

셀레스티아는 당황하는 사만다를 포옹하듯 그녀의 귀에 입을 가까이 했다.

"난 너와 계속 친하게 지내고 싶어."

"윽!"

사만다는 반사적으로 셀레스티아에게서 물러났다.

셀레스티아는 놀란 눈으로 그녀를 봤고 사만다는 호흡을 몰아쉬며 자신의 머리를 감싸 쥐었다.

"공동대표님, 대체 왜 그러십니까?"

"……."

셀레스티아는 치프와 아르마게일에게도 통했던 의식의 개입이 그녀에게만큼은 통하지 않는 사실에 상당히 놀라고 있었다.

'저 아이, 단순한 4세대가 아니었나?'

그녀는 사만다의 머리카락 색깔을 세심하게 살폈다.

'설마 저 아이도 왕녀······?'

셀레스티아가 주먹을 살짝 쥐었다.

'음, 아냐. 이러고 있을 시간이 없어.'

눈을 꽉 감은 셀레스티아는 머리를 한번 크게 저었다. 하얀 색의 장발이 그 움직임을 쫓아 크게 출렁거렸다.

"미안, 사만다. 지금 있었던 일은 잊어줘. 우선은 빅시티로 향하는 브리치들을 막아야 해."

"···납득할 만한 설명을 해주십시오."

사만다는 경계심을 품은 채 셀레스티아로부터 한 발자국 물러났다.

"오늘 일이 끝나고 치프가 돌아오면 반드시 설명해 줄게. 너와 나, 둘만이 이해할 수 있는 일이니까 다른 사람들에게는 얘기하지 말아줘."

"······."

셀레스티아가 간곡한 투로 말했음에도 불구하고 사만다의 굳어진 표정에는 변화가 없었다.

마침 새로운 경장갑 전투복을 입은 치프가 식당에서 나왔다.

"어? 다들 왜 그러고 있어?"

헬멧을 쓰지 않은 치프는 어지러움 때문에 주저앉기 직전인 안드레이와 UNSMC, 해병대, 알케온과 켐리의 모습을 보고 걸음을 멈췄다.

"아, 원사님."

안드레이가 불편한 표정을 지은 채 자세를 바로 했다.

"무슨 일 있었나?"

"갑자기 어지러움이……. 지금은 괜찮습니다."

"응?"

치프는 사이보그가 무슨 어지러움이냐는 표정으로 안드레이를 바라봤다.

그때 그의 팔뚝 보호대 안에 들어 있는 단말기가 요란하게 진동했다.

죠니로부터 온 긴급통신이었다.

"여기는 알파 리더."

─원사님, 상황이 매우 안 좋습니다!

죠니가 다급한 목소리로 외쳤다.

"알아. 빨리 갈 테니 어떻게든 버텨봐, 죠니."

─그냥 안 좋은 게 아닙니다! 실버로드가 나타났습니다!

"누구?"

─브리치에서 나타난 드래곤의 형태가 실버로드와 99% 일치합니다!

"……"

치프는 어이가 없었다. 허탈감에 잠깐 팔을 늘어뜨릴 정도였다.

"어… 옆에 루할트가 있지? 그 친구에게 실버로드를 맡겨봐."

─위험합니다! 머릿수에서 밀립니다!

"머릿수는 또 뭐지?"

─그 실버로드의 수가 다섯입니다!

죠니의 외침을 들은 치프의 표정이 납빛으로 물들며 굳어졌다.

"내 눈으로 봐야 믿을 수 있을 것 같군."

치프가 중얼거렸다.

―영상 연결합니다.

죠니의 응답 직후 치프의 단말기로부터 입체 영상이 올라왔다.

영상은 전파방해로 인해 엉망이었지만 죠니가 대체 무엇을 보고 놀랐는지 확인하기에는 문제가 없었다.

다섯 개의 브리치가 열을 맞춘 채 이동하고 있었다. 그리고 그 브리치들 밑에 실버로드와 똑같이 생긴 드래곤 다섯이 각각 날개를 움직여 댔다.

그 탁한 은색의 드래곤들과 브리치들 사이에 하얀색의 연기 같은 것이 연결되어 있는 것도 흐릿하게 보였다.

"저 정도 숫자라면 브라보 스쿼드는 물론 자네들이 탄 타이콘데로가를 순식간에 가루로 만들 수 있을 텐데, 왜 그냥 이동만 하는 거지?"

―일종의 무력시위겠지요. 아마도 원사님을 부르는 것 같습니다.

"흠… 좋아. 곧장 가도록 하지. 거리를 두고 감시하도록 해."

―알겠습니다. 브라보 리더, 통신 종료.

통신을 마무리한 치프는 어딘가에 전화를 한 뒤 UNSMC 대원들과 해병대원들에게 수신호를 보냈다.

안드레이는 어지러움을 떨쳐내고 똑바로 선 뒤 모든 인원들을 데리고 훈련장으로 뛰어갔다. 하늘에 대기 중인 수송기들은 일제히 하강하여 차례차례 훈련장에 착륙했다.

때맞춰 치프의 전화가 연결되었다.

―무슨 일인가?

치프의 단말기에서 나온 목소리는 반달리온의 것이었다.

"좋은 소식과 나쁜 소식이 있어, 반달리온."

―그런가. 나쁜 소식부터 듣도록 하지.

반달리온은 각오를 굳힌 목소리를 냈다.

"알타이르 행성에서 실버로드와 싸웠어."

―알타이르? 실버가 왜 알타이르 행성에 간 거지?

"그건 라이트스톤에게 물어보는 게 나을 거야. 아무튼 실버로드는 훌륭했고 필사적이었어. 정령 비슷한 상태가 되어서까지 승부를 내려 했지. 나 역시 죽을 각오로 싸웠고."

사만다와 함께 치프의 말을 듣고 있던 셀레스티아가 '죽을 각오'라는 이야기가 나오는 순간 한쪽 눈썹을 슬쩍 움직였다.

―그렇군. 그럼 좋은 소식은?

"죽은 줄 알았던 실버로드가 빅시티 근처에 다시 나타났어."

―나랑 장난하자는 건가?

반달리온의 목소리에 분노가 섞였다.

"아니, 진짜야. 브리치 다섯 개가 실버로드 다섯과 함께 움직이고 있어. 그 상태로 빅시티를 향해 곧장 날아가고 있지."

―와서 구경 좀 하라는 식으로 들리는군. 난 빅시티를 구할 생각이 없다.

"꾸물대다가는 그 좋아하는 캐러멜을 다른 행성에 가서 사먹어야 할 거야."

―유치한 유혹이군.

"……."

―네놈이 뭐라고 말하던 간에 실버는 내 친구였다. 난 친구와 관련된 일의 진실을 확인하러 가는 것뿐이야.

"합류 지점의 좌표를 보내주지. 준비를 단단히 하고 오는 게좋을 거야."

―음… 아, 잠깐. 혹시 포프 베르자르의 신변에 문제가 있나?

반달리온의 질문은 치프를 놀라게 만들었다.

"그건 어떻게 알았어?"

―대답이나 해라.

"단검을 복부에 맞았지. 정확한 상태까지는 모르나 보군."

―부상을 감지한 것이 아니거든. 내가 지적한 신변의 문제는바로 자유의 어둠이다.

통화를 하며 이동하려 했던 치프의 움직임이 멈췄다. 치프의자동소총과 건하운드 등의 전투 장비를 가져오던 켐리까지 움찔하여 정지했다.

"자유의 어둠?"

―엠페라투스 님께서 부활하신 이후 그 아이가 가진 자유의 어둠은 점점 강해지고 있지. 하지만 어찌된 일인지 위험수준까지 도달한 적은 없어. 그런데 몇 시간 전에 그 선이 깨졌지.

"선이 깨지다니?"

―자세한 건 만나서 얘기해 주지. 생각보다 심각하지 않을 수

도 있거든.

"미칠 듯이 신경 쓰이는군. 조금 있다가 보자고."

통화를 마친 치프는 켐리가 전해주는 소총, 건하운드, 각종
수류탄 및 특수 장비를 건네받아 즉각 설치했다.

수레에 담긴 장비를 한참 건네던 켐리는 1리터들이 보온병
처럼 생긴 물건을 들어 올리고는 고개를 갸웃거리며 그것을
살폈다.

"사장님, 이건 뭔가요?"

"아, 그거 떨어뜨리지 마."

"예?"

"핵폭탄이거든."

"……."

켐리가 당황하는 가운데, 치프는 그것을 허벅지 장갑판의 거
치대에 붙였다.

"작지만 위력은 20메가톤 정도지. 여기서 터지면 회사 본관
이랑 던전을 제외하면 다 날아갈걸?"

피식 웃은 치프는 헬멧을 단단히 썼다.

"켐리, 포프의 동생들은 어디 있지?"

"포프 곁에 있을 거예요."

"그렇군. 그럼 파울라 장로님을 모시고 포프 곁에 있도록 해."

"…반달리온의 말을 믿으시는 건가요?"

켐리의 질문은 반달리온에 대한 의심보다는 자유의 어둠에
관한 걱정에 가까웠다.

치프는 어깨를 으쓱했다.

"반달리온이 일부러 거짓말을 할 이유가 있을까? 그것도 포프를 대상으로 말이야."

"……."

"포프가 깨어나면 잘 다독여 줘. 포프가 가진 자유의 어둠은 포프의 심리 상태에 따라 그 성향이 바뀔지도 몰라. 그렇다면 약물을 통해 강제로 제어하는 방법보다는 친구들의 체온이 훨씬 더 낫겠지."

켐리는 여러 가지로 걱정되고 혼란스러워 그냥 가만히 있었다.

치프는 켐리의 등판을 두드려 주었다.

"나름대로 머리를 굴려봐. 아르마게일에게 물어보던가."

물어보라는 치프의 조언을 들은 켐리는 문득 잊고 있던 누군가를 떠올렸다.

'그 여자들이라면 알지도 몰라.'

뭔가를 직감한 켐리는 고개를 끄덕인 뒤 치프에게 손을 내밀었다.

"악수해 주세요, 사장님."

"악수?"

"포프도 포프지만 제 마음부터 다잡아주세요."

"자신감을 가져, 켐리. 넌 항상 필사적이었잖아."

치프는 켐리와 가볍게 악수를 나눴다.

그는 알케온에게 함께 가자는 손짓을 했다. 고개를 끄덕인 알케온은 결의에 찬 눈빛으로 치프를 따라갔다.

"아, 셸리."

"응?"

치프의 부름에 응한 셀레스티아는 평소처럼 웃으며 그를 대했다.

"회사에 있는 모든 사람들을 부탁해."

"걱정하지 마, 치프."

"음… 그런데 사만다랑 싸웠어? 분위기가 이상한데?"

치프는 셀레스티아와 달리 표정 관리를 하지 못하고 있는 사만다의 모습을 보고 걱정을 감추지 못했다.

"아닙니다, 아저씨."

사만다가 애써 웃었다.

"무사히 돌아오십시오."

"응. 다녀와서 코코아나 같이 마시자."

손을 흔들어 인사한 치프는 알케온과 함께 훈련장 쪽으로 뛰어갔다.

"친구여, 나도 전투복을 입어야 하나?"

알케온이 물었다.

"아니, 원래 모습이 훨씬 더 도움이 될 것 같아. 알타이르에서 싸웠던 실버로드는 정말 강력했다고. 시간이 없으니 불의 길을 열어줘. 좌표를 알려줄게."

"그럼 먼저 위에서 기다리도록 하지."

알케온은 붉은색의 화염과 함께 사라지고는 본래의 모습을 갖춘 채 하늘에 다시 나타났다.

치프는 달리기를 멈추지 않았다.

포프에게 가라는 이야기를 치프에게 들었던 켐리는 엉뚱하게도 본관으로 향했다.

사만다는 그의 행동을 보고 어리둥절했지만 켐리가 나름대로 확신에 찬 눈빛을 하고 있었기에 말리지는 않았다.

식당 내의 아르마게일은 가만히 앉아 있다가 테이블에 엎드렸다. 운이 없게도 그의 상태에 신경을 써주는 사람은 아무도 없었다.

사만다는 알파 스쿼드 소속의 수송기가 떠오르는 모습을 확인한 뒤 셀레스티아 쪽으로 돌아섰다.

"설명을 원합니다. 공동대표님."

그녀는 정말 목숨을 걸고 질문했다. 사만다가 방금 접했던 셀레스티아의 모습은 그만한 압력을 갖고 있었다.

그 압력의 기준은 무려 엠페라투스였다.

작년에 치프와 함께 엠페라투스의 첫 등장을 목격했던 사만다는 그때 자신이 느꼈던 공포와 방금 셀레스티아를 대했을 때의 기억을 동일하게 취급했다.

하지만 결과는 허무했다.

셀레스티아의 모습이 그 어디에도 없었기 때문이다.

'어디로⋯⋯?'

사만다는 하늘을 관찰했다.

하늘에 껴있던 구름이 빅시티 방향을 향해 갈라져 있었다.

"⋯부사장님께 상담해야겠어."

그녀는 요르엘, 오라클과 함께 있는 데스디아를 만나기 위해 숙소 쪽으로 달려갔다.

구축함, 타이콘데로가의 하단에는 브라보 스쿼드가 탑승한 수송기가 빨판상어처럼 달라붙어 있었다.

그리고 구축함의 주변에는 녹색으로 도색된 듀베리아 전투기들이 만약의 상황에 대비하여 호위 비행을 하고 있었다.

그들이 바로 라켓이 다시 긁어모은 듀베리아의 특수 전투 비행단, '녹색 중대'였다.

타이콘데로가의 위쪽에는 본래 모습을 한 루할트가 붉은색의 눈을 번뜩이며 브리치와 실버로드들을 노려봤다.

수송기의 관측 장비를 이용해 적들을 감시하던 죠니가 통신기에 손을 댔다.

"루 사장님, 들리십니까? 여기는 브라보 리더."

─하인케스 사장으로 불러주면 안 되나?

"이런 건 편하게 해야죠."

─으음.

"아무튼 어떻게 보십니까? 실버로드는 알타이르 행성에서 죽었다는데, 제가 가진 자료들과 관측 장비들은 저기 있는 놈들이 전부 실버로드라고 말하는군요."

─나도 그렇게 느끼고 있다네. 하지만 어딘가 달라. 외부의 자극에 전혀 반응하지 않고 있어. 육체는 분명 실버로드지만 영혼은 비어 있는 것 같아.

"그렇습니까?"

─예를 들자면… 대량생산된 드론 같다고나 할까? 라이트스

톤이 저들을 일제히 조작하여 우리를 공격한다면 우리가 과연 몇 초나 버틸 수 있을지 궁금하군.

죠니는 참으로 담배가 생각나는 답변이라고 내심 투덜거리며 관측 장비에 머리를 가까이했다.

"녀석들이 빅시티로 가는 이상 악수 한번 하고 일이 끝나진 않겠죠."

─그렇겠지. 음… 음?

"무슨 일이십니까?"

─반달리온이 왔군.

루할트가 감지한 그대로, 하늘에서 급강하한 반달리온이 루할트 옆에서 날개를 펼치고 속도를 맞췄다.

타이콘데로가의 모든 포대와 미사일들이 반달리온을 조준했지만 반달리온은 몸을 좌우로 털듯 움직여 공격할 의사가 없음을 분명히 했다.

"젊은 영주여."

반달리온이 루할트를 불렀다.

"무슨 일로 오셨습니까?"

루할트가 조금 부드럽게 답했다.

"친구를 만나기 위해 왔지."

"당신이 치프와 그렇게 친할 줄은 몰랐습니다만."

"…이 상황에서 농담을 하다니, 자네의 배짱을 칭찬하고 싶군."

말은 그리했지만 반달리온은 배설물을 씹은 표정을 짓고 있었다.

"저기 있는 실버로드들을 어떻게 보십니까?"

"몸은 실버로드이지만 영혼은 느껴지지 않는군."

루할트는 자신과 반달리온의 견해가 일치한다는 점에서 안도감을 느꼈다.

"라이트스톤의 수작 같습니다."

"막막하군. 저 실버로드들은 브리치에서 나왔나?"

"그렇습니다."

"그렇다면 계속해서 생산될지도 몰라. 머릿수에서 너무 차이가 나는데… A—1730은 언제 오는가?"

"알케온의 도움을 받아 즉각 온다는 이야기는 들었습니다만… 음?"

순간 백금색의 파동이 루할트와 반달리온의 머리 위에서 터졌다.

고개를 든 두 드래곤은 자신도 모르게 입을 벌렸다.

백금색의 거대한 드래곤이 날개를 펼친 채 가공할 만한 위압감을 뽐내고 있었다.

'왕녀… 전하? 이 기운은 마치 엠페라투스……'

당황한 루할트의 눈동자가 갑자기 사라졌다. 반달리온의 눈동자도 덩달아 안구에서 사라졌다.

그 자리를 대신한 것은 파란색으로 통일된 안광이었다.

그들은 자아를 잃고 날개를 움직였다.

*　　　　　*　　　　　*

"불의 길에서 이탈했습니다!"

통신 관제사의 외침이 치프의 헬멧 안에서 울렸다.

하늘에 고리처럼 맺힌 불의 길로부터 UNSMC 소속 수송기, 해병대 소속 중장갑 건쉽(Gunship), 그리고 순양함 알래스카가 열을 지어 빠져나왔다.

마지막으로 이탈한 것은 알케온이었다. 그가 빠져나오자마자 불의 길이 흩어져 사라졌다.

수송기의 창밖을 본 치프는 당황했다. 그뿐만 아니라 다른 대원들 역시 지금 상황을 믿을 수 없었다.

순양함을 포함한 모든 항공기들 사이로 하얀 눈이 흩날리고 있었다.

"여기가 어디지?"

치프의 질문에 대답하는 사람은 아무도 없었다.

"현재 위치 확인! 알래스카, 들리나?"

순양함 알래스카를 향해 날아간 치프의 말도 가볍게 무시당했다.

알래스카로서는 무시할 수밖에 없었다. 대열의 우측에서 감지된 위험을 막아내기 위해 급속으로 기동했기 때문이다.

척력장 출력을 최대로 높인 알래스카의 선체에 붉은색의 광선들이 소나기처럼 꽂혔다. 척력장을 무시하고 선체에 닿은 광선들은 알래스카의 장갑판을 순식간에 달궜다.

─알래스카로부터 알파 리더에게! 적성 방공망 감지! 대규모입니다! 신속한 이탈이 필요합니다!

"그러니까 여기가 어디냐고!"

―그라니트 행성 북극점입니다!

치프는 빅시티 인근을 목표로 했던 자신들이 왜 그라니트의 북극에 도착했는지, 그리고 북극점에 왜 방공망이 깔려 있는지 생각해 봤다.

'북극이라면 위스콘신에서 날린 무인 정찰기가 가장 많이 격추된 곳이었지?'

그는 도착 장소가 바뀐 이유 따위는 뒤로 미루기로 했다.

"알래스카! 지상 지형 정보를 보내줄 수 있나?"

―후퇴 지시를 내려주시면 얼마든지 보내 드리겠습니다! 함선 장갑판의 내열 소재가 5분 뒤에 한계점에 도달합니다!

"전 부대, 고도를 낮추며 저속으로 후퇴! 알래스카가 만들어 준 방벽에서 벗어나지 마!"

알래스카를 포함한 모든 기체들이 지상을 향해 천천히 내려가며 후퇴했다. 광선은 계속해서 쏟아졌고 조금 뒤에는 미사일들까지 밀려왔다.

알래스카의 미사일 방어 체계가 작동하고 건쉽과 수송기들까지 대열을 바꿔 미사일 방어에 나섰다.

방어망을 돌파한 미사일들은 알래스카의 척력장을 뚫지 못했지만 충격만큼은 착실하게 먹였다. 그로 인해 알래스카의 방어 능력은 점점 한계에 달했다.

―알파 리더에게 지형 정보 전송!

"수신!"

치프는 알래스카에게 넘겨받은 지형 정보를 분석했다.

짙은 눈보라로 인해 보이지 않았던 지상의 상황이 치프의 헬멧 안쪽에 뚜렷이 드러났다.

'방공 시설 중앙에 대형 시설 다섯 개가 있군. 그중에 넷은 구식 원자력 발전소처럼 생겼는데 그럴 리는 없겠지. 주변의 열을 빨아들이고 있어. 행성 냉각 장치가 분명해. 그리고 가운데에 위치한 시설은… 요새인가? 요새치고는 너무 침입하기 쉽게 만들어져 있는데?'

그는 시설 주변의 땅을 살폈다.

'얼음결정과 금속 결정이 건물처럼 배열되어 있군. 금속결정의 높이는 8미터에 두께는… 두께도 8미터. 정육면체 형태야.'

그는 지도의 한 부분을 눈으로 오랫동안 바라봤다. 그 제스처에 따라 붉은색의 굵은 점 하나가 지도에 새겨졌다.

"알래스카, 내가 표시한 곳이 보이나?"

─확인했습니다!

"해당 위치에 지향성 전술핵 투하!"

─잘못 들었습니다!

"알래스카가 들어갈 정도의 참호를 만들라고!"

─설마 저 시설을 타격하실 생각이십니까?

"지금 알래스카가 전속으로 이탈한다 해도 적 방공망에서 벗어나는 건 불가능해! 도망치다가 격침될 거야! 함장님도 아실 텐데?"

─그건……

"알래스카를 보호하는 게 먼저야! 우리가 최대한 빨리 적 방공 시설을 타격해서 안전을 확보할 테니 걱정하지 마!"

─그래도 문제가 있습니다! 전술핵이 지상에 닿기도 전에 방

공망에 걸려 폭파될 가능성이 70%가 넘습니다!

"방법이 있어! 알케온, 들리나?"

—아, 아아…….

알케온이 정신없이 대답했다. 그는 엉뚱한 장소에 도착한 책임이 자신에게 있다며 자책하는 중이었다.

"괜찮으니까 집중해! 네가 플라즈마 장벽을 깔아주면 전술핵 타격을 성공시킬 수 있어! 알래스카는 물론 우리 모두를 구할 수 있다고!"

—아, 잠깐. 플라즈마로 저 광선들을 막을 수 있단 말인가?

"저건 그냥 빛이 아니라 고열로 적을 타격하는 무기야! 밀도가 높은 고온 플라즈마로 흐트러뜨릴 수 있어! 빨리해!"

—알았네! 위치를 지정해 주게!

"알래스카 앞에 뿌려! 성벽을 쌓는다고 생각하라고!"

알래스카 뒤에 숨어 있던 알케온이 다시 날아올랐다. 그의 몸에 광선과 미사일들이 충돌했으나 영주로서 2세대 드래곤에 가까운 알케온은 당당하게 버텨냈다.

그가 고온 플라즈마 방벽을 만들어 알래스카와 자신을 보호했다. 알래스카는 치프가 지정한 위치에 즉각 전술핵 어뢰를 떨어뜨렸다.

핵이지만 완전한 지향성 폭탄이기에 폭발의 충격은 오로지 지면으로만 향했다. 다만 충격의 반동과 전자기파가 문제였지만 지구의 군대는 그에 대한 대비가 완벽에 가까웠다.

땅이 꺼지면서 알래스카 크기의 순양함이 몇 대 이상 들어가고도 남는 참호가 만들어졌다.

알래스카와 건쉽, 수송기들은 즉각 그곳으로 진입하여 광선을 피했다.

미사일들은 꾸준히 날아왔지만 참호에 들어간 만큼 공격을 받는 각도가 뻔해져서 미사일 방어에는 문제가 없었다.

"이제 알래스카의 엔진이 망가지지 않는 한 미사일을 맞아서 터질 리는 없겠지. 알파와 델타, 찰리 스쿼드는 적 시설을 무력화한다! 각 스쿼드에 강하지점 전송! 알케온은 한 번 더 광선과 미사일을 막아!"

─알겠다, 친구여!

알케온이 방어를 위해 한 번 더 플라즈마 장벽을 펼쳤다.

화염의 장벽 근처까지 날아간 UNSMC 수송기들이 일제히 기수를 하늘로 향하며 후방 출입문을 열었다.

안에 있던 UNSMC 대원들이 뒤집어진 휴지통에서 쏟아지는 쓰레기들처럼 땅에 떨어졌다.

공중에서 일제히 자세를 바꾼 대원들은 중력식 완충장치를 이용해 무사히 착지한 뒤 지상에 깔린 구조물들 뒤로 몸을 숨겼다.

─델타, 강하 완료!

─찰리, 강하 완료!

─알파도 강하 완료! 진입 루트를 전송한다!

지형 정보를 이용해 각 스쿼드의 이동 경로를 표시해 준 치프는 뒤쪽에 위치한 대원들에게 수신호를 보냈다.

─델타, 루트 확인!

─찰리도 루트 확인!

"지원화기 분대, 산란입자 살포!"

중장갑 전투복을 입은 지원화기 분대 대원들이 각도를 조절하여 유탄을 쐈다.

유탄은 공중에서 폭발하며 짙은 안개를 뿌렸다. 시설 쪽에서 날아오는 광선들이 그 입자를 통과하는 와중에 열을 빼앗기고 산란되어 의미를 잃었다.

치프는 곧장 뛰었고 알파 스쿼드 전원이 그의 뒤를 따라갔다.

―전방에 생체반응 다수!

"사람? 사람인가?"

―경장갑 및 중장갑 전투복을 착용한 디스포서블 휴먼으로 확인. 우리와 동일한 수준의 장비를 사용하고 있습니다. 그런데 전투복 색깔이 붉은색이군요.

"저번에 그 인스턴트 부대인가보군. 로젤라가 여기 있을지도 모르겠는데?"

―확인합니다.

알파 스쿼드의 저격수, 로빈이 어깨에 걸치고 있던 소형 드론을 사냥용 매처럼 날렸다.

―음… A―1729는 보이지 않습니다.

"있어도 드론 따위에게 걸리진 않겠지."

―정말 있으면 어떻게 되는 겁니까?

"어떻게 되긴. 망하는 거지. 적병 숫자 확인."

―확인. 우리의 두 배에 가깝습니다.

"게임을 위한 숫자로군. 루트 변경 없음. 알파, 찰리, 델타는 1차

목표 지점까지 그대로 전진한다."

―알겠습니다.

UNSMC 대원들이 금속결정을 엄폐물로 삼으며 전속력으로 뛰었다.

붉은색 경장갑, 중장갑 전투복을 입은 상대방도 똑같이 엄폐를 하며 이동했지만 UNSMC측 저격수들에게 걸리며 픽픽 쓰러졌다.

인스턴트 병사들은 경악했다.

'달리면서 저격하는 놈들이라고?'

놀라서 금속결정 뒤에 숨은 인스턴트 병사들의 머리에 뭔가가 떨어졌다.

수류탄이었다.

치프가 뇌수와 신체의 일부, 그리고 전투복 파편이 섞인 피의 안개를 뚫고 달려 나갔다.

소총을 든 치프는 죠니와의 통신을 계속 시도하며 붉은색 전투복의 인스턴트 부대를 차례차례 처리했다.

중형 기관총을 든 인스턴트 병사가 엄폐물을 돌아 나오며 치프를 노렸다.

엠파시로 적의 존재와 시선을 느낀 치프는 슬라이딩을 하며 소총을 쐈으나 탄환은 상대의 헬멧을 뚫지 못하고 튕겨 나갔다.

상대는 중장갑 전투복 착용자였다.

인스턴트 병사가 방아쇠를 당기려는 순간 그의 오른팔이 떨어져 나갔다. 팔을 잃은 인스턴트 병사는 자신을 쏜 적을 향해 고개를 돌렸으나 그의 머리도 사라지고 말았다.

엄폐물 아래로 착지한 로빈이 치프에게 수신호를 보냈다.

치프는 중장갑 전투복 착용자에게 던지려 했던 수류탄을 다른 곳으로 던졌다.

금속결정에 붙은 수류탄은 자신의 앞으로 인스턴트 병사들이 지나가자 바로 폭발하여 그들을 분해시켰다.

다시 일어나 뛰는 치프의 귀에 통신음이 들렸다.

―여기는 브라보 리더. 어디십니까?

"가볍게 운동을 하고 있어. 자네야말로 괜찮나? 변기 세척제를 한 사발 들이킨 목소리인데?"

―조금 전에 의식을 회복했습니다. 빅시티로 향하던 브리치와 실버로드들은 전멸했습니다.

"뭐라고?"

―현재 상황 파악 중. 지면에 파편이 잔뜩 보이는군요.

"피해 상황을 보고해."

지시한 치프는 좌측으로 한 번, 우측으로 두 번 사격했다. 헬멧이 관통된 인스턴트 병사들이 금속결정 아래로 떨어졌다.

치프의 뒤를 바짝 따라온 UNSMC 지원화기 분대원이 중형 기관포의 방아쇠를 당겼다.

마치 광선처럼 뿜어진 탄환들이 중장갑 전투복 착용자 한 명을 남김없이 갈아버렸다.

치프는 수신호로 대원들에게 지시를 내리며 계속 움직였다.

대전차 로켓탄과 대인용 미사일이 치프의 옆을 아슬아슬하게 지나치며 날아가 적병들을 날려 버렸다.

―브라보 리더가 보고합니다. 아군 피해 없음. 하지만 문제가 있습니다.

"뭔데?"

―하인케스 사장과 반달리온이 추락한 상태입니다.

"추락? 다쳤나?"

―외상은 보이지 않습니다. 땅에 코를 박은 채 의식을 잃고 있군요.

치프가 지나려던 엄폐물에서 인스턴트 병사들이 갑자기 나타났다. 통신을 하느라 그들을 감지하지 못한 치프는 자신에게 겨눠진 소총의 총구를 붙잡고 옆으로 틀었다.

다른 곳으로 마구 사격한 인스턴트 병사는 무기를 놓고 단검을 뽑으려 했다. 하지만 그보다 치프의 권총이 더 빨랐다.

상대의 헬멧과 목의 장갑판 사이에 권총을 댄 치프는 세 발을 연달아 사격했다. 충격에 목뼈가 뒤틀린 병사는 이상한 숨소리를 내며 비틀거렸다.

치프는 그의 뒷덜미를 잡으며 뒤에 바짝 붙었다. 다른 인스턴트 병사들의 탄환이 목을 다친 병사의 가슴과 복부를 때렸다.

치프는 고기방패로 삼은 병사를 버리며 금속결정 뒤편에 엄폐했다. 뒤따라온 알파 스쿼드 대원들이 치프를 노리던 인스턴트 병사들을 순식간에 처리했다.

"아무튼 그쪽은 문제가 없단 말이지?"

―지금까지는 그렇습니다. 타이콘데로가의 레이더에도 특별한 이상은 보이지 않습니다.

"흠, 대체 어떻게 된 거지? 우렁각시라도 나타났나?"

―암컷 연체동물에게 브리치를 부수는 재주가 있다면 제가 반드시 찾아내서 색시로 삼을 겁니다. 아무튼 그쪽 위치를 잡을 수 없습니다. 통신 감도는 좋습니다만… 괜찮으십니까?

"굳이 이야기하자면 지도에 없는 세계에 갑자기 떨어진 평범한 고등학생의 느낌이랄까?"

―지금은 그런 말씀을 하실 때가… 아, 그렇군요. 알겠습니다.

치프의 말을 이해한 죠니가 웃음소리를 섞어 말했다.

"그래, 상황이 정리되면 다시 연락하지."

―이상이 발생하면 보고드리겠습니다. 그럼 통신 종료…….

"아, 잠깐!"

치프의 고함과 동시에 지면과 금속결정, 그리고 얼음들이 울렸다.

어떤 거대한 물체가 땅에 낙하한 것이다.

93
라이트스톤의 증명

대원들에게 엄호사격을 지시한 치프는 눈보라를 가르며 나타나는 물체를 살폈다.

그것은 환상종이었다.

들소의 모습을 한 초대형 환상종, 베히모스 세 마리가 묵직한 괴성을 지르며 UNSMC 대원들을 향해 질주해 왔다.

UNSMC와 베히모스 사이에 낀 인스턴트 부대는 조준 사격과 베히모스의 발굽 사이에 끼어 처참하게 짓이겨졌다.

"찰리 리더! DD탄 사용을 허가한다!"

치프가 킹을 호출했다. 그사이에 베히모스의 머리에 솟은 두 쌍의 뿔이 생체 충격파를 발산하기 위해 노란색으로 빛을 냈다.

베히모스가 내뿜는 생체 충격파는 보호되지 않은 전자기기를 무력화시키는 것은 물론 충격파의 범위 내에 있는 숲도 일거에 날려 버릴 수 있을 만큼 강력했다.

UNSMC 대원들이 제아무리 금속결정 뒤에 엄폐해 있다고 해도 위험에 빠질 수 있는 상황이었다.

치프의 오른쪽 저편에서 검은색의 입자 덩어리가 푸른색 전류를 뿌리며 날아왔다.

베히모스의 머리에 그 입자 탄환이 적중됐다. 그를 뒤따르던 다른 베히모스들 역시 2초 정도의 간격을 두고 머리에 탄을 맞았다.

베히모스의 뿔들이 순식간에 식더니 머리의 모피가 찢어지고 두개골이 터지며 주저앉았다.

—여기는 찰리 리더. DD탄환은 3발 남았습니다.

"알래스카에 요청해서 즉각 보급받도록 해."

—예? 알파 스쿼드도 DD탄을 보유하고 있지 않습니까?

"우리 일이 상쾌하게 끝날 리가 없잖아?"

—알겠습니다. 찰리 스쿼드는 DD탄환 보급 후 이동하겠습니다. 통신 종료.

"델타 스쿼드는 저 베히모스들이 어디서 나타났는지 확인하도록. 혹시 근처에 브리치가 있나?"

—여기는 델타 리더. 브리치는 아닙니다. 전방의 시설에서 나타난 것은 분명합니다.

"알았다. 알파 스쿼드는 지정된 루트를 따라 이동한다. 지정 사수들은 긴장해. DD탄 사용도 허가한다."

—알겠습니다.

"지원화기 부대를 제외한 알파 스쿼드 전원은 건하운드를 땅에 놓도록. 인스턴트들과 즐길 시간은 끝이야."

―지시대로 하겠습니다.

지시를 마친 치프는 등의 거치대 왼쪽에 있는 건하운드를 분리한 뒤 옆쪽에 위치한 다이얼에 손을 댔다.

치프의 생체 정보를 확인한 건하운드의 하단에 거미의 곤충을 연상시키는 여섯 개의 다리가 구축되었다.

일명 터미네이터 드론이라 불리는 형태였는데, 그 상태가 된 건하운드는 아군 신호를 보유한 자들을 제외하고 지정 범위 내에 있는 인간들을 모조리 살해해 버린다.

무기 소유자는 물론 어린이나 부상자, 임산부조차도 처리 대상이기 때문에 사용 허가를 받지 않은 군인은 터미네이터 드론의 사용이 불가능했다.

터미네이터 드론 상태의 건하운드를 땅에 놓은 치프는 팔뚝 보호대 안의 단말기를 조작했다.

기관포 포대 등을 자동으로 구축한 건하운드는 치프가 지정한 장소를 향해 고속으로, 소리 없이 기어갔다.

그 뒤를 다른 대원들의 터미네이터 드론들이 뒤쫓았다.

'이제 가볼까?'

치프가 이동하려는 찰나였다.

단말기 화면에 메모용 애플리케이션이 갑자기 떠올랐다.

'뭐지? 해킹?'

치프는 터미네이터 드론들이 질주한 방향과 단말기 화면을 번갈아봤다.

그는 긴장하고 있었다.

정말 해킹에 의한 이상 상황이라면 알파 스쿼드의 터미네이터 드론 전체가 적이 될 가능성도 있었다.

만약 그리된다면, 드론과 UNSMC 대원들의 전투능력을 비교했을 때 알파 스쿼드의 90% 이상이 허무하게, 그리고 분명하게 죽을 것이다.

이윽고 메모 화면에 글자들이 떠올랐다.

앞뒤가 전혀 맞지 않는, 지구에서 사용하는 모든 언어들이 엉망진창으로 뒤섞인 조합이었다.

'군용 암호? 현용 체계가 아니야. 이전 세대의 패턴이군.'

치프는 눈으로 글자들을 해석했다.

─그녀가 여왕으로. 부정적 변화. 교육은 실패한 듯. 닥터도, 당신도 당했다. 다행이도 그녀는 내 존재를 아직 모른다. 목성 식민지에 대한 정보를 요구함. 나를 믿고 활용하세요.

메모장에 뜬 메시지는 즉각 사라졌다.

치프는 단말기를 한참 바라봤다.

'대체 무슨 소리지? 자신의 존재를 모른다고? 누가?'

생각하던 치프가 움찔했다.

'잭팟?'

그는 실버로드와 싸울 때 자신의 단말기에 넣어뒀던 잭팟의 칩셋을 떠올렸다.

'…이거 엉뚱한 일이 터진 것 같은데?'

치프는 소총을 들고 이동하며 누군가를 불렀다.

"알케온, 들리나? 내 곁에 올 수 있어?"

―문제는 없네만.

"단말기나 옷에 피아 식별용 신호 발신 장치는 붙여놨겠지?"

―귀찮게 하는군. 붙여놨다네.

"그럼 지금 당장 와줘! 물어볼 게 있어!"

이윽고, 달리는 치프의 곁에서 화염이 일어나더니 알케온이 나타났다.

치프가 뛰는 중이었다는 사실을 몰랐던 알케온은 그를 쫓기 위해 허겁지겁 내달렸다.

"지금, 자네가, 부사장의 속도로, 달리고, 있다는, 사실을, 아나?"

알케온이 가쁜 숨을 내쉬며 외쳤다.

"제길, 이쪽으로 와!"

치프는 알케온을 왼팔로 끌어안고 들어 올린 뒤 금속결정 뒤로 움직였다.

접근하던 인스턴트 병사가 그를 놓치지 않고 치프를 따라갔다.

그가 치프와 알케온에게 소총을 겨누려는 찰나, 금속결정 위에서 뛰어내린 터미네이터 드론이 대인 살상용 송곳으로 인스턴트 병사의 헬멧을 찍었다.

송곳에 의해 정수리부터 턱까지 관통된 인스턴트 병사는 사망한 상태로 총을 한두 발 쏜 뒤 쓰러졌다.

헬멧에서 송곳을 뽑은 터미네이터 드론은 기관총 포대를 이용해 치프 쪽으로 다가오는 인스턴트 병사들을 공격했다.

중장갑 전투복을 입은 인스턴트 병사가 돌진해 오자 다른 드론들이 집단으로 달라붙어 그의 팔다리를 끊고 목을 날렸다.

터미네이터 드론들이 목표로 삼는 것은 인간만이 아니었다. 인간이 타고 있는 장비들도 무차별 공격의 대상이었다.

주력 전차 세 대가 열을 맞춘 채 치프 쪽으로 다가왔다.

그 상황을 집단적으로 인식한 터미네이터 드론들은 자신들의 본래 용도가 건하운드라는 것을 자랑하듯 금속 방벽과 장애물을 만들어 전차의 움직임을 봉쇄했다.

공격을 맡은 드론들은 소형 기관포 포대를 분해한 뒤 대형 레일건 포대를 만들어 인스턴트들의 주력 전차를 집중 공격했다.

위험요소를 제거한 터미네이터 드론들은 다시 흩어져 생명체들을 사냥했다.

알케온은 그 살벌한 광경에 대단히 긴장했다.

"저런 무기들이 있었나?"

"네가 피아 식별 신호를 발신하지 못했다면 너도 저렇게 됐을 거야. 아무튼 물어볼 게 있어."

"뭔가?"

치프와 알케온의 머리 위로 검은색의 입자 덩어리가 날아갔다. 환상종, 키마이라 하나가 쓰러지더니 머리와 몸통이 폭발하여 사망했다.

급히 플라즈마 방벽을 펼쳐서 혈액과 잔해로부터 자신들을 보호한 알케온은 압박감 때문에 호흡을 제대로 하지 못했다.

"말하기 힘들면 고개만 움직여도 돼! 혹시 엠페라투스라면 불의 길의 목적지를 뒤틀어 버릴 수도 있을까?"

알케온은 결국 구토하듯 기침을 하며 고개를 끄덕거렸다.

"그럼 우리가 여기 온 게 엠페라투스 탓일까?"

치프가 묻자 알케온은 고개를 저었다.

"몰라, 제길! 나도 그것 때문에 머리가 아프단 말일세! 차라리 엠페라투스가 그랬다면 지금처럼 궁금증을 앓진 않았겠지!"

그 대목에서 치프는 최근 수개월 동안 편리하게 사용해 왔던 누군가의 힘을 확실히 떠올렸다.

'엠페라투스가 아니라면 셀리밖에 없어. 날개 달린 자들이 자각할 틈도 없이 의식 제어… 아니, 정신 지배가 가능한 존재는 둘뿐이야.'

치프는 셀레스티아가 갑자기 왜 그런 짓을 했는지 궁금했지만 지금은 그런 걸 따질 여유가 없었다.

"여기서 기다려, 알케온! 금방 돌아올 테니까!"

"지시를 기다리지."

알케온은 손을 흔들며 가쁜 숨을 내쉬었다.

금속결정의 밭을 헤치고 나온 치프와 UNSMC 대원들은 각자의 터미네이터 드론들을 건하운드로 바꿔 회수했다.

그들의 눈앞에 위치한 시설들은 조용했다. 대인 방어 무기들까지 터미네이터 드론들이 모조리 제거한 덕분이었다.

건하운드의 배터리를 교체한 UNSMC 대원들은 건하운드를 이용한 금속 방어벽 뒤에 몸을 숨긴 채 치프의 지시를 기다렸다.

알파 스쿼드 옆으로 찰리 스쿼드와 델타 스쿼드가 차례차례 도착했다.

"이제부터 어떻게 하실 겁니까? 시설을 제압하고 수색하실 겁니까? 아니면 알래스카의 지원을 받아 폭격하실 겁니까?"

킹이 치프를 향해 뛰어오며 물었다.

"지금 이곳의 기온이 영하 213도야. 그 정도의 냉각 성능을 가진 시설을 근거리에서 폭격하면 우리 모두 사이좋게 멀리멀리 날아가 버리겠지."

"그렇겠죠. 우리 장비들이 천왕성 대기에서도 사용 가능한 수준이라 다행입니다."

"아, 그만해. 천왕성 식민지 작전이 떠오르잖아?"

"거기도 엿 천지였죠."

"엿이 없었던 식민지가 있었나? 그런 천국은 기억나지 않는데?"

치프와 킹이 웃음소리를 냈다. 그 당시의 전투를 경험한 UNSMC 대원 모두 헬멧 속에서 미소를 지었다.

"냉각 시설로 추정되는 건물들은 무시하자고. 요새로 추정되는 중앙 시설을 타격한다."

"고공 침투가 가능했으면 좋았을 텐데 말이죠."

"못 할 건 없지."

"예?"

킹이 놀라자 치프는 어깨를 으쓱했다.

*　　　　　*　　　　　*

행성 냉각 장치 제어탑 상층부에는 라이트스톤의 방이 있었다.

방이라기보다는 전망대라고 하는 편이 옳았다.

사방이 강화유리벽이었고 한가운데에는 커다란 난로가 설치되어 있었다. 그 외의 인테리어는 매우 간소했다.

뒷짐을 진 채 창밖을 바라보던 라이트스톤은 UNSMC 대원들이 생명체 탐지 레이더에서 급속히 사라지자 한숨을 쉬었다.

"어이없이 나타나고, 어이없이 사라지고… 여유를 주지 않는군."

그는 자신의 단말기를 들었다.

그의 단말기 화면에는 1만회 이상 반복하여 얻은 UNSMC 침투 시뮬레이션 결과가 떠있었다.

"내가 알고 있는 UNSMC의 전투 능력이라면 앞으로 58분 내에 이곳까지 올라오겠지. 사생결단을 낼 생각은 없으니 조용히 즐기는 것도……."

중얼거리던 라이트스톤이 흠칫했다.

창밖이 한 치 앞도 보이지 않을 만큼 뿌옇게 변했기 때문이다.

"연막? 아니… 일반 연막이 아니군. 교란용 금속 분말이야. 초저온 상태에서도 터지는 물건이라……. 내가 제공한 기술이긴 하지만 정말 훌륭해."

중얼거린 라이트스톤은 손으로 자신의 헬멧을 단단히 눌렀다.

"교란용 연막을 이렇게 과도하게 뿌린 이유가 뭐지?"

답답하게 낀 연막 사이로 금속의 반사광이 반짝였다.

그 순간을 놓치지 않은 라이트스톤은 급히 옆쪽으로 몸을 날렸다.

엄청난 크기의 칼날이 전망대의 강화유리를 부수고 시설을 찢어 뭉개며 안으로 밀려들어 왔다.

난로까지 짓이긴 그 칼날의 뒤편에는 순양함, 알래스카가 있었다.

무장제조 능력을 이용하여 알래스카 선두에 충각을 만든 치프는 소총을 들고 순양함의 선두에서 뛰어내렸다.

바깥에서 밀려오는 냉기와 함께 다른 UNSMC 대원들도 뛰어내려 라이트스톤을 포위했다.

"고공 침투라고 하긴 좀 그러네."

"원사님답군요."

안드레이가 도끼를 양손에 쥐며 치프의 옆에 섰다.

치프는 다시 일어나는 라이트스톤을 향해 천천히 다가갔다.

"이렇게 만날 줄은 몰랐네, 아저씨. 다시 봐서 반가워."

"후훗."

라이트스톤이 가볍게 웃었다.

라이트스톤은 앞을 풀어헤친 검은색 코트를 툭툭 털었다.

그를 포위한 UNSMC 대원들은 대인 살상용 드론을 띄워서까지 라이트스톤을 노리고 있었다.

"분위기를 봐서는 나를 죽이러 온 건 아닌 것 같구려."

라이트스톤이 느긋하게 질문했다.

"희망이 과하시군."

치프가 웃음소리를 냈다.

"솔직히 말하자면 아저씨… 아니, 라이트스톤 사장님이 여기 있을 줄은 몰랐어. 여기가 그렇게 중요한 시설이었나?"

라이트스톤은 치프의 그 말이 너무 이상했다.

'아무것도 모르고 쳐들어왔단 말인가? 오크들의 고향과 알타이르 행성에서 살아 돌아온 주제에 내가 있는 장소만큼은 뒷걸음질로 발견했다고?'

그는 자신이 처한 상황이 치밀한 작전에 의한 결과가 아닐 수 있다고 판단했다.

'신중하게 대처하면 뭔가 얻을 수 있을지 모르겠군.'

라이트스톤은 헬멧 속의 장치를 조작하여 스스로에게 안정제를 투여했다. 혹시 있을지 모를 치프의 심리전에서 손해를 보지 않기 위해서였다.

"들으시오, A—1730. 이곳은 행성 냉각용 시설 중에 하나일 뿐이오. 단 하나의 시설로 행성의 평균기온을 떨어뜨린다는 것은 불가능에 가깝소. 균형을 계산해서 행성 전체에 배치해야만 효율을 높일 수 있소."

치프는 상대의 이성적인 대답에 만족감을 느꼈다.

"그 시설들이 하나같이 전망대를 달고 있진 않은 것 같은데?"

"난 극지방의 추위를 특히 좋아해서 말이오."

"그렇군."

치프가 어깨를 으쓱했다.

"좋아. 살려줄 테니까 내 질문에 답하도록 해."

"그대들이 가진 개인용 화기로 나를 죽일 수 있을 거라 생각하오?"

라이트스톤이 비웃었다.

"이건 협박이 아니라 거래 요청이야."

치프는 킹을 향해 고개를 움직였다.

붉은색으로 도색된 권총을 뽑아 들고 있던 킹은 라이트스톤의 왼쪽 무릎 뒤쪽을 향해 방아쇠를 당겼다.

시설 외부에서 환상종들을 즉사시켰던 DD탄과 동일한 불꽃이 라이트스톤의 오금에 박혔다.

오금을 보호한 바지가 관통되진 않았지만 그 대신 뼈가 부서질 정도의 충격을 받은 라이트스톤은 바로 쓰러져서 긴 신음을 냈다.

"긴장 풀라고, 라이트스톤 사장."

웃음소리를 섞어 얘기한 치프는 대원들에게 지시하여 라이트스톤을 강제로 의자에 앉혔다.

"…내 전투복에 무슨 수로 충격을 준 것이오?"

"우리가 함께 있었던 시간이 비록 짧긴 했지만 분석을 마치기엔 충분하고도 남았거든요."

치프의 대답은 거짓이었다.

UNSMC에서 현재 제한적으로 사용 중인 DD탄, 드래곤 디스트로이어(Dragon Destroyer)를 제공한 자는 아르마게일이었다.

치프와 UNSMC는 회사 지하, 혹은 위스콘신 함선 내의 사격 훈련장에서 DD탄을 시험했고 라이트스톤이 만든 던전에서 완전한 전력화를 마쳤다.

덕분에 던전 내의 환상종들은 모조리 사망했고 그 시체까지 처리된 상태였다.

그 사실과 DD탄의 위력은 회사에서도 극소수만이 알고 있었다.

물론 라이트스톤은 치프의 말이 거짓임을 알고 있었다.

'내가 모르는 협력자가 저들의 곁에 있군.'

라이트스톤은 그 협력자가 누구인지 궁금했지만 부서진 무릎에서 퍼지는 고통 때문에 입도 뻥긋하지 못했다.

"부상은 금방 재생되겠지? 거기 편히 앉아서 내 얘기를 들어주면 좋겠군."

"으음……."

라이트스톤은 의자의 팔걸이를 두 주먹으로 꾹 누르며 분노를 억눌렀다.

"그럼 앞서 말했듯이 거래를 해보자고. 자, 라이트스톤 사장. 당신이 3세대의 창조주라는 생각에는 변함이 없나?"

"……."

라이트스톤이 아무 말도 않자 킹이 비교적 소재가 부드러운 그의 헬멧 아래쪽에 권총을 댔다.

"하아, 그렇소. 궁금한 것이 고작 그것이오?"

"맞아. 그렇다면 3세대의 창조주에게 셀레스티아에 대한 것을 물어봐야겠군."

"왕녀?"

"아저씨는 꽤 똑똑하니 여러 가지 경우에 대한 대응책을 만들어놨겠지. 만약 셀레스티아가 당신의 적이 되면 어떻게 할 거야?"

"왕녀? 허허."

라이트스톤은 기가 막혀 웃었고 UNSMC 대원들은 조금 당황했지만 집중력을 잃진 않았다.

"난 이미 왕녀의 적이지 않소?"

"그럼 고민할 시간을 줄 필요는 없겠군. 당신이 준비한 대응책을 말해봐. 혹시 실버로드의 복제품 따위는 아니겠지?"

"......"

라이트스톤은 치프가 대체 무슨 의도를 가지고 그런 것을 묻는지 감이 잡히지 않았다.

"어떤 문제라도 있소?"

"글쎄? 아무튼 라이트스톤 사장, 혹시 빅시티에 브리치 다섯 개와 실버로드들을 보내지 않았나?"

"흠......"

라이트스톤은 치프가 말한 그 물건들과 UNSMC들이 나타난 타이밍을 계산해 봤다.

'그러고 보니 저들은 알케온의 능력인 불의 길을 이용해서 이곳에 왔지. 역시 제대로 된 습격이 아니었어.'

라이트스톤은 현재 상황이 거래임을 다시 떠올려 봤다.

"A−1730이여. 나와 둘이서만 이야기할 용기가 그대에게 있다면 무엇이든 대답해 주겠소."

위험한 느낌을 품은 제안에 치프의 부하들이 움찔했다.

치프는 오른쪽 어깨를 슬슬 돌리며 고개를 끄덕였다.

"좋아. 그동안 쌓인 얘기를 좀 해보자고. 찰리 리더와 델타 리더는 즉시 알래스카에 탑승하여 이곳으로부터 거리를 두도록 해."

킹이 라이트스톤으로부터 총을 거두며 물러났다.

"알케온 팀장도 붙잡아놓도록 하겠습니다."

"그래. 신호하면 데리러 와."

"건강 챙기십시오."

지시를 받긴 했지만 걱정을 거두지 못한 대원들은 전망대 안쪽을 샅샅이 수색한 뒤 알래스카에 탑승했다.

알래스카는 치프가 만든 충각을 분리한 후 전망대와 거리를 두었다. 알래스카가 물러나자 함선의 장갑판 등이 녹으며 발생한 악취도 찬바람에 뒤섞여 희미해졌다.

치프는 부서진 전망대의 외벽을 통해 들어오는 눈보라를 맞으며 권총을 꺼냈다.

총을 꺼내기만 했을 뿐, 라이트스톤을 조준하진 않았다. 그는 라이트스톤과의 거래를 살해로 마무리할 생각이 없었다.

"이제 좀 낫군. 왕녀가 어떻게 이상한지 말하시오."

라이트스톤이 물었다.

"정확히는 몰라. 당신이 알고 있는 최악의 경우를 얘기해 주면 도움이 될 것 같군."

"흠⋯⋯."

한숨 소리가 라이트스톤의 미끈한 헬멧 밖으로 흘러나왔다.

"왕녀의 존재 가치는 당신의 예상보다 훨씬 저렴하다오."

"저렴하다니?"

"그녀는 계획에 따라 차근차근 성장하게 되어 있소. 운캄타르 성왕 폐하께서 정확히 말씀해 주신 적은 없지만 그분께서 나와 연락을 끊으실 때까지는 왕녀의 성장에 아주 만족하셨으니 그때까지는 괜찮았을 것이오."

"…설명이 조금 엇나간 것 같은데?"

치프는 저렴함과 만족이라는 말 사이에 존재하는 거리감을 납득하기 힘들었다.

"쯧쯧, 끝까지 들으시오."

라이트스톤이 노련한 교수처럼 손을 까딱거리며 말을 이어나갔다.

"왕녀는 3세대 전체는 물론 살아남은 2세대까지도 포용할 수 있는 존재로서 설계되었소. 성장을 마무리한 왕녀의 육체는 아주 강건할 것이오. 실제로 실버로드의 보고에 따르자면 왕녀는 왕이 발휘할 수 있는 힘 가운데 두 가지를 자신의 것으로 만들었소."

"왕이 발휘할 수 있는 힘?"

치프가 묻자 라이트스톤이 오른손 검지를 폈다.

"하나는 왕의 소망이오. 왕녀는 자신이 원하는 곳에 자신의 부하들을 불러낼 수 있소. 영주 루할트의 이동 능력이나 알케온의 이동 능력과는 비교할 수 없는 것으로, 만약 이 땅의 날개 달린 자들이 무사했다면 한 순간에 십만, 백만의 날개 달린 자를 자신의 곁으로 불러내어 군대를 꾸릴 수 있다오."

치프가 조금 놀랐다.

"셀리가 다른 드래곤들을 불러서 옆에 세웠다는 얘기는 들었지만 그 정도의 숫자까지 마음대로 옮길 수 있었단 말인가?"

"그러니까 왕의 힘이라고 부르는 것이오."

라이트스톤은 검지를 유지한 채 중지를 폈다.

"두 번째는 왕의 패권이오. 당신은 왕녀의 그 힘을 민간인들의 정신적 안정에 써먹었겠지만 왕의 패권은 단순한 안정제 같은 것이 아니라오. 일정 범위 내에 있는 지적 생명체 대부분을 자신의 의지대로 부릴 수 있소."

치프는 아까 잭팟이 보낸 메시지를 떠올렸다.

"그 지적 생명체 안에 나도 들어 있나?"

"하하, 당신이 그렇게 대단한 존재라고 생각하오?"

라이트스톤이 털어내듯 웃었다.

"왕녀의 성격에 문제가 있었다면 당신은 당신 자신이 인간인지, 애완견인지도 모른 채 왕녀 옆에서 엉덩이를 흔들고 있었을 것이오. 아니면 배를 드러낸 채 바닥을 굴러다니고 있거나."

"……."

"그리고 왕의 군대라는 것이 있소."

라이트스톤이 엄지를 폈다. 치프는 그가 펼친 세 개의 손가락을 바라보며 오른손에 쥔 권총을 만지작거렸다.

"그 군대라는 것이 영주들이 이끄는 기사단⋯ 은 아니겠지?"

"물론이오."

고개를 끄덕인 라이트스톤은 자신의 단말기를 꺼낸 뒤 치프를 향해 흔들었다. 사용해도 좋겠냐는 의미였다.

치프는 괜찮다고 손짓했고 그에 따라 라이트스톤은 자신의 단말기를 조작했다.

팔걸이 위에 놓인 단말기로부터 입체 영상이 올라왔다.

날개 달린 자의 두 가지 모습, 즉 드래곤의 형태와 인간의 형태가 허공에서 빛을 냈다.

"이해를 돕기 위해 당신에게 가장 익숙한 그림을 이용해 보겠소. 날개 달린 자들은 이 두 가지의 모습을 특별한 도구나 노력 없이 선택하여 사용할 수 있소. 사용하지 않는 육체가 어디에 있는지는 말해줄 수 없소만… 아무튼 여기까지는 당신도 잘 알 것이오."

"설계하여 만들어낸 육체가 꼭 인간의 모습을 할 필요까진 없다는 것도 알아냈지."

치프의 말에 라이트스톤은 코웃음을 쳤다.

"같이 있는 날개 달린 자들에게 그 이야기를 들었나 보구려."

"흠, 실망했나?"

"그렇소. 아주 기분 좋게 실망했소. 당신 정도의 인물이라면… 아니, 당신이 내 설계대로 만들어진 것이 분명하다면 보다 근본적인 의문을 가져야 마땅하다오. 그런데 겉핥기에 그쳤다니, 매우 당황스럽구려."

치프는 짜증이 났지만 일단 참았다.

"그럼 아저씨의 시각에서, 그러니까 창조주의 관점에서 얘기해 보지. 3세대들이 스스로의 본체라고 믿는 드래곤 형태의 육체 말인데, 그것 역시 '수단'에 불과하지 않나? 안정적인 번식과 강력한 생존력, 적응력, 전투 능력의 보장을 위한 수단 말이야."

"……."

"진짜 '날개 달린 자'는 각 육체 사이를 오고가는 영혼을 말하는 거겠지. 우리가 사용하는 군용 인공지능에 빗대볼까? 그것들을 보행 전차에 꽂으면 인공지능 보행 전차가 되는 거고, 함선에 꽂으면 인공지능 함선이 되잖아? 아마 드래곤이라는 형태조차도 당신의 입장에선 아무것도 아닐 거야."

"나쁘지 않은 분석이구려. 일단 이것을 잠깐 맡아주시오."

라이트스톤은 팔걸이에 올려놨던 자신의 단말기를 치프에게 슬쩍 던졌다. 왼손으로 그의 단말기를 받은 치프는 그 단말기가 폭탄이 되지 않기를 바랐다.

"A—1730. 당신은 아쉽게도 왕의 군대가 무엇인지에 대한 것까지는 도달하지 못했구려."

자리에서 일어난 라이트스톤은 입고 있던 코트를 벗어서 의자에 고이 걸어둔 후 두 팔을 벌렸다.

"나를 쏘시오. 부탁인데 최대한 고통 없이 죽여주시오. 왕의 군대라는 위대한 힘을 내 직접 흉내내 보이리다."

"흠. 급소는?"

"인간과 같소. 헬멧은 방탄이니 헬멧 말고……."

치프는 라이트스톤의 말이 끝나기도 전에 그의 가슴과 목에 총탄을 꽂았다. 탄두가 몸통 안에서 파열되며 즉사한 라이트스톤은 힘없이 누웠다.

영하 200도 아래의 냉기가 그의 시체에서 온기를 앗아갔다.

얼어가는 그의 시신 옆쪽이 울렁거렸다. 방금 쓰러진 시체와 똑같은 복장의 라이트스톤이 그 공간의 파문을 비집으며 뚜벅뚜벅 나타났다.

라이트스톤은 의자에 걸어둔 코트를 다시 입었다.

"내 단말기를 주시오."

"……."

치프는 알타이르 행성에서 나체 상태로 눈을 뜰 때의 기억을 떠올리며 라이트스톤의 단말기를 돌려주었다.

라이트스톤은 보란 듯 단단히 뒷짐을 졌다.

확실히 대단한 광경이었다. 치프의 반응이 지나치게 덤덤한 것을 제외한다면.

라이트스톤은 상대의 재미없는 반응에 약간 불쾌했다.

"난 나의 '공간'에 예비용 육체를 수없이 만들어놨소. 그래서 그 육체가 소진되지 않는 한 얼마든지 부활할 수 있소."

"왕의 군대도 예비용 육체를 만드는 능력인가?"

"복사기 따위로 생각하면 곤란하오. 아까 말했듯이 지금의 상황은 그저 흉내에 불과하오."

라이트스톤이 치프를 향해 뚜벅뚜벅 다가갔다.

"왕에게 충신으로 인정받은 자가 사멸하는 순간 시공간을 초월한 왕의 의지는 충신을 위한 새로운 육체를 제조하게 된 다오."

치프는 '시공간 초월'이라는 말에 어이가 없었다.

"누군가에게 무슨 일이 터지면 치료니 어쩌니 하는 귀찮은 단계를 무시하고 새 육체를 뚝딱 만들어내서 갈아 끼운다 이거군."

"그렇소. 무릇 왕들이 갖고픈 최고의 군대는 멸하지 않는 자들로 이뤄진 군대가 아니오? 사실상 불사에 가까운 힘을 다른 이에게 주는 것이 바로 왕의 군대라는 힘이오."

"……"

"하지만 왕의 군대부터는 아무리 왕녀의 완성도가 높아졌다 하더라도 사용이 불가능하오."

"이유는?"

"신성함이 결여되었기 때문이오."

대답을 들은 치프는 짜증이 났다.

"난 무신론자라서 잘 모르겠지만 그놈의 신성함에 대한 이야기를 최근 여기저기서 들은 터라 질문을 하지 않을 수가 없군. 신성함이란 대체 뭐지?"

"나도 완전히 파악하진 못했소. 알았다면 그 힘을 내 것으로 만들어서 내가 원하는 세상을 만들었을 것이오."

"파악하지 못해서 다행이군."

"…아무튼 지금까지 연구한 결과, 신성함이란 것은 신들의 옥좌와 신성함의 보유자를 연결해 주는 일종의 통신 권한인 것 같소. 그 신성함은 자격을 가진 자가 절차에 따라 물려받는 것이 가능하지만 수술 등을 통하여 강제로 이식하는 것은 불가능하오."

"그래, 그래서 아저씨가 엠페라투스에게 큰 엿을 먹었지."

치프가 키득거렸다.

"후후, 그렇소. 이제 그 저주받은 선조를 막아낼 방법은 왕녀를 최종 단계까지 완성시키는 것이오. 하지만 그대가 들으면 분명 불쾌감을 느낄 시나리오일지도 모르오."

"흠……."

치프는 고민했다.

'어쩌지? 저 아저씨에게 솔직히 얘기해서 대비책을 만들어야 하나?'

그는 최대한 말을 돌려보기로 마음먹었다.

"여자애들… 아니, 군이 성별을 특정하긴 좀 그렇군. 애들이 얼마나 영악한지 아저씨는 모르지?"

"후손들이 없으니 모르오. 이해하고 싶지도 않소."

"우리 회사에서 일하는 여자애 있잖아? 포프라고."

치프는 포프의 이름을 꺼내며 전망대의 철골 파편 위에 앉았다.

"아, 제길. 엉덩이가 얼어버릴 것 같군."

"…내가 포프 베르자르를 모르는 것이 더 이상하지 않소?"

"음. 아저씨는 관심이 없어서 모를 수도 있겠지만 포프의 성장 속도가 대단해. 우리 회사에 들어왔을 때는 그냥 말라깽이 여자애였는데 지금은 한 명의 어엿한 헌터야. 정말 빨리 배우더군."

"그래서, 하고 싶은 말이 무엇이오?"

"셸리도 그렇다는 거야. 아저씨의 예상을 뛰어넘었을 가능성이 있다 이거지."

"…신성함을 스스로 취득했을 수 있다는 것이오?"

"나와 내 동료들이 알케온의 도움을 받아서 도착하려 했던 곳은 빅시티 근처였어. 그런데 이곳으로 와버렸거든."

치프의 말에 라이트스톤이 움찔했다.

"혹시 그 외의 징조는 없었소?"

"어떤 것이 징조인지 구체적으로 얘기해 주면 도움이 될 것 같은데?"

"음……."

라이트스톤은 다시 단말기를 꺼내어 브리치들과 실버로드의 복제품들이 전멸할 때의 기록들을 세심하게 살폈다.

"브리치와 실버로드들은 내 예상보다 훨씬 빠르게 파괴됐소. 지구의 무기로 이와 같은 결과를 내려면 위스콘신 같은 구식이 아니라 최신형 전함 두 척 이상의 화력이 필요하오만… 만약 왕녀가 내 예상을 초월한 방법으로 신성함을 취득하여 공격한 것이라면 말이 되긴 하오."

"나에게 좋은 건가, 나쁜 건가?"

"지금 이 시점에 신성함을 취득하여 완성된 왕녀는 최악 그 자체라오."

"어째서?"

"그녀는 대의가 아니라 개인적 욕구를 이루기 위해 그 압도적인 힘을 발휘할 것이오. 운캄타르 성왕 폐하와 달리 왕녀는 자신에게 주어진 힘의 무게감을 모르기 때문이오."

단말기를 품에 넣은 라이트스톤은 다시 뒷짐을 졌다.

"완성된 왕녀의 육체는 운캄타르 성왕 폐하께서 건강히 사용하셔야 마땅하오."

"…그건 또 무슨 소리지?"

"부활한 엠페라투스와 힘을 되찾은 하이시리스를 모조리 박멸하기 위한 적임자는 이 우주에서 운캄타르 성왕 폐하 한 분 뿐이오. 하지만 성왕 폐하께서는 과거 엠페라투스와의 결전에서 영원성을 잃었고 이제 그분의 육체에 남겨진 시간은 십여 년 정도일 것이오."

"……"

치프와 라이트스톤이 거의 밀착하듯 마주섰다.

"위대한 왕께서 젊음을 되찾으시는 것만큼 중요한 일이 세상 어디에 있겠소?"

"그럼 셀리는 뭔데?"

"품위 없이 유리관에서 자라난 육체를 왕께 헌상할 수는 없지 않소? 날개 달린 자들을 위한 일이오. 왕녀의 위대한 희생과 노고는 대대손손, 세대를 초월하여 날개 달린 자들에게 칭송을 받을 것이오."

"아주 웃기는 소리를 하시는군!"

치프가 권총을 움직이려 하자 라이트스톤의 오른쪽 손끝이 포경선의 작살처럼 치프의 머리를 향해 움직였다.

치프의 권총이 라이트스톤의 턱 아래에, 라이트스톤의 손끝이 치프의 헬멧 바이저에 닿는 즉시 서로가 깔끔하게 멈췄다.

"물론 난 그 계획에서 손을 뗐소. 난 내가 만든 모든 것들을 다 부숴 버리고 싶을 뿐이오."

"아저씨는 내가 부숴줄 테니 안심해. 하지만 서로가 원하는 것을 얻으려면 셀리를 어떻게든 해야겠군."

"잘 아는구려."

"만약 셀리가 정말로 신성함을 취득했다면 어떻게 대응해야 하지? 나도 왕의 힘을 피하지는 못하는 것 같은데?"

"그대는 운이 좋소, A—1730."

"왜?"

"오메가 스쿼드 프로그램이 마지막으로 사용된 시점을 기억하시오?"

"아마도 목성 식민지였을 거야. 그 이후로 UN사령부는 물론 그 누구도 오메가 스쿼드를 사용한 자가 없어."

"아주 잘 아는구려. 목성 식민지에서 오메가 스쿼드가 된 당신의 부하들을 자유롭게 해준 존재가 누구라고 생각하오? 당신? 아니면 A프로젝트 대상자들의 강력한 의지? 그럴 리가?"

치프는 대답하지 않았다.

라이트스톤은 승리감에 도취된 웃음소리를 내며 손끝으로 치프의 헬멧을 톡톡 건드렸다.

"당신은 당신들을 해방시켜 준 우월한 존재가 누구인지를 알고 있소. 이곳에는 우리들밖에 없소. 부끄러워하지 말고 대답해 보시오."

치프는 라이트스톤의 턱 아래를 권총 끝으로 찍어 올렸다.

"사만다를 이용하라고 말할 생각이라면 이 자리에서 죽여 버리겠어."

라이트스톤은 해보라는 듯 턱으로 권총을 내리눌렀다.

"흠. 그녀를 항상 곁에 둔다면 왕녀가 발휘하는 왕의 힘을 상쇄시킬 수 있을 것이오. 그녀가 당신 부하들을 오메가 스쿼드 프로그램에서 해방시켜 줄 때처럼 말이오."

"……."

라이트스톤의 모습이 흐릿해지더니 치프로부터 아주 먼 곳에 다시 나타났다.

"왕녀에게 개입한 자가 누구일지는 모르겠지만 우리 모두에게 좋을 것은 없소. 알아서 처신하길 바라오, A─1730이여. 아, 이 시설은 내가 알아서 폐쇄할 테니 포탄을 낭비하진 마시오. 그럼 나중에 봅시다."

그 말을 끝으로 라이트스톤의 모습이 완전히 사라졌다.

치프는 행성 냉각 장치들로부터 진동이 잦아드는 것을 감지했다.

사만다에 대한 생각을 하며 한참을 가만히 있던 치프는 이윽고 헬멧의 왼쪽을 눌러 통신을 시도했다.

"알래스카, 들리나? 귀환하고 싶으니 좀 도와줘야겠는데?"

─수송기를 보내겠습니다.

"기다리겠다. 통신 종료."

치프는 단말기를 이용해 방사능 수치를 측정해 봤다.

알래스카를 피신시킬 때 사용한 전술핵이 만약 구식이었다면 우주까지 올라가서 방사능 제거 작업을 해야 했지만 최신형이었던 덕분에 그럴 필요는 없었다.

실제로 방사능 수치는 자연 상태에 가까웠다. 오히려 땅이 파이면서 대기 중에 퍼진 흙먼지가 더 해로운 상황이었다.

단말기의 오른쪽 하단에 잭팟이 보내는 암호 메시지가 떠올랐다.

─사만다 카터의 안전을 즉시 확보해야 함.

잭팟의 지적은 타당했다.

하지만 치프는 고개를 흔들었다.

"의외로 단순한 일일 수도 있어."

─너무 낙관적이십니다.

"생각해 보니까 최근 10여 년 동안 이와 비슷한 일을 몇 번 겪은 것 같더라고."

─정신이 제대로 나가셨군요.

"…일이 어떻든 간에 겁부터 먹어서는 안 돼. 괜찮을 거야."

치프는 끝까지 잭팟의 이름을 입에 담지 않았다.

알래스카에서 출발한 수송기가 치프 쪽으로 꼬리를 돌린 뒤 후방 출입문을 열며 접근해 왔다.

"아까 실컷 먹었는데 배가 또 고프군. 왜 이러지?"

치프가 복부를 살살 만졌다.

—음식으로 젊음을 보충할 나이이시긴 하지요.

치프는 단말기에 뜬 잭팟의 의견을 가만히 바라봤다.

"수송기 탑승 이후부터는 절전 상태로 대기하도록 해. 혹시 나에게 무슨 일이 생긴다 해도 네가 나를 먼저 찾으면 그땐 진짜 엿이 되는 거야. 다른 사람을 찾고 싶으면 사만다를 찾도록 해. 알았지?"

—지시대로 하겠습니다.

수송기가 탑승하기 딱 좋은 거리까지 접근해 왔다. 치프는 가볍게 뛰어서 수송기에 탑승했다.

추위 때문에 우주복을 입은 해병대원들이 치프의 눈에 들어왔다.

"어서 가자고. 라이트스톤이 여길 폐쇄한다고 했어."

"폐쇄라니, 놀이공원의 느낌이군요."

"어떤 원리로 냉각을 시키는지 알아보지도 못하게 날려 버리겠지. 이동 개시."

후방 출입문을 닫은 수송기가 속도를 올려 이탈했다. 순양함 알래스카도 서서히 고도를 높였다.

그들이 일정 거리 이상 벗어난 직후 시설 전체가 고열을 뿜어내며 녹아내렸다. 급격한 온도 변화가 만들어낸 폭풍과 막대한 규모의 번개가 지역을 뒤덮었다.

알래스카는 그 모든 것을 뚫고 구름 위로 솟아올랐다.

수송기에서 내려 격납고를 디딘 치프는 알케온이 급한 발걸음으로 다가오자 헬멧을 일단 벗었다.

"표정이 왜 그래? 무슨 일이라도 있어?"

"미안하군. 불의 길을 사용하지 못할 것 같네."

알케온의 사과를 들은 치프는 매우 의아해했다.

"사용하지 못할 것 같다니?"

"내 실수로 엉뚱한 곳에 온 것 같아서……."

"음……."

치프는 기가 팍 죽은 알케온의 어깨를 두드려 주었다.

"죽은 사람 없이 일이 끝났으니 너무 신경 쓰지 마."

"그래도 납득할 수 없다네. 영주가 된 이후 평생 사용해 왔던 불의 길이란 말일세. 이처럼 어긋나는 일은 없었는데……."

알케온은 얼굴을 펴지 못했다.

"좌표가 어긋나기 위한 조건이 뭐가 있을까?"

"모르겠군. 처음 있는 일이라서……."

알케온이 고개를 푹 숙였다.

"그럼 뭔가 맛있는 거라도 만들어줘. 배가 고파서 미칠 것 같아."

"…출발하기 전에 그렇게 먹어댔는데, 괜찮은가?"

"자네가 설정한 좌표가 내 위장으로 들어간 게 아닐까 싶을 정도야."

"걱정되는군. 그럼 난 이 함선의 부엌을 빌리겠네. 일이 끝나면 식당으로 오게."

"알았어."

알케온을 먼저 보낸 치프는 옆에서 대기 중이던 킹과 안드레이를 손짓으로 불렀다.

"확보할 건 확보했겠지?"

그가 묻자 안드레이가 끄덕거렸다.

"인스턴트 병사들의 시신과 그들이 사용하는 장비의 샘플을 모두 수집했습니다. 병사들의 생산시기 및 장비들의 생산 위치를 밝히기에는 충분합니다."

"잘했어. 회사와는 연락해 봤나?"

"예, 원사님."

킹이 대답했다.

"켐리가 인질로 잡혔답니다."

"…누구한테?"

치프는 대단히 황당해했다.

"회사 본관 지하에 가둬놓은 오파로아 암살자들에게 당했다는군요."

"그 꼬마는 대체 거길 왜 간 거야?"

화를 낸 치프는 팔뚝 보호대 안에 넣어둔 단말기를 급히 꺼냈다.

94
오메가가 남긴 흉터

"킹. 회사의 누구와 통화했지?"

"에코 리더. 로버트입니다."

"좋아."

치프는 이제부터 주의해야 한다며 자신을 채찍질했다.

'날개 달린 자들은 공통적으로 심리전에 약하지. 계산은 빠른데 생각이 너무 느긋해. 아마도 포식자에 대한 위기감 없이 장생을 해와서 그럴 거야. 셸리, 대체 누가 너한테 장난을 친 거지?'

그는 회사로 들어가는 모든 통신들이 지금부터 미지의 수단으로, 그것도 셀레스티아만이 시행할 수 있는 방법으로 감청당할 가능성이 높음을 유념했다.

─에코 리더입니다.

"켐리가 잡혔다며?"

―예. 암살자들에게 팔을 붙들린 채 철창에 끼어 있죠.

"상황이 심각한가?"

―켐리의 표정을 보니 오줌이 마려운 것 같군요.

"그런가? 안됐군. 우리가 그쪽으로 귀환하기까지는 시간이 좀 걸릴 것 같아."

―저희들 앞에서 오줌을 지리는 놈들이 한둘은 아니었지 않습니까? 다들 머리에 총알이 박히기 전까지는 건강에 문제가 없었지요.

"아무튼 우리가 아무리 빨리 가도 한 시간은 걸릴 것 같으니 자네가 켐리를 붙잡고 있는 아가씨들을 설득해 봐."

―설득이요? 어떻게 말입니까?

"입을 옷을 줄 테니 켐리를 놔달라고 하면 안 될까?"

―시도해 보죠. 에코 리더가 감금 시설에 진입합니다. 통신 연결 유지. 헬멧의 카메라에 들어오는 영상도 그쪽으로 보내겠습니다.

"좋아. 영상 수신 준비 완료."

―연결합니다.

치프의 단말기 위로 에코 리더, 로버트의 헬멧에 달린 카메라의 영상이 떠올랐다.

"영상이 잘 보인다, 에코 리더. 소리도 확인. 교섭을 진행하도록."

치프는 안드레이, 킹과 함께 자리에 앉아 영상을 지켜봤다.

소총 및 사냥개 크기의 드론을 앞세운 채 감금 시설 안으로 들어간 에코 리더는 앞쪽 철창에 달라붙어 있는 켐리를 위아래로 훑어봤다.

켐리의 두 팔은 철창 안에 있는 오파로아 암살자들에게 단단히 붙들린 채 당겨지고 있었다.

아무것도 입지 않은 그 암살자들은 그것으로 그치지 않고 켐리의 목에 손가락을 가까이하고 있었다. 여차하면 켐리의 목을 뜯어 살해하겠다는 뜻이었다.

─우리 거래를 해볼까? 켐리를 놔주면 입을 옷을 주지.

에코 리더가 묻자 철창 안의 암살자들이 눈을 번뜩였다.

─우리가 원하는 것은 마스터 어쎄신이다.

─마스터 어쎄신? 요즘 나온 게임의 이름인가? 그걸 사다 주면 되는 건가?

─모르는 척하지 마라. 이 악어머리에게 들었다. 스위트 베르자르 님의 첫째 딸이 자유의 어둠에 눈을 떴다고 말이야.

암살자의 말을 들은 치프는 이마를 손으로 짚으며 고함을 질렀다.

"저 멍청한 켐리가 멍청한 계집들에게 멍청한 말을 했군! 빌어먹을!"

"포프와 자유의 어둠에 대한 얘기를 왜 저 여자들에게 꺼냈는지 모르겠군요."

안드레이도 살짝 불쾌감을 드러냈다.

"이건 쓸데없는 일이야. 분명해."

투덜거린 치프가 단말기에 입을 가까이 했다.

"에코 리더. 이제부터 질문은 내가 하도록 하지."

—알겠습니다, 원사님. 저들이 들을 수 있도록 통신 음성을 헬멧의 스피커 쪽으로 돌리겠습니다.

"난 A—1730이다. 내 말 들리나, 아가씨들?"

—그라니트 용역의 사장이로군.

"맞아. 너희들이 포프를 원하는 이유가 뭐지?"

—그 아이는 진정한 마스터 어쌔신으로서 우리를 해방시킬 것이다.

"어이가 없군. 난 포프를 암살자로 키우기 위해서 여태껏 데리고 있었던 게 아니야."

—오해하는군. 마스터 어쌔신만이 우리를 해방시켜 줄 수 있어.

"해방이라는 게 구체적으로 무슨 뜻이지? 철창에서 꺼내주는 걸 의미하는 게 아닌 것 같은데?"

—우리 자매단은 마스터 어쌔신에게 절대 복종한다.

"당신네는 실버로드의 지시를 받아서 우리를 공격하다가 붙잡혔잖아?"

실버로드의 이름을 입에 담는 그 순간, 치프는 문득 그와의 인연이 아직 끝나지 않았을지도 모른다는 생각을 해봤다.

아무튼 치프의 지적에도 불구하고 암살자들은 동요가 없었다.

—초대 마스터 어쌔신, 스위트 베르자르 님이 자유의 어둠을 이용하여 우리의 무의식 속에 복종심을 심어놨지. 그때는 그 힘의 정체나 명칭도 몰랐지만, 어쨌거나 그 복종심 때문에 진 플레커의 지시를 따라야만 했어. 자유의 어둠을 가진 마스터 어

쌔신이 무의식의 족쇄를 해제해 주지 못하면 우리는 오로지 이 길만을 가야 해.

"그렇군. 그럼 잠깐 생각해 볼 테니 기다려 봐. 에코 리더, 나와 얘기 좀 할까?"

─통신을 조정했습니다. 이제 저들에겐 원사님의 목소리가 들리지 않습니다. 말씀하십시오.

"전기 충격기 준비. 전부 튀겨 버려. 캠리에 대한 응급조치는 자네에게 맡기지."

─튀기기만 하면 됩니까?

"테러범들과도 교섭을 한 적이 없는데 암살자들과 교섭할 이유가 없잖아? 사살해서 양지바른 땅에 묻어."

─알겠습니다. 드론에 설치된 전기 충격기는 이미 준비가 끝났습니다.

"그럼……."

─잠깐만요! 사장님, 잠깐 기다려 주세요! 제 말을 들어주세요!

캠리가 고함을 질렀다.

그 잠깐의 침묵에서 불길함을 느끼고 저지른 캠리의 행동은 치프의 표정을 단숨에 구겨 버렸다.

화가 난 사람은 치프만이 아니었다.

─지시를 주십시오, 원사님.

에코 리더의 목소리는 상당히 격앙되어 있었다. 그럴 수밖에 없는 것이, UNSMC 입장에서 인질을 잡은 자들과의 교섭은 굉장히 낯선 일이었다.

"켐리의 얘기를 한번 들어보자고. 로버트."

—알겠습니다, 원사님.

한숨 소리를 나지막이 낸 에코 리더는 켐리를 향해 어서 말을 해보라는 손짓을 했다.

—이 사람들은 포프의 어머니와 함께 활동했어요! 자유의 어둠에 대해서 알고 있을 거라고요!

—그럼 적어도 몇 발자국 떨어져서 물어봤어야지?

에코 리더가 답답한 나머지 치프 대신 물었다.

"추워서 목소리가 안 나오니 가까이 와달라고 했단 말이에요!"

—하아.

에코 리더가 한숨을 쉬었다.

치프와 킹은 헛웃음을 터뜨렸고 안드레이는 선글라스를 벗은 뒤 미간을 주물렀다.

—지시를 내려주십시오, 원사님.

—내가 돌아갈 때까지 그러고 있으라고 해. 그 암살자들과 포프를 함부로 접촉시킬 수는 없잖아?

—알겠습니다, 원사님. 에코 리더, 현장을 벗어납니다.

에코 리더가 소총의 총구를 암살자들 쪽으로 확실히 돌렸다. 그와 동시에 켐리의 얼굴이 하얗게 떴다.

—로, 로버트 아저씨?

—원사님이 오실 때까지 그 아가씨들 말상대나 해줘. 소변이 마려우면 어떻게든 참아내든가 그 자세 그대로 흘려보내도록 해.

—아, 안돼요!

—한마디만 더 했다가는 너를 UNSMC 체력 검정 프로그램에 넣어버릴 거야. 한 6시간 정도 흙을 먹으며 구르다 보면 네 마음대로 오줌을 지리는 게 얼마나 행복한 일인지 깨닫게 되겠지. 있다가 보자고.

켐리는 울상이 됐지만 에코 리더의 분위기가 너무 살벌했기에 그냥 가만히 있었다.

—에코 리더와 에코 스쿼드는 이제부터 감금 시설 외부에서 대기하겠습니다.

"알았다. 알파 리더, 통신 종료."

—에코 리더, 통신 종료.

단말기를 내린 치프는 홀쭉해진 복부를 만지며 일어났다.

"난 식사를 할 테니 뒷정리를 부탁해. 아, 오늘 하루가 너무 긴 느낌이군. 난 대체 언제 잠들 수 있는 거지?"

"일단 많이 드십시오."

킹이 가볍게 거수경례를 했다.

*　　　　*　　　　*

알래스카를 위스콘신에 결합시켜 수리 및 정비를 지시한 치프는 의무실로 이동했다.

포프를 데려가기 위해서였는데, 치프의 걱정과 달리 포프는 과감히 팔베개를 한 채 천장을 보며 누워 있었다.

"몸은 좀 어때?"

치프가 병실 안으로 들어오자 포프가 움찔했다.

"흉터 없이 다 나았어요, 사장님. 지금 바로 지상에 내려가도 문제없어요."

"흠……"

치프는 병실을 둘러봤다. 포프가 원래 입고 있던 옷 전부가 의자 위에 차곡차곡 접혀져 있었다.

"옷부터 입어야겠네."

"……"

"켐리 얘기는 들었어?"

"아뇨. 혹시 무슨 일이 있었나요?"

정신적으로 쉴 겸 단말기를 꺼두고 있던 포프는 환자복 차림으로 침대에서 벗어나 자신의 단말기를 켰다.

"네 걱정에 암살자들을 만나러 갔다가 인질이 됐거든."

눈이 휘둥그레진 포프는 단말기에 몰려서 들어올 메시지를 기다렸다. 하지만 단말기 할부가 끝났다는 안내 메시지 말고는 특별한 것이 없었다.

"제 단말기엔 아무런 메시지도 없는데요?"

"수술 받고 누워 있는 여자애에게 알려주고픈 소식은 아니잖아?"

"그럼 지금은 괜찮다는 말씀이신 거죠?"

"켐리를 구하러 가야지. 같이 가자. 난 병실 밖에서 기다릴게."

"예, 사장님."

포프의 등을 두드려 준 치프는 병실을 다시 나갔다.

조금 뒤에 옷을 차려입고 나온 포프는 조금 언짢은 표정으로 자신의 전투복을 만지작거렸다.

"왜 그래?"

치프가 의아해했다.

"제 옷까지 멀쩡해졌을 줄은 몰랐네요."

"하, 설마 우리가 너에게 경장갑 전투복이라도 선물해 줄 거라 생각했니? 그거 한 벌을 네 월급으로 사려면 넌 3,400년 전부터 우리 회사에서 일을 했어야 돼."

"……."

경장갑 전투복에 대한 소망이 조금 있었던 포프는 시선을 다른 곳에 둔 채 머리를 만졌다.

그녀의 손 위에 치프의 손이 겹쳤다.

"오늘은 네가 네 자신을 정의하게 되는 날일지도 몰라."

"네?"

"불과 몇 시간 전에 칼을 맞은 애한테 할 얘기는 아니지만… 아무튼 저번에 붙잡힌 오파로아의 암살자들이 너를 원하고 있어. 너를 통해서 뭔가를 할 수 있을 거라 생각하는 것 같아."

치프는 그녀의 손을 잡은 채 위스콘신의 격납고 쪽으로 가는 선내 모노레일 쪽으로 걸어갔다.

"이건 그냥 푸념인데, 내가 인생에서 가장 후회하는 일 중에 하나가 바로 사만다의 군 입대를 막지 못한 거야. 솔직히 말하자면 거의 방치하다시피 했지. 그 아이의 인생이니까, 라는 식으로 말이야."

"푸념이 아니라 저한테 하시는 말씀이신 거죠?"

"좋은 꿈자리를 확보하고픈 욕심은 인간으로서 당연한 거 잖아?"

"……."

"물론 난 네가 훌륭한 선택을 할 거라고 믿어."

"그 선택의 결과는 안 믿으시죠?"

"그러니까 이렇게 붙들고 따라가는 거야. 사만다 얘기도 곁들 이면서 말이지."

"네……."

포프는 혈압이 올라온다는 것이 이런 것이구나 생각하며 모노레일 탑승장 안으로 들어갔다.

"저에게 무기 사용법을 가르쳐 주신 건 사장님이잖아요?"

"그래, 총에 안전장치를 거는 법부터 가르쳤지."

시비조로 말을 나눈 둘은 서로를 오랫동안 노려봤다.

"…근데 안전장치 맞나?"

"…솔직히 기억나진 않아요."

둘이 머쓱하게 웃었다.

"너희들의 법적 대리인 및 보호자가 나라는 건 알고 있지?"

"예."

"이곳의 일이 끝나면 너와 네 동생들은 내 손을 잡고 지구로 가야 해. 수 년 뒤에 네가 어머니의 뒤를 이어받아 헌터가 될지, 아니면 내가 제일 걱정하는 일을 하게 될지는 아무도 몰라. 하지만 오늘의 결정이 매우 중요할 거라는 것만큼은 분명해. 그녀 들은 실제로 스위트 베르자르 씨와 함께 어둠 속에서 일을 해 온 사람들이거든. 너에게 분명 영향을 미칠 거야."

포프는 천천히 고개를 끄덕였다.

"우리 모두가 썰물처럼 떠나면 공동대표님께서 굉장히 심심해하시겠네요."

"…심심함으로 끝나면 다행이겠지."

"네?"

"아냐, 아무것도."

치프는 자신들 쪽으로 다가오는 모노레일 열차를 보며 슬쩍 웃었다.

포프와 함께 열차를 탄 치프는 열차의 목적지를 격납고로 설정한 뒤 자리에 앉았다.

둘이 착석한 것을 감지한 모노레일 열차가 적당한 속도로 움직였다.

"이 행성에서 정말 고생이 많았지?"

치프가 묻자 포프는 싱겁게 웃었다.

"개인적으로 가장 뚜렷하게 기억하는 고생거리는 지구에서 인질로 잡혔을 때죠."

"음, 그때 이후로 네 눈빛이나 움직임에서 두려움이 많이 사라졌지."

치프는 좌석에 철창처럼 부착된 안전용 막대에 팔을 기댄 채 고개를 끄덕거렸다.

가만히 있던 포프는 이윽고 치프를 향해 입을 열었다.

"이곳에서의 훈련은 정말 즐거웠어요."

"그래?"

"제가 꼭 대단한 사람이 되어가는 것 같았거든요."

치프는 그 아이가 대체 무슨 얘기를 하려고 하는지 감을 잡지 못했다.

그에게 있어서 군사 훈련이라는 것은 사람을 죽이는 방법의 습득 과정을 합리화한 말에 지나지 않았기 때문이다.

어쨌거나 포프의 말은 솔직했다.

그녀는 자신과 치프가 이처럼 가깝게 지낼 시간이 얼마 남지 않았음을 직감하고 있었다.

"제가 사장님을 굉장한 사람이라고 처음 느꼈을 때가 언제인지 아세요?"

"글쎄? 내가 똑같은 디자인의 셔츠와 바지를 계속 입고 다닌다는 사실을 깨달았을 때?"

"…아뇨."

포프가 피식 웃었다.

"엠페라투스와의 첫 번째 싸움이 끝난 다음이었어요. 영주님들과 드래곤들이 모두 회사에 모였고, 사장님께서는 그들을 상대로 소리를 질러대셨죠."

"흠."

"그때 모두의 표정을 쭉 둘러봤는데요, 진심으로 엠페라투스와 싸우려는 사람은 오로지 사장님 한 분이었어요."

"뎃디도 그렇지 않았나?"

"부사장님조차도 그때는 사장님만 보느라 정신이 없으셨어요."

"……"

치프는 그때 당시의 데스디아를 떠올려 보려고 했지만 생각이 나지 않았다.

'어쩔 수 없지. 나도 그때는 엠페라투스에게 정신이 팔렸었으니까.'

그는 나직이 웃으며 데스디아에게 마음속으로 사과했다.

"저는 사장님께서 대체 뭘 믿고 그러시는지 궁금했어요."

"답은 얻었니?"

"지금도 몰라요."

"……."

"그걸 알기 위해서 열심히 훈련했어요. 사장님을 이해하면 그때 제가 겪고 있던 상황들까지 이해할 수 있을 것 같았거든요."

포프는 당시 모친의 갑작스러운 죽음과 그에 따른 공허함을 납득하지 못하고 있었다.

또한 부친이 자신에게 왜 건하운드를 사주고 헌터 면허증을 따는데 도움을 줬는지, 또 신용카드는 왜 쥐어줬는지 이해하지 못했다.

정황의 대부분이 밝혀진 지금은 그저 마음의 흉터에 불과했다.

"별로 도움은 안 됐지?"

"적어도 쓸쓸하진 않았어요. 사장님이랑 아저씨들 모두 제가 이상한 길로 빠질까봐 꾸준히 참견해 주셨으니까 말이죠."

"흠."

열차 내부에 설치된 노란색 경고등이 반짝거렸다. 목적지에 거의 도착했다는 뜻이었다.

"저뿐만 아니라 모두를 걱정하시면서, 왜 사장님께선 사장님 자신을 신경 쓰시지 않는 건가요?"

포프는 그러한 질문을 던진 자신이 조금 대견했다. 자연스럽게 나온 말치고는 너무 어른스러워서였다.

치프는 피식 웃었다.

"멋있는 남자는 기본적으로 그럴 여유가 있는 법이야."

"……."

"농담이고."

치프는 손을 내밀어 포프의 머리를 만져주었다.

"무슨 일을 하던 간에, 사람은 언젠가 같은 일을 반복하는 자신이 싫어질 때가 있어. 그게 봉사 활동이 됐든, 뭔가를 만들든, 사람을 죽이는 일이 됐든 말이야. 초기에는 취미나 자기 합리화 따위로 극복할 수 있는데, 좀 더 진행되면 자신에 대해 생각하는 것조차 싫어지지."

"……."

"난 네 모습에서 내 어렸을 때를 보곤 해. 그래서 무슨 일이 있어도 사람만큼은 죽이지 말라고 참견을 하는 거야. 결코 바꿀 수 없는 내 과거를 어떻게든 고쳐보겠다는 욕심으로 말이지."

치프는 포프의 머리에서 손을 떼었다.

"총질로 얻을 수 있는 행복 따윈 없거든."

"그건 알아요."

"그럼 얘기는 쉽겠네."

치프가 씩 웃었다.

"부사장님은 조금 다르신 것 같던데요?"

"다르다니?"

"싸우실 때의 비장한 모습 같은 것이……."

"아, 뎃디에겐 사명감과 긍지라는 게 있어. 그것이 뎃디를 움직이게 만드는 긍정적인 힘이야."

치프는 대답 직후 어깨를 으쓱했다.

"개인적으로는 낡은 개념이라고 생각하지만, 그 모습이 너무 올곧은 나머지 아름답기까지 하니 인정할 수밖에 없지. 그게 지구의 군인과 알타이르 전사의 차이일 거야. 아마도."

이해하진 못하지만 인정한다. 포프는 치프의 말을 그렇게 정리하여 받아들였다.

"암살자들이 저를 만나고 싶어 하는 이유가 뭘까요?"

"내 입장에선 자유의 어둠과 관련이 있다는 것만 신경 쓰일 뿐이야. 그것조차 아니었으면 그 계집들은 전부 땅에 묻혔을걸?"

치프가 혀를 찬 뒤 이어서 말했다.

"어찌됐든 네가 자유의 어둠이라는 이상한 힘에서 벗어날 수 있으면 좋겠어."

"역시 다른 사람들에게 해가 되겠죠?"

"미안하지만 네가 이 상태 그대로 어른이 되면 넌 남을 걱정할 여유조차 없을 거야. 나 역시 네가 장래에 만나게 될 인연 따위엔 관심 없어. 내 입장에선 일단 네가 먼저인데 알 게 뭐야?"

"…예, 사장님."

포프가 조용히 대답했다.

그녀를 바라보던 치프는 문득 단말기를 꺼내 자신의 얼굴을 비춰봤다.

　실제로 그가 보는 것은 얼굴이 아니라 열차 내의 CCTV였다.

　카메라 모두가 치프 자신과 포프에게 쏠린 채 움직이지 않았다.

　'그렇게 나오시겠다 이거군. 할 수 없지.'

　치프는 차라리 잘됐다고 생각하며

　열차가 멈추고 치프와 포프가 격납고에 들어섰다.

　원래는 거기서 수송기 같은 것을 타고 지상에 내려가면 되지만 치프는 격납고 병기창의 군무원에게 다가가 특별한 것을 주문했다.

　"경장갑 전투복을 지급받을 수 있겠나?"

　"원사님께서 쓰실 겁니까?"

　군무원이 보호용 안경을 고쳐 쓰며 물었다.

　"아니."

　치프는 포프의 손을 살짝 잡아당겼다.

　"얘가 입어볼 거야."

　포프는 깜짝 놀랐다. 군무원도 안경을 벗을 만큼 당황했다.

　"원사님. 진심이십니까?"

　"UNSMC 전용으로."

　"……."

　군무원이 말을 잃었다.

　"원사님. 해병대원용이 아니라 UNSMC 대원용 경장갑 전투복이면 1급 군사기밀 유출에 해당합니다."

"난 지급을 요청했지 꼭 누구한테 준다는 얘기는 안 했어."

"하아… 저는 모릅니다."

군무원은 신체 측정용 스캐너를 가지고 나왔다. 발판 하나에 중형 드론 두 개가 놓인 모양새였다. 포프는 두근거리는 마음으로 스캐너의 발판 위에 올라갔다.

하얀색의 미끈한 모양의 드론들이 발판 위에 선 포프의 몸을 각종 광선으로 살폈다.

신장과 체중을 비롯하여 골격의 상태, 근육의 방향, 72시간 이상 물과 비상식량만으로 생활했을 때 예상되는 신체 상태 변화 등등이 군무원의 단말기에 차례로 떠올랐다.

군무원은 자료를 살피고 조정하며 전투복 제작기에 데이터를 전송했다.

"설명해 줄게. UNSMC 대원용 표준 경장갑 전투복은 동력로 방식이야. 해병대원용 전투복과 UNSMC용 전투복의 결정적인 차이지. 동력로 하나의 가격이 우주에서 사용하는 고속 어뢰정 한 척과 맞먹어. 아, 네 이름이……?"

"포프 베르자르입니다."

"그래, 포프. 난 행크라고 해."

포프와 직접 얘기를 나눌 기회가 전혀 없었던 군무원은 포프와 악수를 나눈 뒤 전투복 제작기의 제작 진행률을 포프에게 보여줬다.

"2분 정도만 기다리면 돼. 아무튼 다시 동력로 얘기로 돌아가서… 동력로의 연료 효율은 네가 전투복을 입고 무엇을 하느냐에 따라 급격히 달라지지. 능동 위장 장치를 작동시킨 상태로 에너지 반응식 방어막까지 동시에 사용한다면 일주일도 못 갈 거야. 하지만 뜨거운 냄비를 옮길 때 정도만 사용한다면 10년도 거뜬해."

포프는 살짝 충격을 받았다.

"동력로의 수명이 다 되면 어떻게 하나요?"

"거기서부터는 나도 몰라. 동력로는 분실 처리로 넘어갈 물건이 아니거든. 그러니 아껴서 써."

포프는 조금 불만이었으나 전투복을 오래 입겠다는 생각도 없었기에 감정을 드러내진 않았다.

"원사님. 전투복 안에 입을 보호복은 무엇으로 하면 되겠습니까?"

"내가 쓰는 것처럼 리퀴드 메탈로 해줘."

"최고로 비싼 옵션이군요."

군무원은 또다시 투덜거리며 리퀴드 메탈 소재의 1차 보호복을 선택했다.

"리퀴드 메탈은 뭔가요?"

포프가 묻자 치프는 병기창의 보관함에서 무광 검정의 옷감을 꺼내 들어보였다.

"액체 상태로 시작되는 금속제 보호복이야. 네 뼈가 반대로 꺾이는 걸 막아줄 뿐만 아니라 화생방 대응 능력도 최고급이지. 대기권 밖에서 강하를 할 때는 이것만 한 게 없어."

"그거에 경장갑 전투복까지 껴입어도 부상을 입는 경우는 뭐죠?"

"적들이 갓 튀겨낸 닭다리 따위로 우릴 때릴 리가 없잖아?"

"······."

"권총이나 구세대 소총탄, 백린탄 같은 건 문제없이 막을 수 있지만 요즘 나오는 소총탄 앞에서는 그냥 좀 두꺼운 종이에 불과하지. 아예 다치기 싫으면 중장갑 전투복을 입어야 해."

제작 완료 신호음이 전투복 제작기에서 들려왔다.

속옷만 입고 탈의실에 들어간 포프를 가장 먼저 반겨준 것은 검은색의 액체 금속이었다. 포프의 턱 아래를 시작으로 온몸에 빈틈없이 달라붙은 그 액체는 이윽고 유연하면서 질긴 느낌의 전신 보호복으로 바뀌었다.

포프가 탈의실에서 나오자 치프가 씩 웃었다.

"느낌이 어때?"

"다리 사이랑 겨드랑이 안쪽이 엄청나게 끼네요."

"나중에는 또 다른 피부처럼 느껴질 거야."

치프는 포프의 두상에 맞게 제작된 헬멧을 들었다. 헬멧은 무광의 순백색이었는데, 치프는 손등으로 그 표면을 두드렸다.

"다 입은 뒤에 네 취향에 맞춰서 색을 바꾸면 돼. 위장 무늬도 바꿀 수 있어."

"제 단말기로요?"

"내 단말기를 빌려줄게."

"예?"

단말기를 빌려주겠다는 치프의 말에 포프는 위화감을 느꼈다.

"네가 지금 쓰는 단말기는 그냥 튼튼한 민간용이라서 이 전투복과는 호환이 안 되거든."

"단말기부터 바꿔야겠네요."

"그렇지. 단말기는 남아도니까 걱정하지 마."

포프는 치프의 도움을 받아 경장갑 전투복을 착용했다. 먼 동경심만을 품었던 그 물건을 실제로 입은 포프는 헬멧까지 완전하게 쓴 뒤 치프가 빌려준 단말기를 팔뚝 보호대에 넣었다.

근력보조 장치가 작동하면서 전신의 근육이 살짝 경련했지만 포프는 그 모든 것이 새롭고 즐거워서 웃음소리를 참지 못했다.

그 자리에서 뛰면 저 높은 격납고 천장까지 도달할 것 같았고, 내달리면 위스콘신의 선두까지 단숨에 도착할 것 같았으며, 극도로 민감한 나머지 전투복을 입었다는 사실조차 모르게 해주는 감지 장치의 성능은 말 그대로 새로운 세계였다.

"이거 정말 최고네요, 사장님!"

"누가 물어보면 그냥 입어보기만 하는 물건이라고 얘기해야 돼. 그럼 마음에 드는 색으로 바꿔봐."

포프가 팔뚝의 단말기를 보며 고민하는 한편, 치프는 격납고 내의 CCTV들이 움직이는 모습을 보며 마음을 가라앉혔다.

'어설플 정도로 철저하게 나를 감시하는군. 뭐, 괜찮아. 최악의 경우까지 대비했어. 이제 어떻게든 되겠지.'

고민 끝에 포프가 고른 전투복 기본색은 알파 스쿼드의 상징색이라 해도 무방한 검은색이었다.

"왜 하필 검은색이야?"

"개나리색을 고를 나이는 아니거든요."

"흠."

신선한 대답이었다는 투로 고개를 끄덕인 치프는 포프를 데리고 수송기 쪽으로 걸어갔다.

군무원은 치프가 왜 단말기를 돌려받지 않는지 궁금했지만 치프라는 사람에 대해서 깊게 생각하는 것은 오래전에 포기했기에 크게 신경 쓰지 않았다.

지상에 착륙한 수송기 밖에서 치프를 기다리는 것은 완전 무장을 하고 소총의 안전장치까지 풀어젖힌 UNSMC 대원들이었다.

포프는 평소와 다른 아저씨들의 분위기에 흠칫했다.

하지만 치프는 예전에 '그들'을 만난 기억이 있기에 그리 놀라지 않았다.

'오메가 스쿼드 프로그램…….'

쓴웃음을 지은 치프는 바짝 긴장한 포프와 함께 수송기에서 내렸다.

"절대로 헬멧을 벗지 마."

치프가 포프에게 속삭였다.

포프는 담담히 치프의 뒤를 따라 걸어갔다.

치프는 눈앞에 쫙 깔린 UNSMC 대원들을 향해 활짝 웃었다.

"웬일이지? 내가 위스콘신에서 대기하는 사이에 비상 상황이라도 있었나?"

총을 들고 대기 중인 UNSMC 대원들의 숫자는 대단히 많았다. 에코, 시에라, 오스카, 빅터, 줄루 스쿼드까지, 총 다섯 개의 스쿼드가 오로지 치프 한 명을 바라보고 있었다.

포프는 아예 무시를 당했다.

경장갑 전투복만 입었을 뿐, 무기를 하나도 갖추지 않은 그녀는 조금 딱딱한 옷을 입은 청소년에 불과했다.

"공동대표께서 저희에게 원사님을 밀착 경호하라는 지시를 내리셨습니다. 원사님께서 위험한 행동을 하시면 원사님을 즉각 제압하라는 지시도 받았습니다."

에코 리더, 로버트가 평소보다 딱딱한 말투로 대답했다.

"그럼 우리 공동대표는 어디 있는데?"

치프가 묻자 에코 리더가 본관의 사장실을 가리켰다.

"공동대표께서는 저곳에 계십니다."

"그렇군. 흠… 경호와 제압이라."

치프는 에코 스쿼드에게 손짓했다.

"난 지금부터 포프와 함께 오파로아의 암살자들을 만나러 갈 거야. 무장을 챙겨오지 않았으니 에코 스쿼드가 나를 경호해 줘야겠어."

"우리는 원사님과 함께 움직여야만 합니다."

"다른 친구들은 밖에서 대기하면 되잖아? VIP 경호 수칙을 다 잊었나?"

경호 수칙이라는 말에 그 자리에 있는 UNSMC 대원들 전체가 동요했다.

"알겠습니다. 시에라, 오스카, 빅터, 줄루는 본관 밖에서 대기. 에코가 원사님을 따라갑니다."

"본관 입구는 오스카 스쿼드가 맡도록 해. 오스카는 내가 지하로 들어가는 즉시 수칙대로 전파방해 개시."

"알겠습니다, 원사님."

오스카 리더가 경례 없이 대답했다.

치프는 손목시계를 봤다.

'한 나흘 정도 쉬면 되겠지. 그사이에 여사님께서 돌아오시면 더 좋고.'

어떤 계산을 마친 치프는 포프를 데리고 이동했다. 그의 전후좌우를 에코 스쿼드가 철저히 맡았고 다른 대원들 역시 경호 수칙에 따라 진형을 짜고 신속하게 움직였다.

사장실의 유리벽을 통해 그들의 움직임을 본 셀레스티아는 언짢은 표정을 지었다.

'저들이 꼭 치프의 명령을 따르는 것 같잖아? 그럴 리가 없는데? 오메가 스쿼드 프로그램은 완벽하게 작동하고 있다고!'

셀레스티아는 어린아이가 심통을 부리듯 주먹을 꼭 쥐며 유리 벽에 이마를 댔다.

에코 스쿼드와 오스카 스쿼드가 본관 안으로 들어가자 다른 대원들 전원이 각자 맡은 방향을 향해 시선을 고정하고 소총을 들었다.

중형, 대형 화기를 든 대원들도 마찬가지였다.

오스카 스쿼드는 본관 입구에 자리 잡는 즉시 수칙대로 장비를 꺼내 전파 방해를 시도했다.

치프는 자신을 따라다니는 에코 스쿼드의 움직임을 살폈다.

그들에겐 일말의 흔들림도 없었다.

'역시 전파방해 따위로 오메가 스쿼드 프로그램을 방해할 수는 없군.'

기대감을 접은 치프는 계단을 이용하여 본관 지하의 감금 시설로 내려갔다.

복도에 들어서기 직전, 치프는 걸음을 멈추고 에코 리더에게 말했다.

"수칙에 따라 안전 확인."

고개를 끄덕인 에코 리더는 대원들에게 수신호를 보냈다.

그들은 훈련을 통해 체득한 움직임과 '수칙'에 맞춰 복도 진입로 좌우로 이동한 뒤 각종 감지기를 이용하여 시설 내부에 위험 요소가 있는지 확인해 봤다.

"이상 없습니다. 암살자들과 켐리의 대치 상태에도 변화가 없습니다."

"그럼 난 포프와 함께 들어가겠다. 자네들은 공동대표의 지시대로 나에 대한 경호와 제압을 준비해."

"알겠습니다, 원사님."

에코 리더의 소총 끝이 치프의 등판에 닿았다.

"어서 움직이십시오."

"너무 보채지 말라고."

투덜거린 치프는 복도를 지나 오파로아 암살자들이 갇혀 있는 곳으로 들어갔다.

아직도 팔을 제압당한 상태인 켐리는 소변을 참느라 식은땀을 흘리고 있었다. 치프는 실실 웃으며 그를 살펴봤다.

"다리를 모으고 있는 모습이 섹시한데?"

"사, 사장님!"

눈을 돌려 치프를 본 켐리는 에코 리더가 그의 등판에 소총을 대고 있는 모습을 보고 흠칫했다.

"사장님?"

"신경 쓰지 마. 어른들의 놀이 중에 하나야."

"이해가 안 되는데요?"

"됐으니 넌 사장실로 올라가서 포린과 포티를 찾아봐. 사장실에 있으면 거기서 함께 놀아주고."

"당장에라도 가고 싶지만 이 여자들이 안 놓아준다고요!"

"알아."

치프는 옆에 서 있는 포프의 헬멧 위를 손등으로 두드렸다.

"당신네들이 원하는 대로 포프를 데려왔으니 켐리는 놔줘."

"…이 녀석을 그냥 놓아주면 우리가 벌집이 될 것 같은데?"

알몸의 암살자 중 한 명이 경계심과 두려움이 섞인 눈빛으로 치프를 보며 물었다.

"벌집을 정말 좋아하나 보군. 한마디만 더 지껄이면 너희들 시체에 꿀을 채워서 들판에 내던질 거야. 그라니트의 곤충들이 얼마나 크고 먹성이 좋은지 모르지?"

"오늘 기분이 별로인가 보군. A—1730."

"증명당하고 싶나?"

"그래, 알았어. 그렇다면 그 계집이 포프 베르자르라는 것을 증명해라. 우리가 보기엔 그냥 헬멧을 쓴 계집애일 뿐이야."

"흠. 포프, 얼굴을 보여줘."

포프는 지시대로 헬멧을 벗었다.

그녀의 얼굴을 확인한 오파로아의 암살자들은 탄성을 지르며 철창에 바짝 붙었다.

"오오… 베르자르. 스위트 베르자르 님의 젊은 시절과 똑

같아."

켐리는 자연스레 해방됐다. 그 순간 큰 인내심을 발휘하여 생리 현상을 억제한 켐리는 뒤뚱뒤뚱 밖으로 달려 나갔다.

"그럼 얘기를 나눠봐. 이상한 짓을 했다가는 알지? 그리고 포프는 반드시 헬멧을 착용해야 돼."

"확인했으니 상관없다, A─1730."

포프는 다시 헬멧을 썼다.

뒤로 한 발자국 물러난 치프는 뒤에 있는 에코 리더에게 손짓했다.

"혹시 담배 있나?"

에코 리더는 말없이 담배와 라이터를 넘겼다.

"미안하지만 이곳의 공조 장치도 꺼줘."

"간접흡연을 강제하시려는 겁니까?"

"온몸으로 비난받고 싶어서 말이지."

"……."

에코 리더는 잠깐 주저하다가 치프의 부탁대로 공조 장치를 껐다.

치프는 오랜만에 담배를 물고 불을 붙이며 포프와 암살자들을 지켜봤다.

포프는 암살자들의 손이 닿지 않는 거리까지 접근했다.

"저에게 무슨 볼일이시죠?"

"포프 베르자르여. 스위트 베르자르 님의 뒤를 이어 마스터 어쨰신이 되어주십시오."

"전 생각 없어요. 당신들 자매단을 이끌 능력도 안 되고요."

"자매단을 해산시키셔도 상관없습니다. 스위트 베르자르 님과 마찬가지로 자유의 어둠을 완벽히 당신의 손에 넣고 우리에게 걸린 족쇄를 해방시켜 주십시오."

"자유의 어둠을 완벽히 손에 넣으라니요?"

"켐리라는 녀석에게 들었습니다. 자유의 어둠이 위험 수준까지 도달했다지요?"

"……."

"그렇다면 당신은 이미 도달했을 겁니다. 무기 없이도 상대를 암살할 수 있는 경지에 말입니다. 스위트 베르자르 님의 피를 이은 당신은 가능했지만 진 플레커는 결코 도달할 수 없었지요."

암살자의 말에 포프가 두 주먹을 꽉 쥐었다. 치프는 무기 없이 상대를 암살하는 경지가 무엇인지 몰랐지만 포프는 알고 있었다.

"모든 시작은 스위트 베르자르 님과 진 플레커를 가르친 남자, 즉 나이트 스토커의 스승입니다. 당신이 그를 쓰러뜨리면 자유의 어둠과 관련된 모든 저주가 풀리지요."

"나이트 스토커의 스승이요? 그 할아버지를 쓰러뜨리는 것과 저주가 무슨 상관이죠?"

"그는… 그랜드 마스터는 아주 오래된 존재입니다."

암살자가 말했다.

"그는 아주 오래 전에 나이트 스토커로서의 삶을 포기한 이후 누군가의 부하로서 자유의 어둠이 전승되는 과정을 지켜봐 왔지요. 저는 똑똑히 기억합니다. 마스터 어쌔신으로서 우리를 훈련시키시던 스위트 베르자르 님의 곁에 그가 항상 있었던 것을 말이죠. 그리고 자유의 어둠은 족쇄가 되어 우리 자매단의 정신을 묶어놓았습니다."

"믿을 수 없어요. 그 정도의 이야기는 얼마든지 꾸며낼 수 있잖아요?"

포프가 단호하게 말했다.

그러자 암살자들이 그녀의 앞에 일렬로 늘어섰다.

"그렇다면 자유의 어둠을 이용하여 우리들을 살펴보십시오. 지금의 당신이라면 느낄 수 있을 겁니다."

"……."

마음을 굳힌 포프는 호흡을 멈추고 정신을 집중하여 자신에게 내재된 힘을 끌어올렸다.

치프는 그와 동시에 엠파시를 사용했다. 포프의 위치를 놓치지 않기 위해서였다.

그러나 치프는 얼마 못 가 눈을 깜박이며 엠파시를 풀었다.

포프의 몸에서 검보라색의 기운이 대량으로 올라오고 있었기 때문이다.

'저 힘이 저랬나?'

한번 방출됐던 자유의 어둠은 포프가 숨을 들이마시자 순식간에 수습되었다.

치프는 담배 끝에서 올라오는 연기를 살폈다. 몇 발자국 떨어진 지점에서 꽤 큰 규모의 현상이 있었음에도 불구하고 담배 연기는 수직으로 곧게 올라가고 있었다.

'시각적인 효과에 지나지 않거나, 상식을 완전히 초월했거나.'

그렇게 넘어가려 했던 치프는 불을 붙이기 전보다 훨씬 줄어든 담배의 길이를 보고 생각을 뒤틀어봤다.

'구식 스텔스 기술 중에 하나가 전파 흡수 물질을 이용하는 것이었지. 저 연기 비슷한 것이 작용과 반작용까지 흡수할 수 있는 녀석이라면 정말 활용 가치가 높겠어.'

그는 벽에 담뱃불을 눌러 껐다.

'그러니 누군가 나쁜 욕심을 갖기 전에 제거해야겠지. 역시 위험한 힘이야.'

치프가 고민하는 한편, 포프는 진 플레커를 찾을 때 이상의 집중력을 발휘해 암살자들을 철저히 살폈다.

이윽고, 그녀는 암살자들의 머리에서 뭔가 빛나는 것을 발견했다.

그 빛나는 부분을 자세히 살핀 포프는 경악했다. 그녀들의 뇌가 주황색으로 빛나는 철사 같은 것에 묶여 있었기 때문이다.

"지금 제 눈에 보이는 것이 바로 그 족쇄인가요?"

"그렇습니다."

암살자 중에 한 명이 자신의 머리를 가리켰다.

"이 족쇄는 그랜드 마스터를 쓰러뜨리지 않으면 풀리지 않습니다. 당신이 직접 그랜드 마스터를 쓰러뜨려 주십시오. 그리하면 우리들의 의식은 자유로워집니다."

"……."

쓰러뜨려 달라는 말은 즉, 죽이라는 말과 같았다.

포프가 당황하는 한편, 치프는 암살자들을 향해 손을 살짝 흔들었다.

"그 딸기코 할아범의 존재 자체를 지워 버리는 거라면 나도 당장 할 수 있는데?"

"그랜드 마스터는 분명 제자를 갖고 있을 것이다."

"흠, 그래?"

치프는 시치미를 뗐지만 포프가 어깨를 들썩이며 당황하는 바람에 그의 심리전은 실패로 돌아갔다.

"제자가 몇 명인지, 또 어디에 있을지 우린 몰라. 아니, 모른다고 해두지. 하지만 확실한 건 한 가지야. Ａ―1730, 당신이 당신의 방식으로 그랜드 마스터를 손쉽게 죽인다면 그랜드 마스터의 권한도 그 제자들에게 이동할 거야."

암살자가 설명했다.

"대물림이 된다는 보장은?"

"의심이 된다면 지금 당장 그랜드 마스터를 죽여봐. 어디선가 똑같은 외모를 가진 그랜드 마스터가 다시 나타날 테니까."

"협박처럼 들리는군. 좋아, 생각해 보지."

차갑게 대답한 치프는 포프를 데리고 감방을 빠져나갔다. 에코 스쿼드가 그에게 총구를 겨눈 채로 함께 움직였다.

치프는 감방 입구 근처에서 멈췄다.

"포프, 괜찮아?"

그의 부름에도 불구하고 포프는 곧장 대답하지 못했다. 감방을 나올 때도 거의 끌려 나오다시피 했지, 제정신으로 나온 것은 아니었다.

"어쩌죠, 사장님?"

"어쩌긴, 네가 그 딸기코 할아범을 건드리지 않았을 때 손해를 보는 사람들은 저 암살자들뿐이잖아?"

치프가 수류탄을 들었다.

아까 에코 리더에게 담배를 받을 때 훔친 물건이었다.

에코 리더가 당황하는 한편, 치프는 손에 잡힌 수류탄의 안전핀을 뽑았다.

"정이 붙은 것도 아니니 날려 버리면 되겠지."

95
브로드 소드

"덮쳐!"

치프가 수류탄의 안전 손잡이를 날리기 직전, 에코 리더가 두 손으로 치프의 손과 수류탄을 감싸 쥐며 고함을 질렀다.

한꺼번에 달려든 대원들은 맨손으로 치프를 붙잡았다. 치프는 나름 발버둥을 쳤으나 경장갑 전투복이 보조해 주는 힘을 이겨낼 수는 없었다.

치프에게서 수류탄을 빼앗아 안전핀을 다시 꽂은 에코 리더는 대원들에게 붙들려 케이블 타이로 결박되는 치프를 돌아봤다.

"아무리 원사님이 대단하시더라도 경장갑 전투복 착용자들을 상대로는 의미가 없습니다. 이렇게 간단히 붙잡히실 텐데……."

에코 리더, 로버트는 말끝을 흐렸다.

'…잠깐, 너무 간단히 붙잡히셨어. 내가 아는 원사님이라면 수류탄이 아니라 소총이나 권총을 탈취해서 우리를 제압하셨을 거야.'

그는 좌우를 급히 돌아봤다.

방금 전까지 이곳에 있었던 검은색 경장갑 전투복의 소녀가 그 어디에도 보이지 않았다.

"포프 베르자르! 포프를 찾아! 감지기 꺼내서 샅샅이 뒤져!"

"아… 로버트 하사님."

우물쭈물하던 대원들 중 한 명이 그를 불렀다.

"무슨 일이지?"

"우리에게 내려진 지시는 원사님의 경호와 제압입니다. 포프에 대한 지시는 받지 못했습니다."

"…그렇지."

고개를 세 차례 흔든 에코 리더는 바닥에 쓰러진 치프를 잠시 바라보다가 이윽고 대원들에게 지시했다.

"원사님을 사장실로 데려가."

"알겠습니다."

대원들이 치프를 들고 옮기는 한편, 에코 리더는 자신이 잃어버린 장비가 없는지 살펴봤다.

그들이 모두 떠난 뒤, 복도 구석에 숨어 있던 포프가 살며시 움직였다.

'사장님께서 기회를 주셨어. 이제부터는 나 혼자 판단해서 움직여야 돼.'

하지만 그녀는 무기를 챙겨야 할지, 아니면 데스디아가 있는 곳으로 가야 할지 쉽사리 결정할 수 없어 망설였다.

'사장님께서는 암살자들의 일에 신경 쓰지 말라고 말씀하신 것 같지만 그럴 수는 없어. 내가 들키지 않고 키드와 그 딸기코 영감이 갇힌 곳으로 이동할 수 있다면 공동대표님이 계신 곳까지 도달할 수도 있다는 뜻이야.'

그런 생각의 한편으로는 자신의 판단이 과연 옳은 것인지 의문이 들기도 했다.

그녀의 심리를 읽은 듯, 검게 잠겨 있던 치프의 단말기가 포프의 팔뚝 보호대에서 반짝 빛을 냈다.

'응?'

단말기의 화면 잠금이 풀린 것을 본 포프는 다시 안전한 곳에 숨어서 단말기를 봤다.

'무슨 메시지라도 숨겨져 있나?'

단말기 화면을 보는 그녀의 눈에 빈 메모장이 저절로 떠올랐다.

─지금 상황에는 A─1730과 비슷한 실력의 전문가가 필요함.

누군가가 자신과 대화를 시도하려 한다는 것을 깨달은 포프는 단말기의 화면 하단에 보이는 키보드를 눌렀다.

'당신은 누구죠?'

─너를 안쓰럽게 생각하는 순수한 영혼.

답신을 본 포프가 인상을 찡그렸다.

'농담은 사양할게요.'

─너를 도와줄 사람이 한 명 있어.

'누구죠? 부사장님이신가요?'

—데스디아 브라토레가 셀레스티아 왕녀의 정신 공격에 휘말리지 않았을 보장은 없어. 확인하기 전까지는 적이야.

포프는 정신 공격이라는 말을 보고 침을 꼴깍 삼켰다.

'정신 공격이라면 날개 달린 자들까지……?'

—그들은 100% 적이야. 왕녀의 힘을 이겨낼 수 있는 존재는 아마도 엠페라투스뿐일 거야.

'갑자기 눈앞이 깜깜해지네요.'

—밑에 출력되는 번호에 전화를 걸어. 그러면 알게 될 거야.

포프는 화면 왼쪽 하단에 떠올라 반짝거리는 전화번호를 봤다.

'회사 본관은 오스카 스쿼드가 쏘는 방해전파가 깔려 있는데, 전화가 될까요?'

—UNSMC의 지휘관용 단말기를 얕보지 마.

포프는 자신과 채팅 중인 상대를 과연 믿어도 되는지 궁금했지만 상황이 상황인 만큼 믿고 밀어붙이기로 했다.

잘못되어봤자 망하기밖에 더하겠냐는 식이었다.

이윽고 누군가가 전화를 받았다.

—이야, 치프. 먼저 전화를 걸어주네? 아까 인사도 못 하고 떠나서 미안해. 너만 보면 가슴이 뛰어서 말이야.

여자의 목소리, 그것도 포프의 귀에 익숙한 음성이었다.

"로젤라… 주임원사님?"

포프는 마지막에 그녀를 어떻게 호칭할까 하다가 주임원사라는 호칭을 써주기로 했다.

―어라? 포프 베르자르? 치료가 끝났나 보네? 대체 무슨 일로 치프의 단말기를 쓰는 거지? 혹시 치프 몰래 나를 불러내서 승부를 겨루려는 거야? 아니면 나에게 대접받고 싶은 음식이라도 있어?

이 여자는 정말 맛이 갔다. 그렇게 확정지어 버린 포프는 듣기만 해도 구역질이 올라오는 로젤라의 목소리를 견딜 수 없었다.

그런데 단말기의 메모장에 메시지가 떠올랐다.

―제일 큰 햄버거 튀김을 버터 튀김과 함께 먹고 싶다고 할 것.

포프는 즉시 그 메시지를 따랐다.

"저기요, 제일 큰 햄버거 튀김을 버터 튀김과 함께 먹고 싶어요."

―아… 흠.

헬멧 속의 스피커에서 로젤라의 숨소리가 들려왔다. 그녀는 심호흡을 통해 스스로를 진정시키려 하고 있었다.

―A―1729 로젤라가 긴급 지원 요청 프로토콜을 확인. 현재 이행 중인 임무를 파기하고 본래 임무로 복귀함. 포프, 치프의 상태는?

포프는 로젤라의 목소리에서 특유의 그 찐득찐득함이 갑자기 사라지자 대단히 놀랐다.

"아, 사장님께선 지금 붙잡혀 계세요."

―어디에? 아니, 누구에게?

"UNSMC 아저씨들이요. 모두 이상해요. 전부 기계적으로 행동하고 있어요."

　—오메가 스쿼드 프로그램을 사용했나 보네. 왕녀가 결국 사고를 쳤군.

　"오메가 스쿼드 프로그램? 공동대표님이요? 혹시 뭔가 아시나요?"

　—내가 널 어디까지 믿어야 할지 모르겠지만… 뭐, 너도 날 믿진 못하겠지. 난 너에게 칼질을 두 번이나 한 사람이니까.

　"사장님을 어떻게든 구해주신다면 예전에 있던 일은 전부 없었던 걸로 해드릴게요!"

　—후후, 고마워. 역시 착한 아이네. 널 죽일 생각을 가진 적은 한 번도 없었다는 것만 알아줘.

　"알았으니 어서요!"

　—그럼 이제부터 잘 들어, 포프. 왕녀의 심리 상태는 지구를 처음 방문했을 때부터, 정확히는 운캄타르와 접촉하면서 불안정해졌어. 워낙에 맑고 순수한 아이였으니 탁해지는 것도 빨랐을 거야. 그녀는 그때부터 자기 자신을 우선시하기 시작했어. 누군가 왕녀의 감정 변화에 개입하기도 했고 말이지.

　"누군가의 개입이라니, 무슨 말씀이시죠?"

　—거기까지는 비밀. 지금 회사에 알타이르 전사들은 몇 명이나 있지? 내가 파악한 건 데스디아 브라토레 한 명뿐인데?

　"지금도 부사장님 한 분뿐이세요."

　—데스디아 브라토레의 현재 위치는?

　포프는 로젤라의 협조를 완전히 믿을 수 없었다.

　"모르겠어요. 저는 위스콘신에서 봉합 수술을 받느라……."

포프는 자신도 놀랄 만큼 자연스럽게 거짓말을 했다.

─아, 그렇지. 미안하네. 그럼 데스디아 브라토레는 내가 찾아볼게. 그 여자가 날 죽이려고 하면 네가 말려줘.

"명심할게요."

─사만다 카터는 어디 있지?

"사만다 언니는 부사장님 곁에 있지 않을까요? 아니면 사장님보다 먼저 붙잡히셨던가요."

─사만다가 붙잡혔으면 거기 있는 UNSMC 대원들은 다 죽었을걸?

"예? 그런가요?"

─치프의 눈을 뒤집을 수 있는 유일한 카드거든. 흠… 네 통신 신호를 보니까 경장갑 전투복의 나노 크리스털 내장재를 이용한 위성통신이네? 암호화가 잘됐어. 치프가 UNSMC 사양의 전투복을 너에게 줬니?

"맞아요."

─그렇구나. 치프는 뭔가 문제가 있다는 걸 느꼈던 거야. 그리고 이 통신 패턴은 인공지능 어시스트인데, 설마 군용 인공지능까지 너에게 준 거니?

"모르겠어요. 전 사장님께서 말씀하신 그대로 실행하고 있어요."

포프는 미지의 조력자에 대한 것도 숨겼다.

─오메가 스쿼드 프로그램에 영향을 받지 않고 움직여 줄 일손이 몇 명 필요하지만 그 상황에선 무리겠네.

"일손이요?"

—왕녀에 대한 개입을 차단해야 돼. 그것을 위한 도구는 내가 갖고 있어. 너랑 나, 그리고 데스디아 브라토레가 그것을 배치하고 작동시키기엔 일손과 시간이 부족해.

"…몇 명이나 필요하죠?"

—왕녀의 눈에 띄지 않고 우리를 도와줄 수 있는 사람이 있긴 하니?

"여덟 명 정도는 확보할 수 있어요."

—여덟 명? 누군지는 모르겠지만 정말 확보할 수 있겠어?

"예, 주임원사님. 우리 회사… 아니, 우리 집의 일이에요. 여기엔 동생 말고도 수많은 식구들이 있어요. 그리고 전 식구들을 위해서는 뭐든 할 수 있어요."

—후후, 젊음이란 정말 부럽네. 좋아, 나와 접선할 위치를 전송해 줄게. 사람들이 모이면 그쪽으로 보내도록 해. 그리고 가급적이면 데스디아 브라토레는 이쪽으로 보내지 마.

"예? 왜죠?"

—여자의 질투랄까? 그 계집은 치프의 사랑을 받고 있어.

"네?"

포프는 엄청나게 당황했다.

—물론 치프 입장에서는 아직 사만다가 우선이겠지만 말이야. 아무튼 빨리 움직이도록 해, 포프. 왕녀가 먼저 움직이면 힘들어져. 나도 한 장소에 오랫동안 있을 수는 없어.

"알겠습니다. 10분 주세요."

—10분을 넘기면 내 멋대로 할 거야. 건투를 빌게. 통신종료.

"예, 통신 종료."

통신을 마친 포프는 곧장 들어온 지도 좌표를 확인한 후 단말기의 메모장에 글을 썼다.

'로젤라를 믿을 수 있나요?'

—그녀는 회사를 제집 드나들듯 할 수 있으면서도 그 누구도 죽이지 않았을 뿐더러 민감한 시설을 타격한 적도 없어. 물론 원사님의 속을 긁긴 했지만.

'하지만 저는 두 번이나 당했어요.'

—이렇게 말하기는 미안하지만 누가 봐도 네가 제일 만만했거든.

포프는 피가 거꾸로 솟는 기분이었으나 일단 꾹 참았다.

'지하의 냉동 수면실로 가겠어요. 수면 장치의 해제 코드는 갖고 있나요?'

—있음. 어서 가자.

단말기 화면을 손으로 쓸어서 잠근 포프는 자유의 어둠을 이용해 몸을 숨긴 채 복도로 다시 나왔다.

복도에는 에코 스쿼드가 온갖 감지기를 동원하여 포프를 찾고 있었다.

하지만 포프는 벽을 타거나 그들의 가랑이 사이를 미끄러져 통과하는 방식으로 자신의 갈 길을 뚫었다.

비상계단과 환기구를 이용해 냉동 수면실에 들어간 포프는 수면실 안쪽에 은신하고 있는 남자를 보고 깜짝 놀랐다.

에코 리더였다. 그는 문과 냉동 수면 장치 아래에 부비 트랩을 설치한 채 대기 중이었다. 또한 에코 리더의 뒤쪽에는 사냥개 형태의 드론까지 능동 위장을 하고 있었다.

'미안해요, 로버트 아저씨!'

포프는 오른손 손바닥을 뒤로 당긴 채 에코 리더의 머리 위로 떨어졌다.

포프가 발휘한 어떤 힘에 의해 기절한 에코 리더는 앞으로 털썩 쓰러졌다.

드론이 흠칫했지만 그 드론마저도 몸통과 머리에 있는 배터리를 잃으며 기능이 정지했다.

한숨을 푹 쉰 포프는 단말기 내의 조력자, 잭팟의 도움을 받아 부비 트랩을 제거했다.

'어설프게 들어왔으면 큰일 났을 거야. 내가 정면 승부로 로버트 아저씨를 이길 수는 없을 테니까.'

그녀는 우선 키드가 있는 냉동 수면 장치를 해제했다.

수면 장치 내부를 가득 채운 특수 기체가 빠지고 키드의 혈색이 빠르게 돌아왔다.

이윽고 캡슐이 열리자 눈을 반쯤 뜬 키드가 밖으로 나오려 했다.

"키드, 내가 보여요?"

"넌……."

포프의 목소리에 반응한 키드는 순간 자신의 입을 두 손으로 가렸다.

예전에 누군가에게 들었던 이야기를 떠올린 포프는 수면장치 옆으로 숨었고, 키드는 포프가 있던 자리를 향하여 하얀색의 액체를 거하게 토해냈다.

키드를 부축하여 바닥에 눕힌 포프는 그의 이마에 붙은 서리를 떼어주었다.

"포프예요. 무리하지 마세요."

"포프……."

"정신없겠지만 미안한 얘기부터 할게요. 전 이제부터 키드의 스승님을 처리할 거예요. 이건 개인감정이 아니라 오로지 제 가족들을 위한 일이에요."

"……."

슬픈 눈빛을 보인 키드는 포프가 입고 있는 경장갑 전투복을 한번 살펴봤다.

"급한 일이지?"

그가 묻자 포프는 고개를 끄덕였다.

"…목소리가 좋아졌구나, 포프. 스승님께서 편히 눈을 감으실 수 있게 해줘."

스승에 대한 배신감과 죄책감을 껴안은 채 냉동 수면에 들어갔던 키드는 포프의 도움을 받아 냉동 수면 장치에 기대어 앉았다.

포프는 한차례 숨을 고른 뒤 키드의 스승이 들어 있는 냉동 수면 장치를 해제했다.

캡슐에서 특수 기체가 빠지는 것을 바라보던 포프는 순간 뒤로 몸을 젖혔다.

붉은색의 광선검이 캡슐의 특수 유리를 뚫고 나와 포프를 공격하려 한 것이다.

캡슐을 찢고 나온 키드의 스승, 딸기코의 노인은 붉은색으로 빛나는 눈으로 포프를 노려봤다.

구타를 당하고 치료조차 받지 못한 채 냉동 수면을 당한 자의 모습이 아니었다. 몸 안쪽에서 피어오르는 열기가 예사롭지 않았다.

포프는 그렇게 열기를 뿜는 자들을 수차례 목격했다.

데스디아는 그들을 '변질자'라고 불렀다.

"자유의 어둠이 느껴지는군. 내가 잠들어 있던 동안에 거기까지 진화했단 말인가?"

"당신은……!"

"그냥 봐도 스위트 베르자르의 전성기에 가깝군. 암살자의 길을 택했나? 그렇다면 나도 아르마게일… 아니, 라이트스톤 님의 의지에 따라 그랜드 마스터로서 너를 제거하마. 스위트 베르자르의 복제품은 너 말고도 둘이나 더 있으니 상관없겠지."

포프는 그가 아직도 자신의 동생들을 노린다는 생각에 치를 떨었다.

'역시 저 사람은… 죄송해요, 사장님! 오늘 사장님과의 약속을 깨겠어요!'

포프가 결심하는 한편, 딸기코의 노인은 왼손에서도 붉은색의 광선검을 뿜으며 살기를 흘렸다.

"젖내 나는 암살자여. 무기는 있나?"

그가 싱긋 웃었다.

그들의 모습을 구경하던 키드는 포프를 돕기 위해 오른손을 펼치고 힘을 써봤다. 하지만 광선검을 만들 정도의 신체 상태가 아니었기에 키드는 곧장 옆으로 쓰러지고 말았다.

'난 결국 쓰레기였단 말인가……!'

분노하는 키드의 눈에 검보라색의 빛이 보였다.

활짝 펼친 포프의 오른쪽 손바닥 위로 검보라색의 광선검이 뿜어지고 있었다.

로젤라의 헬멧에 순간적으로 흠집을 낸 힘이 바로 그것이었다.

"영원한 자유와 안식을 당신에게."

"…덤벼라, 마스터 어쌔신."

노인, 그랜드 마스터와 포프의 기세가 치열하게 부딪혔다.

손바닥에서 광선검을 꺼낸 것까지는 좋았지만 포프는 사실 당황하고 있었다.

곤봉 등의 무기를 다루는 법은 분명 착실하게 배웠으나 손바닥에서 출력되는 광선검은 이야기가 달랐다.

포프는 자신의 손에 맺힌 광선검의 끝이 정확히 어디인지 감이 잡히지 않았다. 물론 상대의 광선검도 읽을 수가 없었다.

광선검은 손아귀에 붙잡아서 휘두르는 무기가 아니었다. 손바닥에서 뿜어지는 위협적인 기운으로 상대를 공격한다는 것까지만 대충 알고 있을 뿐이었다.

'오크들을 상대할 때와는 너무 달라!'

포프의 온몸에서 가벼운 경련이 일어났다.

몇 분 남지 않은 제한 시간, 그리고 딸기코 노인의 만만치 않은 압박감이 그녀를 긴장시키고 있었다.

'사장님은 가볍게 처리하시던데.'

이윽고 딸기코 노인, 그랜드 마스터가 포프를 향해 한 걸음 움직였다.

포프는 반사적으로 뒷걸음질을 쳤다.

그것은 포프에게 있어서 불리한 동작이었다. 그랜드 마스터는 포프가 뒷걸음질할 것을 예상하고 있었다.

포프의 다리가 움직이자마자 돌진한 그랜드 마스터는 오른손에 맺힌 광선검을 힘껏 내밀었다.

포프에겐 상식적으로 두 가지 활로가 있었다.

첫 번째는 손에 맺힌 광선검으로 상대의 광선검을 막는 것, 두 번째는 옆으로 피하는 것이었는데, 불행하게도 어느 쪽을 선택하든 그랜드 마스터가 준비한 왼손 광선검에 걸려서 즉사하거나 치명상을 피할 수가 없었다.

그랜드 마스터는 본능적으로 승리를 자신했다.

그러나 그가 간과한 점이 있었다.

포프가 입고 있는 것은 UNSMC 사양의 경장갑 전투복이었다. 그리고 그 전투복은 잭팟이 들어 있는 치프의 단말기와 연결되어 있었다.

잭팟의 도움을 받아 그랜드 마스터가 상상한 것 이상의 속도로 땅을 디딘 포프는 뒤로 텀블링을 하며 그랜드 마스터의 시야에서 사라졌다.

'갑자기 빨라졌다고? 그렇군. 지구의 전투복 덕분인가?'

그랜드 마스터가 쓴맛을 다셨다.

그랜드 마스터의 몸에서 나오는 붉은색의 투기가 냉동 수면실의 절반을 채울 만큼 확장됐다. 자유의 어둠을 이용해 몸을 숨긴 포프를 감지하기 위한 하나의 방법이었다.

'투기 안으로 들어오거나 움직이는 순간 너는 끝이다, 마스터 어쌔신!'

최대한 집중한 그랜드 마스터의 모습은 투기장 한가운데에 내던져진 야수처럼 날카로웠다.

그가 뿌리는 투기의 영역 밖에 자리 잡은 포프는 로젤라와 약속한 시간이 점점 줄어드는 것을 보고 조급함을 감추지 못했다.

'어쩌지? 어쩌면 좋지?'

그녀는 자신에게 던질 수 있는 무기가 하나라도 있었으면 좋았을 거라며 한탄했다.

'아냐, 이럴 시간은 없어. 어떻게든 기회를 만들어야 해! 공동 대표님을 안정시키고 모두를 구해야만 한다고!'

그녀는 오른손의 광선검을 찌르는 도구로 삼아 그랜드 마스터를 공격하기로 마음먹었다.

문제는 그랜드 마스터가 뿌리는 투기였다. 포프는 그 투기가 자신을 잡아내기 위한 함정임을 알고 있었다.

'전투복의 근력 보조 기능을 사용하여 속도를 더 높인다면 가능할지도 몰라.'

하지만 이것은 막연한 기대에 불과했다.

그러나 그녀는 그 기대에 자신을 던져보기로 했다.

'난 오늘을 위해서 기술을 갈고 닦은 것일지도 몰라!'

치프가 그녀의 각오를 대놓고 들었으면 웃었을 것이다. 데스디아는 이상한 책이나 드라마를 좀 그만 보라며 진지하게 꾸짖었을지도 모른다.

포프는 어른들의 그러한 모습을 떠올리며 벽을 박차고 뛰었다.

투기 속에 포프가 들어오자 그랜드 마스터는 기계처럼 자동으로 반응하여 포프 쪽으로 뛰어올랐다.

그가 양손에 전개한 붉은색 광선검이 한층 더 강하게 불타올랐다.

'지금이 승부처!'

포프는 자신이 체득한 기술을 모두 동원하기로 했다.

포프에게서 발차기가 들어오자 그랜드 마스터는 왼손의 광선검으로 그녀의 발목을 자르려 했다.

그러나 발차기는 속임 동작이었다.

그랜드 마스터는 도중에 자세를 바꾼 포프를 헛쳤고, 몸을 둥글게 말았다가 활짝 편 포프는 상대의 왼쪽 어깨에 발꿈치를 꽂았다.

전투복의 특수 합금 소재로 보호된 발꿈치는 둔중한 망치나 다름없었다. 하지만 포프의 공격은 그랜드 마스터의 근육만을 손상시켰을 뿐, 뼈까지 망가뜨리지는 못했다.

그랜드 마스터의 오른손 광선검이 포프의 옆구리를 꿰뚫기 위해 휘어져 움직였다. 그랜드 마스터는 그 기술로 상대의 내장을 수없이 뽑아 구경해 본 자였다.

등과 허리 쪽의 자세제어 로켓을 이용하여 고속으로 밀착한 포프는 진흙탕 위에서 구르며 싸우듯 바짝 세운 무릎과 오른손의 광선검을 마구 움직였다.

광선검끼리 부딪히고 무릎과 팔꿈치가 닿아 튕겨 나갔다.

포프가 목숨을 걸고 시도한 접전은 불과 몇 초도 안 되어 서로 거리를 두는 것으로 끝나고 말았다.

"네가 제아무리 마스터 어쌔신이라고 해도 그 모든 기술의 원류는 바로 나다!"

그랜드 마스터가 고함을 질렀다.

그의 팔꿈치와 어깨, 정강이에서 피가 흘렀다. 경장갑 전투복과 공격을 주고받을 때 생긴 미약한 부상이었다.

포프는 그 부상들이 순식간에 복구되는 모습과 얼마 남지 않은 시간을 함께 보며 안타까워했다.

'어쩌지? 어쩌면 좋지?'

포프가 당황하던 그때였다.

—못 봐주겠군. 내가 셋을 세면 놈을 처리해.

누군가의 통신이 포프의 헬멧 안쪽으로 들려왔다.

—셋, 둘, 하나.

카운트가 끝나자마자 그랜드 마스터의 양쪽 무릎과 어깨가 부서지고 피가 터졌다.

그랜드 마스터의 뒤편에 쓰러져 있던 에코 리더의 권총 사격이 정확히 적중한 것이다.

그랜드마스터는 어이없다는 표정을 지은 채 무릎을 꿇었다.

"무슨… 비겁한……!"

그랜드 마스터의 안면에 포프의 검보라색 광선검이 닥쳐왔다.

그것은 최후가 될지는 알 수 없지만 최초임은 분명한 살인 행위였다.

포프는 상당히 망설였다. 하지만 그에 의해 죽은 딕슨과 어떻게 이용당할지 알 수 없는 자신의 동생들, 이미 이용을 당한 어머니, 그리고 진 플레커와 자매단의 모습 등이 그녀의 손을 이끌었다.

광선검에 머리를 관통당한 그랜드 마스터는 억울함이 섞인 신음을 포프에게 날려 보낸 뒤 이내 재가 되어 시체조차 남지 않았다.

"헉!"

포프는 긴장감에 참았던 숨을 토해내며 뒤로 주저앉았다.

권총을 거두고 일어난 에코 리더, 로버트는 포프에게 얻어맞았던 머리를 흔들며 혀를 찼다.

"사람 죽이는 일로 돈 벌 생각은 꿈에도 하지 마, 포프. 넌 실격이야."

"그, 그런 것 같네요. 두 번 다시 못 할 것 같아요."

포프는 격하게 숨을 헐떡였다.

"로버트 아저씨는 괜찮으세요?"

"너한테 얻어맞은 곳? 아니면 오메가 스쿼드 프로그램?"

"예?"

포프가 가진 오메가 스쿼드 프로그램의 정보는 아까 로젤라에게 이름을 들었던 것이 전부였다.

"모르면 됐어. 난 오스카 스쿼드가 전파방해를 개시했을 때 정신이 들었는데, 다른 대원들의 의식까지 돌아왔는지는 미지수야. 어쨌거나 암살자들의 소원을 들어줬군."

"제 목적을 아셨으면서 왜 부비 트랩을 설치하신 거죠?"

포프는 아직도 로버트를 의심하고 있었다.

"진짜 방해할 생각이었으면 환풍구부터 막아버렸겠지. 네가 사용할 길목 정도는 뻔히 알아."

"……."

"어쨌거나… 다음은 뭐지? 헐벗은 암살자 여덟 명을 친구로 삼는 것 따위로는 이 웃기는 상황이 끝날 것 같진 않은데?"

"맞아요!"

앉아 있던 포프가 벌떡 일어났다.

"그 사람들을 회사 밖으로 내보내야 해요! 그래야만 누군가가 공동대표님께 개입하는 것을 중단시킬 수 있어요!"

"너무 구체적이군. 누구에게 들은 계획이지?"

"그… 그건 말씀드릴 수 없어요! 아무튼 급해요!"

포프는 분명히 급했다. 목소리는 이리저리 튀었고 호흡도 불안정했다.

하지만 로버트는 그녀의 비밀을 그냥 눈감아줄 정도로 마음이 넓은 남자가 아니었다. 무엇보다 포프에게 제한된 시간이 주어졌다는 사실을 모르고 있었다.

"이건 중대한 문제야, 포프. 넌 이 일을 위해 사람을 죽일 각오를 했고 실제로 죽였어. 난생 처음 말이지."

로버트는 자신의 말을 강조하기 위해 그랜드 마스터가 죽어서 재가 된 장소를 가리켰다.

포프는 대답이 없었다.

"이건 너에게 어떤 확신이 있거나, 아니면 내가 모르는 누군가가 너에게 선명한 청사진을 보여주지 않는 한 있을 수 없는 일이야. 분명 네 뒤에 누군가가 있어. 냉동 수면 장치의 잠금을 해제한 것만 봐도 그래."

"…저를 믿지 못하시는 거죠?"

포프가 불안한 어조로 물었다.

"굳이 말하자면 엄청나게 걱정하는 쪽이야. 오해하지 말아줘. 심한 걱정은 역으로 상대에게 상처를 줄 때가 있지."

로버트의 말에 포프는 살짝 웃었다.

"경험담처럼 들리네요."

"내 조카가 딱 네 나이거든."

포프는 로버트의 그 이야기에 마음이 조금 놓였지만 더 이상 지체할 수는 없었다. 이대로 이야기를 나누며 시간을 소비할 수는 없었기 때문이다.

"지금 당장 아저씨를 구속하겠어요."

"무슨 수로?"

포프는 팔뚝 보호대에 설치된 치프의 단말기에 손끝을 올렸다.

그녀가 특별한 조작을 하지 않았는데도 단말기가 작동하더니 로버트의 경장갑 전투복을 잠금 상태로 만들어 버렸다.

로버트의 전투복은 몸에 딱 맞춰진 구속구가 되고 말았다.

전투복의 근력 보조 장치를 역이용한 방법이었는데, 로버트는 그것이 단순한 해킹으로 가능한 일이 아님을 알고 있었다.

"그 단말기, 혹시 원사님의 것인가?"

"맞아요."

로버트는 냉동 수면 장치가 왜 그리 간단히 해제됐는지 납득했다.

"아저씨는 앞으로 2분 정도 움직이지 못하실 거예요. 구속이 풀리면 키드를 돌봐주세요."

"날 구속하는 건 이해하겠지만 저놈을 돌봐달라는 부탁은 도저히 들어줄 수 없군."

"죄송해요. 그럼 전 가볼게요."

"흠… 포프."

로버트가 환풍구 쪽으로 뛰어올라가는 포프를 불렀다.

"네가 암살자들과 함께 뭔가 해보려는 것까진 알겠는데, 그렇다고 그 여자들과 너무 친해지진 마. 가치관이 다른 인간들이거든."

"…예, 아저씨."

대답한 포프는 환풍구를 통해 사라졌다.

그녀는 단말기의 메모장을 열었다.

'자매단을 홀딱 벗긴 채로 행동시킬 수는 없잖아요?'

─그들의 옷이 있는 곳을 알려줄게.

포프가 문자를 입력하자 잭팟이 답변했다. 잭팟이 안내한 곳은 감금 시설 바로 위층에 있는 창고였다.

지체 없이 그곳으로 달려간 포프는 캐비닛에서 암살자들의 옷만을 챙겼다.

암살자들의 무기와 각종 장비는 위스콘신에 엄중히 보관되어 있어서 시간상으로도 가져오는 것이 불가능했다.

옷들을 짊어지고 암살자들이 있는 감금 시설에 들어간 포프는 자신의 눈을 의심했다.

포프와 동갑이 아닐까 싶을 정도로 팽팽한 육체를 자랑했던 암살자들 전원이 운동을 열심히 한 40대 중반 여성의 모습으로 변해 있었기 때문이다.

그들을 옭아매고 있던 족쇄는 의식만이 아니라 육체의 시간까지 잠그고 있었다.

그랜드 마스터의 사망과 동시에 풀려 버린 족쇄는 그들에게서 젊음을 앗아갔지만 30년 가까이 강제로 유지된 젊음에 미련을 두는 자는 아무도 없었다.

철창을 연 포프는 그녀들에게 옷을 내밀었다.

"당신들에게 마지막 임무를 제안해도 될까요?"

"물론입니다. 마스터 어쌔신이여."

나이가 들어버린 암살자들은 각자의 옷을 받고 그것들을 즉시 입었다.

포프는 지도가 뜬 단말기를 들어 그녀들에게 보여줬다.

"여러분들은 여기 표시된 장소를 향해 움직여 주세요. 시간이 얼마 남지 않았어요."

"저희가 UNSMC의 감시망을 뚫을 수 있을지 모르겠군요."

"교란은 저에게 맡겨주세요."

포프는 단말기를 팔뚝 보호대 안에 넣었다.

자유를 되찾은 오파로아의 암살자들은 포프와 함께 은신을 한 채 이동했다.

에코 스쿼드가 온갖 감지기를 켠 채로 복도와 계단을 막고 있었지만 포프의 도움을 받은 암살자들은 곤충처럼 천장과 벽을 타고 이동하여 에코 스쿼드의 감시망을 벗어났다.

문제는 본관 로비였다.

암살자들보다 앞서서 로비로 가는 계단을 오른 포프는 로비 한가운데에서 팔짱을 단단히 끼고 있는 자신의 친구와 마주했다.

검은색 야구 모자를 깊게 눌러쓴 그녀, 젝스는 자신이 바닥에 깔아둔 전류를 헤치며 이동하는 포프를 따라 눈동자를 움직였다.

"한 가지만 물을게, 포프."

젝스가 묻자 포프가 걸음을 멈췄다.

"너, 왕녀 전하의 뜻을 거스르려는 건 아니겠지?"

"……."

포프로부터 대답이 없자 젝스가 오른팔을 포프 쪽으로 뻗었다. 젝스의 오른팔이 뒤틀리고 확장되더니 눈이 없는 드래곤의 입 형태로 바뀌었다.

"그건 내가 용납하지 않아!"

젝스의 고함과 함께 드래곤의 입안에서 막대한 양의 전류가 일어났다.

*   *   *

방탄유리로 구성된 숙소의 창문이 폭발의 충격으로 흔들렸다.

본관으로부터 전해진 충격파와 폭음에 놀란 데스디아는 자신이 기대어 앉아 있던 소파에서 눈을 떴다.

'뭐지?'

요르엘과 오라클이 손을 맞잡은 채 바닥에 쓰러져 있는 모습을 본 데스디아는 뭔가가 잘못 돌아가고 있음을 깨달았다.

그녀는 우선 요르엘과 오라클의 상태를 살폈다.

'둘 다 지쳤군. 어째서?'

데스디아는 방 안의 공기를 읽어봤다.

특별하게 감지되는 것은 단 하나, 스트라투스였다.

데스디아는 침대 위에 놓인 채 평소보다 더 강력한 기운을 흘리고 있는 그 칼을 손에 쥐었다.

'스트라투스가 왜 이 방에 있지? 난 꺼낸 적이 없는데?'

그녀는 누워 있는 요르엘과 오라클을 다시 봤다.

'설마 이 아이들이 스트라투스를 불러낸 건가? 어째서?'

갑작스런 위기감이 데스디아의 감각을 극도로 날카롭게 만들었다.

'본관의 상황을 봐야겠어.'

창가 쪽으로 움직이려 하는 순간, 데스디아는 방문이 뭔가에 긁히는 소리를 들었다.

'누군가가 문에 손을 댔군. 맨손은 아니고 금속 장갑을 끼고 있어.'

그녀는 어느 쪽을 먼저 처리할까 생각해 봤다.

'정령의 기운이 느껴져. 거칠고 미약한 이 느낌은 사만다의 것이야.'

스트라투스를 등에 찬 데스디아는 방문을 활짝 열었다.

눈에 보이는 것은 없었지만 뭔가 분명히 존재했다. 그리고 데스디아는 그러한 느낌에 매우 익숙했다.

'경장갑 전투복의 능동 위장 기능을 사용하고 있군.'

그녀는 문 옆으로 비켜섰다. 문 밖에 있던 존재가 안으로 걸어 들어오자 데스디아는 다시 문을 단단히 닫았다.

"사만다, 무슨 일이지?"

"무사하셨군요. 부사장님."

경장갑 전투복 차림의 사만다가 능동 위장을 풀고 모습을 드러냈다. 헬멧을 벗은 사만다는 방을 둘러봤다.

"요르엘과 오라클은 왜 저기에 있는 겁니까?"

"글쎄? 누워 있는 장소가 적절치는 않군."

데스디아가 그녀들을 옮기려하자 사만다가 손을 내밀어 그녀를 제지했다.

"제가 아이들을 옮기겠습니다. 부사장님께서는 주변 경계를 부탁드립니다."

"그러지."

사만다가 둘을 침대 위에 눕혀주는 동안 데스디아는 정령과의 교감을 이용하여 방 주변만이 아니라 숙소 전체를 탐색했다.

'무장한 UNSMC 대원들이 숙소로 진입했어. 외벽에도 꽤 많이 달라붙어 있군.'

지금 데스디아에게 있어서 중요한 사실은 대원들의 움직임이 아니었다. 그들이 갖고 있는 '적의'였다.

"사만다. 내가 잠깐 잠든 사이에 무슨 일이 있었지?"

"잠드셨다고 말씀하셨습니까?"

"맞아. 방금 전에 깨어났어. 본관 쪽에서 폭발이 일어난 것 같은데?"

데스디아의 말에 사만다의 표정이 심각해졌다.

"아무래도 부사장님까지 공동대표님의 힘에 영향을 받은 것 같습니다."

"셸리의 힘이라고?"

"공동대표님은 빅시티에서 민간인들의 진정을 목적으로 의식에 대한 개입을 하신 일이 있습니다. 기억하시지요?"

"셸리가 그 힘을 우리에게 썼다는 말인가? 적대적으로?"

"정말 나쁜 목적으로 사용하셨는지는 모르겠지만, 사용 사실만큼은 확실합니다."

"셸리의 목적이 뭐지?"

"그건 저도 모르겠습니다. 아무튼……."

사만다는 스트라투스에서 느껴지는 힘과 스트라투스를 장비한 데스디아의 모습에서 뭐라 표현하기 힘든 단단함을 느꼈다.

"스트라투스는 엠페라투스에게 받은 물건이지요? 그 칼이 공동대표님의 힘으로부터 부사장님을 지켜주고 있는 것 같습니다."

사만다는 오라클과 함께 침대에 반듯이 누워 있는 요르엘의 머리카락을 정돈해 주었다.

"이 아이들은 그것을 알고 부사장님을 지켜 드리기 위해 스트라투스를 불러냈겠지요."

"…오늘은 이상하게 바쁘군."

데스디아는 UNSMC 대원들이 어디까지 접근해 왔는지 감지하면서 손가락과 손목의 관절을 풀었다.

"셀리가 힘을 발휘하고 있는 상태라면 날개 달린 자들은 모조리 적이라고 생각해야겠군."

"엠페라투스만이 멀쩡하겠지요."

"…쯧."

혀를 찬 데스디아는 비로소 베란다의 문을 열고 밖을 봤다.

본관 로비 쪽에서 검은색의 연기가 폴폴 피어오르고 있었다.

"치프와 포프는?"

"파악할 틈이 없었습니다."

"사만다, 넌 왜 멀쩡한 거지?"

"……."

사만다는 대답하지 않았다. 그녀는 데스디아의 시선마저 피했다.

'저 아이에게는 분명 뭔가가 있군.'

베란다의 문을 닫으며 안으로 들어온 데스디아는 사만다에게 헬멧을 다시 쓰라는 수신호를 보냈다.

그녀가 헬멧을 쓰고 얼마 지나지 않아 UNSMC 대원들이 문을 열고 들어왔다.

그들은 문을 발로 차거나 폭파시키지만 않았을 뿐, 소총의 총구를 데스디아와 사만다에게 정확히 맞춘 채 밀물처럼 쏟아져 들어왔다.

창문과 베란다 근처의 벽에 붙어 있던 대원들까지 총구를 안

쪽으로 들이밀었다.

"자네들은 UNSMC 폭스 스쿼드와 킬로 스쿼드로군. 무슨 일이지?"

데스디아가 묻자 폭스 리더가 앞으로 나섰다. 물론 총구의 방향은 데스디아 쪽으로 유지했다.

"공동대표님께서 부사장님을 데려오라고 명령하셨습니다."

총구를 불쾌한 표정으로 바라본 데스디아는 주먹을 살짝 쥐었다.

"그렇군. 치프는 어디 있나?"

"방금 사장실로 연행되었습니다."

폭스 리더의 대답에 데스디아는 살짝 놀랐다.

"…자네들은 치프의 명령을 따라야 하지 않나?"

"UNSMC에 대한 명령 권한은 현재 공동대표님, 아니 셀레스티아 왕녀 전하께서 갖고 계십니다."

"……."

"저희가 모시겠습니다. 무장을 해제하시고 이쪽으로 오십시오."

"난 그렇다 치고, 이 아이들은?"

"사만다 카터 팀장과 엠피레오 행성인들은 던전에 감금할 겁니다. 반항하지만 않으면 그들의 안전은 보장될 겁니다."

"하아……."

결국 화가 치밀어 오른 데스디아는 한숨을 아주 길게 쉬었다.

"셀리가 왜 정신 나간 행동을 하는지 모르겠군. 뭐, 만나보면 알겠지. 하지만 난 자네들과 함께 갈 생각은 없어."

"유감입니다, 부사장님."

"흠."

데스디아가 반쯤 돌아서면서 손을 뻗었다. 능동 위장을 한 채로 침투하여 그녀의 후두부를 가격하려 했던 대원이 목을 덜컥 붙들렸다.

"난 치프가 우리 알타이르 전사들을 확실히 제압하기 위해서 그 재미없는 훈련을 반복한 줄 알았는데 오해였군. 자네들은 다른 이의 의지에 따라 치프를 배신한 적이 있어. 그런 일이 두 번 다시 일어나지 않는다는 보장은 없었겠지."

"저항하실 겁니까?"

폭스 리더가 물었다.

"서로 과실치사 정도는 각오하자고. 하지만 사만다나 다른 애들을 인질로 잡으면 이 행성의 흙과 뒤섞이게 될 거야."

"강제로 연행해 드리지요."

폭스 리더가 정령 교감 차단제가 든 수류탄을 들었다.

그러나 그의 의식은 거기서 꺼지고 말았다.

데스디아에게 헬멧 위를 정확히 강타당한 폭스 리더는 벽을 뚫고 옆방으로 날아가 처박혔다.

헬멧을 쓴 채 긴장하고 있던 사만다의 얼굴 쪽으로 연막탄 몇 개가 날아왔다.

안전핀과 안전 손잡이가 멀쩡히 부착된 그 연막탄들은 데스디아가 폭스 리더에게 강탈한 물건이었다.

사만다는 그것들 중 하나를 바닥에 던졌다.

천장을 뚫고 그들이 있는 방으로 돌입하던 킬로 스쿼드 대원들은 연막탄이 터졌음에도 불구하고 아무런 동요 없이 헬멧의 도움을 받아 데스디아를 쫓았다.

하지만 그들이 가장 먼저 목격한 것은 데스디아의 주먹에 맞아 무릎 높이까지 떠오른 UNSMC 대원의 모습이었다.

방에 진입한 대원들을 모조리 때려눕히고 벽에 박아버린 데스디아는 자신이 띄운 대원을 오른손 주먹으로 후려쳤다.

천장에서 내려온 대원들은 데스디아에게 얻어맞고 날아온 대원에게 휘말려 베란다 밖으로 튕겨나갔다.

"사만다. 내가 모르는 곳으로 가도 상관없어. 아이들을 데리고 피신해."

데스디아는 연막 속에서도 자연스럽게 호흡하며 말했다.

"부사장님은 어찌하실 겁니까?"

"다 때려눕히고 치프를 구해야지."

다른 대원들이 벽을 뚫으며 돌입해 오자 데스디아는 주먹과 손바닥으로 그들의 경장갑 전투복을 가격했다.

가슴 보호구가 손바닥 모양, 혹은 주먹 모양으로 우그러들며 날아가는 건 기본이었다. 헬멧에 발차기를 맞아 다른 방으로 옮겨가는 경우도 흔했다.

데스디아는 소총의 자동 조준기가 반응하지 못하는 속도로 순간순간 움직이며 모두를 제압했다.

"저항을 멈추십시오, 부사장님!"

킬로 스쿼드와 폭스 스쿼드의 중장갑 전투복 착용자들이 들어오자 데스디아는 등에 찬 스트라투스를 뽑아들었다.

그녀는 사용자의 살의에 반응하여 칼집이 벗겨지는 스트라투스의 특성을 이용하여 그들을 칼집째로 후려쳤다.

살의를 느끼지 못한 스트라투스는 칼이 아니라 둔기였다.

중장갑 전투복의 헬멧이 일격에 파손되며 흩어졌다. 헬멧 안쪽에 경장갑 전투복용 헬멧을 따로 쓴 덕분에 대원들은 기절만 할 뿐, 죽지는 않았다.

물론 죽지 않을 정도로 목이 부러진 대원 역시 존재했다.

"사만다! 퇴로를 만들어주마!"

중장갑 전투복 착용자 중 한 명의 무장을 모조리 날린 데스디아는 포환을 던지듯 그를 붙잡아 복도 쪽으로 던졌다.

문을 부수고 날아간 대원은 외벽까지 뚫으며 건물 밖으로 날아갔다.

사만다는 복도에 연막탄을 던진 뒤 요르엘과 오라클을 옆구리에 각각 끼고 그쪽을 향해 달렸다.

데스디아가 뚫어준 구멍을 통해 건물 밖으로 뛰어내린 사만다는 중력식 완충장치를 이용하여 안전하게 착지했다.

착지한 사만다의 옆에서 또 다른 UNSMC 대원들이 모습을 드러냈다. 그녀가 그쪽으로 나올 것을 예상한 것이다.

사만다의 전투복에 전기 충격기가 닿으려는 순간 데스디아의 망토가 사만다의 눈앞에서 나부꼈다.

주변의 대원들을 스트라투스와 주먹 등으로 때려눕힌 데스디아는 조명이 설치된 거대 돌기둥을 스트라투스로 부러뜨린 뒤 그것을 발로 차서 사만다가 나왔던 구멍에 처박았다.

"달려, 사만다!"

고함을 지른 데스디아가 아무것도 없는 허공에 주먹을 내밀었다.

둔탁한 소리와 함께 능동 위장이 풀린 UNSMC 대원의 모습이 드러났다.

보도블록을 긁으며 뒤로 밀려 나간 대원은 주먹에 맞는 것과 동시에 기절해 버렸기에 다시 일어나지 못했다.

데스디아가 스트라투스를 전속력으로 휘두르자 그녀와 교감한 공기의 정령이 망치의 추가 되어 능동 위장을 이용해 숨어 있던 대원들을 가격했다.

대원들이 가을바람을 맞은 낙엽처럼 쓸려 나가는 한편, 능동 위장으로 모습을 감춘 사만다는 훈련장을 향해 달려갔다.

그곳에는 특별한 건물이 하나 있었다. 바로 치프의 숙소였다.

지하에서 불규칙하게 이동하는 그 숙소는 정말 감이 좋은 자가 아니면 찾아낼 수 없는 최고의 은신처였다.

그 숙소를 불러낼 수 있는 코드를 가진 사람은 치프와 사만다 뿐이었다.

훈련장 구석으로 이동한 사만다가 아이들을 바닥에 놓고 단말기를 조작하려 하는 순간이었다.

누군가가 능동 위장을 풀고 사만다 앞에 나타났다.

"하하, 서둘러서 오길 잘했네? 이거 완전 대박인데?"

사만다는 상대의 목소리를 듣자마자 등골에서 힘이 빠졌다.

'A—1729!'

사만다에게 있어서 로젤라는 치프가 적으로 나타난 것과 맞먹을 만큼의 공포였다.

"오메가 스쿼드 프로그램까지 사용해서 널 지워 버리려고 했던 게 어제 같은데, 벌써 이렇게 커버렸네? 하지만 치프에겐 언제까지고 귀여운 공주님이겠지."

"……"

"알고 있어? 네가 치프를 망친 주범이야."

로젤라의 목소리가 낮게 깔렸다.

"제가 아저씨를 망쳤다고요? 네, 캠프장에서 아저씨 얼굴에 낙서를 한 기억은 나는군요."

사만다는 급하게 움직이느라 무장을 챙기지 못한 자신을 원망하며 로젤라의 등판에 장비된 특수 무기, '브로드 소드'에 시선을 뒀다.

"그래, 캠프장. 나도 기억해. 난 치프와 너, 그리고 너희 가족이 캠프장에서 노닥거리는 꼴을 위성으로 감시했어. 정말 엿 같은 기분이었지."

로젤라가 웃었다.

그녀가 연막탄과 금속 분말이 섞인 교란탄을 사방에 던졌다.

"치프는 너무 행복하게 망가졌어."

"……"

"난 그걸로 만족해."

"예?"

"치프의 숙소를 어서 불러. 네가 혹시라도 붙잡히거나 죽게 되면 치프는 더 많은 전우들을 죽이게 될 거야. 최악의 경우 셀레스티아라는 계집의 목까지 따버리겠지."

로젤라가 브로드 소드를 꺼내들었다.

크고 묵직한 쇳덩어리가 연막을 헤치며 나타났다.

UNSMC의 데토네이터였다.

"넌 살아야 해, 사만다."

로젤라가 데토네이터를 향해 뛰어갔다. 경장갑 전투복의 자세제어용 로켓 모터가 그녀의 속도를 데스디아 수준까지 끌어올렸다.

사만다는 황급히 자신의 단말기를 조작하여 치프의 숙소를 불러냈다.

한편, UNSMC 대원들을 쓰러뜨리며 회사 본관 앞까지 이동한 데스디아는 어느 정도 예상했던 상대와 마주했다.

바로 젝스였다.

젝스는 전투복이 뜯겨지고 정신을 잃은 포프를 옆에 내려놓았다. 챙이 살짝 잘린 모자는 옆으로 내던졌다.

"부사장. 기억해? 난 이 회사에 온 첫날, 바로 이 장소에서 부사장에게 얻어맞았어."

"물론 기억하지. 그때 덜 맞았나 보구나, 젝스."

데스디아의 거친 대답에 젝스는 이를 꽉 물었다.

"그때와는 다를 거야."

젝스가 허리에 차고 있던 단검 형태의 블레이드 하운드를 손에 쥐었다.

"왕녀 전하를 위하여!"

소리를 지른 젝스의 허리가 칼집이 씌워진 스트라투스에 맞으며 기역 자로 꺾였다.

주변에 쌓인 먼지와 흙이 구형으로 퍼졌다. 데스디아를

조준한 채 대기하고 있던 UNSMC 대원들도 충격파에 휘청 거렸다.

옆에 쓰러져 있던 포프도 데굴데굴 굴러갔다.

하지만 젝스는 비틀거리다가 두 발로 땅을 디디며 버텼다.

데스디아는 손상된 늑골과 허리를 재생시키며 자세를 다시 잡는 젝스의 모습을 보고 쓴웃음을 지었다.

"단단해졌구나, 젝스. 몸과 마음, 모두 말이야."

"사장이 나에게 많은 걸 가르쳐 줬어."

젝스가 단검 형태의 블레이드하운드를 고쳐 들었다.

"나에게 배운 건 전혀 없다는 말로 들리는군."

데스디아가 섭섭하다는 투로 말했다.

"물론 부사장에게도 감사하고 있어. 하지만 왕녀 전하의 명은 절대적이야."

"하, 이제 와서? 셀리를 모시지 않겠다고 선언한 게 언제인지 벌써 잊었니?"

데스디아의 지적에 젝스의 표정이 반쯤 구겨졌다.

"나의… 충성심을… 시험하지 마!"

고함을 지른 젝스의 블레이드하운드가 빛을 냈다. 블레이드 하운드의 칼날을 구축하기 위해서였는데, 데스디아는 그것을 보고만 있지 않았다.

젝스는 자신의 앞쪽에 데스디아가 나타나자 블레이드하운드 의 작동을 중단시키고 데스디아를 걷어차려 했다.

상대의 공격을 일부러 이끌어낸 데스디아는 젝스의 옆으로 이동한 뒤 그녀의 다리를 걸어 넘어뜨렸다.

다리가 부러지는 거 아닐까 싶을 정도로 큰 충격을 받은 젝스는 그대로 바닥에 넘어졌다.

젝스가 크게 누운 것을 확인한 데스디아는 오른손에 쥔 스트라투스의 끝으로 그녀의 이마를 찍어 내렸다.

젝스의 머리에 꽂힌 충격은 뒤통수에 닿아 있던 콘크리트 바닥까지 전해졌다.

바닥은 금이 갔고 바로 옆에 뚫린 아스팔트 포장도로마저도 오래된 빵 껍질처럼 깨져 나갔다.

그 공격을 끝으로 젝스는 완전히 기절하여 더 이상 움직이지 못했다. 머리가 터지거나 뭉개지지 않은 것이 이상할 정도였다.

하지만 데스디아의 싸움은 아직 끝난 게 아니었다.

"부사장!"

누군가가 고성을 지르며 본관에서 뛰어나왔다.

바로 파울라였다.

달리는 도중에 포탄처럼 몸을 날리는 그녀의 모습은 인간을 아득히 초월한 수준이었다.

데스디아가 고속으로 움직여 그녀의 돌진을 피했다.

육탄돌격이 먹힐 상대가 아님을 알고 있던 파울라는 그대로 하늘을 향해 솟구쳐 오른 뒤 드래곤의 모습을 갖췄다.

"모든 것은 왕녀 전하를 위하여!"

파울라가 하늘에서 선언했다.

약간 아뜩함을 느낀 데스디아는 스트라투스의 칼집을 제거해야 할지, 아니면 그냥 이대로 싸워야 할지를 심각하게 고민했다.

그녀에겐 시간이 없었다. 파울라는 이미 드래곤 브레스의 충
전을 끝마친 상황이었다.

96
굴욕에는 사랑도 담아서

드래곤 브레스가 하늘에서 떨어졌다.

그에 맞서 스트라투스의 검은색 칼바람이 날아올랐다.

잘려 나간 드래곤 브레스의 줄기들이 회사 곳곳에 떨어지며 대폭발을 일으켰다.

지상으로 내려온 파울라가 데스디아를 노리고 휘두른 꼬리가 본관에 직격했다. 하지만 본관은 상상 이상으로 튼튼한 건물이었다.

고층 빌딩도 한 방에 꺾어버릴 위력을 가진 파울라의 꼬리 공격을 정면으로 받고도 외벽이 조금 부서지는 것에 그쳤으니 더 이상 증명할 필요가 없었다.

치프는 백여 가닥의 케이블 타이로 두 팔이 구속된 채 사장실에 서 있었다. 그의 뒤쪽에는 소총을 든 UNSMC 대원 네 명이, 좌우에는 사냥개 형태의 드론이 자리를 잡은 채 그를 감시했다.

치프는 그 상태로 사장실의 유리벽을 통해 모든 것을 지켜보고 있었다.

데스디아와 파울라의 싸움으로 인해 처참히 박살 나는 회사의 모습과 그 파괴 속에서 이리저리 뛰어다니는 UNSMC 대원들의 꼴을 본 치프는 너무 어이가 없어 입도 벌리지 못했다.

사장실의 소파에는 켐리가 앉아 있었다. 포린과 포티를 양팔로 감싼 그 청년은 밖에서 펼쳐지는 파괴의 광경을 견딜 수 없어 바들바들 떨고 있었다.

'아아, 회사가… 부서지고 있어!'

켐리는 이제 또 하나의 집처럼 여기고 있던 그라니트 용역의 모든 것이 망가지는 모습을 두 눈으로 볼 수가 없었다.

반면 셀레스티아는 사장석에 앉은 채 미동도 하지 않았다.

"저기, 셸리."

치프가 그녀를 불렀다.

"네가 무슨 생각으로 저지른 일인지는 모르겠는데, 이러다가는 정말 수습할 수가 없는 상황이 될 거야. 잘 몰라서 그랬다는 말로 끝낼 수 있는 선을 넘었다고."

그러자 셀레스티아가 치프에게 차가운 눈빛을 보냈다.

'그래, 난 저 눈빛을 알아.'

치프는 자신의 과거를 잠깐 회상했다.

'열네 번째 생일 선물이랍시고 방탄까지 되는 군용 텐트를 사다줬을 때, 사만다가 딱 저런 눈빛으로 날 봤지.'

웃어넘기지 못할 상황이 벽 밖에서 펼쳐지고 있음에도 불구하고 치프는 웃을 수밖에 없었다.

"나에게 뭔가 하고 싶은 말이 있으면 지금 하도록 해."

"그래, 치프."

셀레스티아가 그를 향해 돌아앉았다.

"이 모든 일은 치프 때문이야."

"아, 그래?"

치프가 조금 퉁명스럽게 대답하자 뒤에서 지켜보던 켐리의 얼굴에서 핏기가 빠졌다.

'무슨 대답을 그렇게 하세요!'

하지만 겁에 질린 켐리는 입도 뻥긋하지 못했다.

치프가 한숨을 쉰 뒤 다시 셀레스티아를 봤다.

"나를 어떻게 해서 될 일이라면 어서 하도록 해. 피곤해 죽겠다고."

"태도가 나쁘네."

"태도? 태도 이전에 내가 오늘 하루 무슨 일을 했는지 좀 떠올려 줄래? 점심 식사 전에는 알타이르 행성에 뛰어내려서 오크들을 딸기잼으로 만들고 실버로드를 때려잡았어. 점심 식사 후에는 이 행성의 엉뚱한 곳으로 날아가서 라이트스톤과 드잡이를 했지."

"……"

"모두 오늘 일어난 일이야, 셀리. 일주일 동안의 대장정이 아니라고."

치프는 소리만 지르지 않았을 뿐, 아주 명확하게 화를 내고 있었다.

"치프가 라이트스톤과 싸울 수 있는 상황을 만들어준 게 누구인지 알아? 난 알타이르에서부터……"

"그 이야기는 이 자리에서 자세하게 말할 필요는 없어."

치프는 켐리와 포린, 포티의 존재를 간접적으로 지적했다.

"제발 진정하고 그만해. 이대로 가다가는 사상자가 발생할 거라고."

그의 말이 끝나자마자 파울라의 꼬리가 회사 본관을 한 번더 타격했다.

치프는 씁쓸한 표정으로 충격과 진동을 느끼며 화를 억눌렀다.

"네가 원하는 대로 다 해줄 테니 제발 멈춰."

"…그럼 일이 끝나도 여길 떠나지 않을 거야? 날 계속 도와줄 거지?"

셀레스티아가 아주 어렵게, 나름대로 용기를 내어 질문했다.

예상했던 이야기가 나오자 치프는 고개를 끄덕였다.

"약속할게."

치프의 대답을 들은 셀레스티아는 꼭 쥐고 있던 주먹을 풀었다.

치프는 그녀의 그 모습이 안타깝기도 하고 답답하기도 했다.

'사만다가 입양을 거절할 때도 나한테 저랬었지. 내 소통 능력의 한계가 이 정도란 뜻일 거야.'

회사를 뒤흔들던 폭음이 갑자기 잦아들었다.

유리벽 밖을 본 치프는 폭격을 맞은 것처럼 변해 버린 본관 앞마당 한가운데에 파울라가 고요히 내려앉는 모습을 봤다.

데스디아는 파울라와 그 주변에 깔린 UNSMC 대원들의 상태를 살폈다.

파울라는 아직도 싸울 태세였고 UNSMC 대원들은 흙먼지를 뒤집어쓴 채 그녀에게 총을 겨눴다.

"셀리, 뭐 하는 거야? 의식의 간섭을 풀어!"

"미안, 치프. 난 아직 치프를 믿을 수가……."

셀레스티아가 뭐라고 말을 하려는 순간이었다.

회사의 장벽 밖에서 파란색의 큰 빛이 터지고 하늘로 솟구쳤다.

일정 고도 이상 상승한 그 빛은 위스콘신 위쪽까지 치솟더니 폭죽처럼 터져 흩어졌다.

흩어진 빛이 드러낸 것은 하늘에 숨어 있던 은색의 거대한 구체였다.

치프는 얼마 전에 그 구체를 본 적이 있었다.

"함플테리아?"

그 구체의 물체 외벽을 따라 푸른색의 전류가 흘렀다. 그 구체가 마치 살아 있는 생물처럼 꿈틀거리자 셀레스티아가 그 자리에 주저앉았다.

"으윽……! 아아아악!"

바닥에 앉은 셀레스티아가 자신의 머리를 감싸 쥐며 고통에 찬 괴성을 질렀다.

치프는 사장실에 있는 시설들 전부가 그녀의 목소리에 반응하여 진동하고 전류를 머금자 서둘러서 UNSMC 대원들을 향해 돌아섰다.

"기본 수칙 잊었나? 민간인 보호! 켐리와 포린, 포프를 데리고 나가!"

그때까지도 치프에게 총을 겨누고 있던 대원들 중 세 명이 움찔하더니 치프가 지목한 '민간인'들에게 달려갔다.

그들은 소총을 등에 거치한 뒤 켐리와 포린, 포티를 각각 감싼 채 사장실을 이탈했다.

"원사님께선 어찌할 겁니까?"

아직 치프에게 총을 겨눈 한 명이 물었다.

팔을 묶은 케이블 타이를 그새 전부 풀어버린 치프는 대답 없이 사장실 밖으로 나갔다.

치프를 감시하던 대원도 결국 그를 따라 사장실을 이탈했다.

TV와 드론, 스낵바의 모든 시설들이 거미줄에 묶인 희생양처럼 전류에 얽힌 채 반응하려는 모습은 누가 봐도 두려운 광경이었다.

탈출한 이들은 엘리베이터 대신 비상용 계단과 사다리를 향해 몸을 날렸다.

사장실 안에서 노란색의 섬광과 폭발이 일어나고 유리벽이 튕겨 나갔다.

밑에서 그 상황을 지켜본 데스디아는 비상계단과 사다리가 있는 구멍으로부터 터져 나오는 콘크리트 파편을 보고 경악했다.

그러나 그녀는 그 자리를 떠날 수 없었다.

회사 상공에 떠 있는 함플테리아 때문이었다.

'저건 또 어쩌지?'

그녀의 고민은 그리 오래가지 않았다.

은색에서 검은색으로 천천히 물들던 함플테리아를 향해 위스콘신의 포격이 개시됐다.

함플테리아는 함포 직격탄을 수차례나 견뎌냈지만 포탄 두어 발이 몸체에 박히자마자 반격을 포기하고 하늘 위로 숏구쳤다.

함플테리아가 그렇게 사라지자마자 데스디아는 회사 본관으로 들어가려 했다. 그곳에 있을 치프를 구하기 위해서였다.

하지만 UNSMC 대원들이 소총을 겨눈 채 그녀의 앞을 막아섰다.

"결국 피를 보겠다는 건가?"

스트라투스의 붉은색 칼집이 그녀의 살의에 반응하여 산산이 흩어졌다.

결국 드러난 스트라투스의 칼날은 데스디아의 절박함에 의해 붉은색의 반사광을 공기 중에 흘려댔다.

"멈추십시오, 부사장님!"

UNSMC 대원들이 소리쳤다.

"죽고 싶지 않으면 당장 비켜!"

"아니, 오해하지 마십시오! 이건 저희들의 의지가 아닙니다!"

"…뭐라고?"

"누군가가 오메가 스쿼드 프로그램을 강제로 기동시킨 것 같습니다! 방금 풀리긴 했는데 이게 어설프게 풀려서……! 아무튼 부사장님께선 그냥 지나가시면 됩니다!"

"그럼 방아쇠에서 손을 떼던가, 아니면 안전장치라도 걸어! 내 머리에 총을 겨눈 놈들의 말을 어떻게 믿으란 말인가?"

"그게 안 됩니다! 저희들도 답답합니다!"

데스디아는 이를 빠득 갈았다.

"닥치고 구조부터 해! 본관 안에 사람들이 있지 않나?"

"아, 알겠습니다!"

하지만 대원들은 다른 행동을 취하지 않았다.

'죽으면 죽는 거겠지.'

배짱을 발휘한 데스디아는 스트라투스를 등에 거치한 뒤 복면을 끼고 본관 안으로 들어갔다.

그녀가 움직이자 UNSMC 대원들은 총구를 그녀의 머리와 등판 쪽으로 겨눈 채 그녀의 뒤를 줄줄이 따라갔다.

한편, 자신이 상대하던 데토네이터가 멈춘 것을 확인한 로젤라는 칼날이 완전히 나간 브로드 소드를 땅에 버리고 자신의 뒤쪽을 돌아봤다.

"암살자 아줌마들이 제 역할을 해냈군. 단말기만 다룰 줄 알면 제대로 사용할 수 있는 도구이긴 하지만 솔직히 걱정했는데 말이야. 어떻게 생각하니, 사만다?"

치프의 숙소를 아직 불러내지 못한 사만다는 로젤라를 가만히 바라보기만 했다.

"제길, 이 난리 법석이 다 너 때문에 일어난 일이야. 알고는 있니?"

로젤라가 권총을 빼들어 사만다를 겨눴다.

"난 네가 정말 미워."

사만다는 '네가 밉다'는 말을 유치원 때 한 번 들은 적이 있었다.

당시의 사만다는 또래의 아이들보다 훨씬 강한 완력과 싸움질에 대한 재능 때문에 나름 우쭐댄 적이 있었는데, 그 어린 오만함의 대가는 가장 친한 소꿉친구와의 절교였다.

절교를 선언한 친구가 사만다에게 마지막으로 던진 말이 바로 '네가 밉다'였다.

사만다는 그 친구와 어떻게든 화해를 하고 싶었지만 목성 식민지의 군벌이 그 친구와 친구의 가족들을 어디론가 끌고 갔다는 말만 들을 수 있었다.

시간이 흘러 치프를 만나게 된 사만다는 목성 식민지를 떠나야만 한다는 이야기를 그에게 들었다.

그녀는 떠나기 전에 자신의 소꿉친구를 만나고 싶다고 치프에게 부탁했는데, 치프는 몇 시간 정도 조사를 한 끝에 간단히 대답했다.

그 친구가 어디에 있는지, 뭘 하고 있는지, 살아 있기는 한 것인지 '전부 모르는 게 나을 것'이라고.

하지만 사만다는 친구와 친구네 가족의 이름이 생존자 명단이 아니라 사건 기록 명단에 있는 것을 똑똑히 목격했다.

'밉다'라는 말이 사만다의 마음을 무너뜨리는 스위치가 된 것은 그때부터였다.

"무슨 말씀이십니까?"

사만다가 로젤라에게 물었다.

"이 꼴을 보고도 그런 소리가 나와?"

로젤라는 팔을 휘저었다. 자신과 데토네이터들의 격전으로 인해 폐허가 된 훈련장을 잘 보라는 뜻이었다.

기이하게 꿈틀대는 데토네이터들의 모습과 검은색 윤활유로 오염되어 말 그대로 쑥밭이 된 훈련장의 모습은 전쟁터나 다름없었다.

"네가 오메가 스쿼드 프로그램을 처음 깰 때처럼 힘을 발휘했으면 이곳이 이렇게까지 되진 않았을 거야."

"……."

"치프가 이 꼴을 보면 정말 좋아하겠군. 넌 교정이 필요해, 사만다. 치프를 더 이상 불행하게 만들고 싶지 않으면 날 따라와."

하지만 사만다는 어린아이가 아니었다.

"아저씨는 불행 따위에 흔들릴 분이 아닙니다."

"…이제는 미칠 듯이 밉군."

로젤라는 사만다가 쓴 헬멧에 총격을 가했다.

방탄 처리된 사만다의 헬멧에 금이 가자마자 로젤라가 접근하여 사만다의 뒷덜미에 전기 충격기를 꽂았다.

사만다가 입은 경장갑 전투복은 UNSMC 사양이 아니었기에 군용 전기 충격기를 이겨내지 못했다.

기절한 사만다의 큰 몸을 어깨에 걸친 로젤라는 그 옆에 쓰러져 있는 요르엘과 오라클에게 눈을 돌렸다.

"소득이 아예 없는 건 아니네."

그 아이들까지 챙긴 로젤라는 무력화된 데토네이터들을 둘러본 뒤 모두를 데리고 그 자리를 떠났다.

먼지를 잔뜩 뒤집어쓴 탓에 머리는 물론 얼굴까지 하얗게 된 치프는 생수를 얼굴에 붓고 콧속까지 씻어냈다.

치프와 함께 구출된 켐리와 포린, 포티도 똑같이 먼지투성이 였으나 UNSMC 대원들이 필사적으로 보호한 덕분에 치프보다 는 상황이 조금 나았다.

아직도 기절한 상태인 포프의 팔뚝 보호대에서 자신의 단 말기를 꺼내 챙긴 치프는 금이 간 계단 위에 앉으며 한숨을 쉬었다.

"오늘의 일과가 이걸로 끝나면 정말 좋겠네."

"날도 저물어가는군."

치프 앞에 서 있던 데스디아가 힘 빠진 목소리로 말했다.

"그러고 보니 저녁도 못 먹었잖아?"

그가 한탄하자 데스디아가 쓴웃음을 지었다.

"내가 만들어줄까?"

"100% 식물성 음식을 줄 생각이라면 사양할게."

"나도 카레 정도는 만들 수 있어."

"…즉석 카레를 전자레인지에 넣고 돌리는 걸 '만든다'라고 하 진 않아, 넷디."

"……."

데스디아는 화가 났지만 실제로 즉석 카레를 염두에 두고 한 말이었기에 그 자리에서 따지진 않았다.

"그리고 지금은 회사 지하에 설치된 동력로가 안전을 위해서 차단된 상태야. 본관까지 저 모양이 될 정도로 난리가 났었으니 당연하겠지만."

치프는 다시 일어나서 회사를 둘러봤다.

"숙소는 겉보기엔 멀쩡하지만 온수는커녕 변기에 쓸 물도 안 나올 거고, 식당은… 드래곤 브레스에 직격을 당했나 보군. 터만 남아 있네."

옆에서 치프의 얘기를 듣던 켐리가 아쉬운 표정을 지었다.

"알케온 팀장님이 저걸 보시면 기절하시겠네요. 저기 있던 요리용 도구 대부분이 직접 고르신 물건이고, 어떤 것은 다른 행성에 가서까지 구입해 오셨거든요."

"…알케온이 다른 행성에 갔다는 건 처음 듣는 얘긴데?"

치프는 믿을 수 없다는 듯 인상을 찡그렸다.

"아마 사장님께서 우주연합 수도에 갇혀 계실 때의 일일 거예요. 일단 저는 그렇게 들었어요."

치프는 그 말이 사실이냐는 표정으로 데스디아를 돌아봤다.

"맞아. 루할트와 함께 갔다 왔지."

"대체 뭘 사온 건데?"

"부엌칼 세트. 대장장이가 직접 손으로 두드려 만든 물건이라며 극찬하더군."

"……."

치프가 당황한 기색을 대놓고 드러내자 데스디아가 피식 웃었다.

"알케온은 켐리의 말대로 기절한 게 분명하군. 정신이 멀쩡하거나 분노했다면 위스콘신에서 당장 내려왔겠지."

"아냐. 알케온은 강제로 재웠어."

"재웠다고?"

"회사 쪽에서 일이 이상하게 돌아갈 것 같았거든. 정말 피곤했는지 내가 자라고 하니까 그냥 자더라고."

"…그럴듯하지 않은 흐름이군."

데스디아는 셀레스티아가 사용한 의식의 간섭이 그냥 잠을 자는 것으로 예방할 수 있다는 사실을 믿을 수 없었다.

"알아봐야지. 위스콘신과 선원들은 멀쩡했잖아?"

"그 멀쩡한 위스콘신이 왜 이번 일을 방관한 걸까?"

"어지간한 막장 상황이 아니면 절대 대응하지 말아달라고 함장님께 부탁드렸거든. 내가 그분 바짓가랑이를 잡은 게 얼마만인지 모르겠네."

배고픔의 통증이 치프를 괴롭혔다.

"이봐, 뭔가 먹을 것 좀 없나?"

치프는 자신과 데스디아, 켐리, 포린과 포티를 완전히 포위한 채 소총을 들고 있는 UNSMC 대원들에게 말을 던졌다.

"원사님. 칼로리 스틱밖에 없습니다."

에코 스쿼드와 함께 총을 들고 있는 에코 리더, 로버트가 선제적으로 대답했다.

"자넨 괜찮나?"

"글쎄요."

로버트가 고개를 움직였다.

부서진 본관의 위쪽을 보라는 뜻이었다.

치프는 로버트가 가리킨 곳을 봤다.

셀레스티아가 폐허 위에 가만히 앉은 채 먼 산을 바라보고 있었다.

"혹시 오메가 스쿼드 프로그램에서 완전히 벗어난 사람들이 있나? 있으면 뒤로 물러나서 모이도록 해."

반쯤 벗어난 자들은 가만히 있었고 로버트처럼 완전히 벗어난 자들은 총을 내리고 대열에서 이탈하여 뒤쪽에 따로 모였다.

"그 그룹에서 최고 선임이 에코 리더인가?"

"그렇습니다, 원사님."

소총을 등에 거치한 로버트가 두 손을 들어 흔들었다.

"그럼 자네들은 팀을 나눠서 회사 안팎을 수색해 줘. 위스콘신에서 보급을 받을 수 있는 상황이라 판단되면 나에게 연락하고."

"알겠습니다, 원사님."

"우선 칼로리 스틱부터 하나 던지도록."

로버트가 던진 흰색의 칼로리 스틱을 받아 쥔 치프는 포장을 뜯은 뒤 그것을 최대한 빨리 씹고 즉각 삼켰다.

칼로리 스틱은 수분에 닿는 즉시 부풀어 오르는 식품이기에 껌처럼 입에 넣고 씹었다가는 턱이 빠지는 불상사를 겪을 수도 있었다.

"이제 사만다를 찾으러 가볼까?"

데스디아는 의외라는 표정으로 치프를 봤다.

'사만다와 관련된 일만큼은 감정적으로 처리하던 사람인데, 지금은 너무 냉정하군.'

치프는 총을 겨누고 있는 UNSMC 대원들에게 손짓했다.

"여기서 절반은 여길 지키고 절반은 날 따라오도록 해. 켐리는 이곳에 남을 아저씨들과 함께 젝스와 포프, 포린, 포티를 지켜봐 줘."

"저에게 무기 같은 것이 없어도 괜찮을까요, 사장님?"

켐리가 묻자 치프는 어깨를 들썩했다.

" 네가 총이나 나이프를 쥐는 순간 저 정신 나간 아저씨들이 너를 적으로 간주해서 벌집으로 만들지도 몰라."

치프의 경고에 켐리가 움찔했다.

자극을 받은 것은 켐리만이 아니었다.

"아닙니다, 원사님! 저희들은 괜찮습니다!"

남아 있는 UNSMC 대원들이 항의하자 치프는 혀를 찼다.

"방아쇠에서 손가락이나 떼고 얘기하시지?"

"……."

"아무튼 가자고."

치프는 데스디아의 팔목을 잡고 살짝 끌어당겼다. 본관의 폐허 위에 앉아 있는 셀레스티아와 그 옆을 지키는 파울라 때문에 남으려 했던 데스디아는 깜짝 놀랐다.

"나까지?"

"이 일을 해결할 수 있는 사람은 네가 아니야. 물론 나는 더욱 아니지. 나 때문에 일어난 일이라고 해도 할 말이 없는 상황이잖아?"

데스디아는 회사 상공에 함플테리아, 아니 하이시리스가 숨어서 셀레스티아에게 개입했다는 것을 자신이 감지하지 못했다는 사실 때문에 가슴이 아팠다.

하지만 셀레스티아를 자극시킨 열쇠가 '여기 일이 끝나면 지구로 돌아간다' 는 치프의 입버릇이라는 사실도 받아들이기가 어려웠다.

'난 셀리의 속을 전혀 몰랐어.'

묵직한 자책감이 데스디아를 괴롭혔다.

"그래… 그럼 이 일을 해결할 사람은 누군데?"

"며칠 내로 알게 될 거야."

치프는 피곤함을 진하게 섞어 대답했다.

UNSMC 대원들이 치프와 데스디아의 뒤를 따라갔다. 소총을 앞세운 채 따라가는 모습이 꼭 포로를 몰아세우는 것 같았다.

치프는 훈련장에 잔뜩 서 있는 데토네이터들을 보고 어금니를 한 번 물었다.

그는 단말기를 들고 데토네이터 탑승자들에게 통신을 보냈다.

"시에라 스쿼드, 들리나?"

—예, 원사님.

"거기서 뭐 하는 거야?"

—데토네이터의 조종간을 잡고 있습니다.

데토네이터들이 다시금 기이하게 꿈틀거렸다.

"운전이 제대로 안 되는 것 같은데?"

—오메가 스쿼드 프로그램이 강제로 풀린 후유증인 것 같습니다. 팔은 물론 다리도 움직이지 않습니다. 아무래도 프로그램

이 해제될 때까지 여기서 먹고 자고 싸야 할 것 같습니다.

"그러시군."

치프는 데토네이터들의 틈새를 지나갔다.

그는 각 기체의 감지기들이 자신을 따라 움직이는 것을 보고 내심 한탄했다.

'언제든지 내 머리를 날릴 기세로군.'

한참 걷던 그의 눈에 브로드 소드가 들어왔다.

그 브로드 소드는 칼날이 엉망진창이었다. 그것을 주워든 치프는 주변 상황을 살폈다.

데토네이터 몇 대가 동력로와 다리 관절 부근을 집중 공격 당한 흔적이 있었다.

"설마 그 칼 한 자루로 데토네이터들과 맞붙은 건가?"

데스디아가 물었다.

"브로드 소드는 주력 전차 장갑판도 자를 수 있는 물건이지만 데토네이터의 장갑판과 골격은 무리였겠지. 수직으로 꽂히는 대전차 철갑탄도 막아낼 수 있는 게 데토네이터를 이루는 소재거든. 아무튼 대단하네, 로젤라."

설명을 듣던 데스디아가 조금 빠른 걸음으로 움직였다. 그녀는 바이저에 금이 간 채 땅을 구르고 있는 헬멧을 들어 올렸다.

"이건 사만다의 헬멧이야. 설마 로젤라가 사만다를……."

"그러게? 난 로젤라가 이 기회에 사만다를 죽일 거라 생각했는데 말이야."

치프는 자신의 단말기에 남아 있는 포프와 로젤라의 통화 기록을 살피며 시무룩한 표정을 지었다.

"나와 거래할 일이 있다는 뜻이겠지. 아니면 사만다를 원하는 사람이 있던가."

단말기를 주머니에 넣은 치프는 홀가분한 표정을 지었다.

"이왕 이렇게 된 거 며칠 푹 쉬자, 뎃디."

"쉬자고?"

"이 폐허에서 할 일은 그것뿐이야."

"……."

데스디아는 사만다의 헬멧을 쓰다듬으며 그녀를 걱정했다.

치프는 그녀 앞에서 두 팔을 벌렸다. 그 모습을 가만히 바라보던 데스디아는 실소를 지으며 그와 마주 안았다.

신장차이 때문에 치프의 머리는 데스디아의 턱 아래에 머물러 있었다. 하지만 둘은 그처럼 사소한 것 따위는 가볍게 무시하고 체온을 나눠 서로의 상처를 보듬어주었다.

"고생이네, 당신."

"얼마 안 남았어. 그럴 거야. 괜찮아."

"……."

"그리고… 부탁인데 팔의 힘은 빼줘."

옛 사건, 베어허그의 트라우마를 떠올린 데스디아는 팔을 완전히 푼 뒤 치프의 등을 토닥거렸다.

*　　　　*　　　　*

나흘 뒤, 위스콘신의 식당에서 매우 군사적인 풍미의 아침식사를 하던 치프에게 한 통의 전화가 걸려왔다.

"오전 5시에 걸려오는 전화라……."

드넓은 식당에 혼자 있는 치프는 손에 든 닭다리를 놓고 휴지로 기름기를 닦은 뒤 단말기를 들었다.

"나야, 레투가. 뭐… 괜찮아. 사만다는 찾지 못했어. 요르엘과 오라클도 사만다와 함께 잡혀갔으니 조만간 우리가 경험한 적이 없는 절망에 빠지겠지. 나? 하하, 난 지구로 도망갈 거야."

농담을 한 치프의 귀에 예상 못 한 이야기가 들려왔다.

"내일 오전에 방문하는 VIP를 경호해 달라고? 아니, 딱히 문제는 없어. 알파와 브라보, 찰리, 델타 스쿼드는 당장에라도 움직일 수 있어. 그래, 소총을 붙잡고 식사하거나 볼일을 보지 않는다고. 그런데 이 웃기는 행성을 방문하겠다는 VIP가 대체 누구야?"

레투가로부터 대답을 들은 치프의 표정에서 짜증이 확 사라지고 생기가 올라왔다.

"아주 즐거운 무료 봉사가 되겠군. 하하!"

단말기 너머의 레투가는 치프의 웃음소리를 듣자마자 당황했다.

─자네 괜찮나? 회사 창립 이후 최고의 VIP가 방문하는 것인데, 너무 당황해서 실성한 건 아니겠지?

친구의 걱정에 치프는 코웃음을 쳤다.

"전혀. VIP 접대를 한두 번 한 것도 아니고."

─그렇다면 회사 청소를… 아니, 수리를 좀 하는 것이 어떤가? 아직 파편조차 정리하지 않았다며? 건설용 드론들만 돌리면 청소 따윈 몇 시간 만에 끝날 텐데?

"세상에는 적절한 시기라는 것이 있어, 친구."

―흠… 뭘 꾸미는지 모르겠지만 잘 되길 빌지. 왕녀 전하의 상태는 어떤가?

"여전히 먼 산만 바라보고 있지."

―걱정이군. 누가 도움을 줬으면 좋겠는데.

"괜찮아. 오늘 안에는 다 정리될 거야."

치프의 자신만만한 반응에 레투가는 말문이 막혔다.

―자네가 평소에 무슨 생각을 하는지 잘 몰랐는데 지금은 더더욱 모르겠군. 아무튼 자네 생각대로 정리가 되길 빌지. 그럼 오전 10시에 공항에서 보세.

"그래, 그때 보자고."

통화를 마친 치프는 단말기를 놓고 닭다리 튀김을 다시 들었다.

"혼자만의 즐거운 식사는 오늘까지인가? 아쉽네."

그는 가볍게 한탄하며 식사를 계속했다.

*　　　　　*　　　　　*

오전 8시.

경장갑 전투복을 입고 회사 훈련장에 내려온 치프는 앞에 모인 알파, 브라보, 찰리, 델타 스쿼드를 살폈다.

"다들 준비됐나?"

"문제없습니다, 원사님."

죠니가 대답했다.

그 두꺼운 턱의 군인은 손으로 잠깐 옮겨 들었던 시거를 다시 입술 사이에 끼웠다.

"그런데 청소 정도는 해야 하지 않겠습니까? 나름 VIP가 오는 게 아니라 진짜 VIP의 방문인데 말입니다."

"일부러 안 하고 있는 거야."

치프의 대답에 죠니는 모르겠다는 표정을 지었다. 그런 그의 어깨 위에 팔뚝을 얹은 사람이 있었다. 바로 킹이었다.

"자네는 결혼을 안 했으니……. 안 해서 모르는 거야, 죠니."

킹의 말을 들은 죠니는 전쟁터처럼 변해 버린 회사의 전경을 다시 둘러봤다.

"청소는 미혼 남자들이 오히려 잘하지 않나?"

죠니가 투덜거렸다.

그러자 치프 옆에 서 있던 또 한 명의 기혼 남성, 안드레이가 가볍게 한숨을 쉬었다.

"청소와 성별은 관계없어. 청소를 하는 인간과 하지 않는 인간이 있을 뿐이지."

"그래, 성별과 마찬가지로 결혼 여부와는 관계없잖아?"

"정확히는 애를 키워봤느냐 마느냐의 차이겠지."

안드레이가 설명했다.

"난 여전히 모르겠군."

죠니의 안색이 더욱 안 좋아졌다.

치프는 나중에 얘기하자는 듯 손을 저었다.

"됐고, 우리가 잠깐 나간 사이에 로버트가 여길 맡을 텐데 괜찮을까?"

치프가 걱정하자 죠니가 무슨 소리를 하느냐는 표정으로 그를 봤다.

"원사님께서 가끔 잊으시는 것 같은데요, 로버트의 종합 전투 능력 평가치는 UNSMC 대원들 가운데 여섯 번째입니다. 안드레이 다음으로 강한 친구죠. 그래서 에코 스쿼드의 리더이지 않습니까?"

종합 전투 능력 측정 당시 평가치가 가장 높은 대원은 치프였고 그다음이 죠니였다.

로젤라는 죠니 다음이었는데, UNSMC 대원들 중에서 로젤라의 성적을 그대로 믿는 사람은 아무도 없었다.

그녀는 자신이 사무직이라는 핑계를 대며 평가 수행을 날림으로 해버린 인간이었다.

항상 밝던 킹의 표정과 무뚝뚝하던 안드레이의 표정이 평가치 얘기가 나오자마자 흙빛으로 변했다.

그들은 혼신의 힘을 다하여 평가 수행을 마쳤는데도 불구하고 로젤라의 성적을 넘어서지 못했기 때문이다.

"아니, 난 로버트의 전투 능력이나 지휘 능력을 얘기한 게 아니야."

치프가 지적했다.

"그러면요?"

"로버트가 멋대로 회사를 청소해 버릴까 걱정돼서."

대원들 사이에 잠깐 정적이 감돌았다.

"…예, 뭐, 로버트가 깨끗한 걸 좋아하긴 하죠."

"아무래도 출발하기 전에 확실히 말을 해봐야겠군."

치프는 고개를 가로저은 뒤 대원들을 향해 돌아섰다.

"모두 주목."

일반 담배와 시거, 군용 초콜릿 등을 즐기던 대원들이 모두 치프 쪽으로 돌아섰다.

"할 거 하면서 잘 듣도록 해. 나와 알파 스쿼드는 공항으로 먼저 가서 현장 상황을 살피겠다. 브라보와 찰리, 델타 스쿼드는 VIP의 이동 경로를 청소하고 위험 지역을 선점한다."

"빅시티는 저번에 싹 청소하지 않았습니까?"

킹이 질문했다.

"오크들이 들이닥칠 수도 있고 우리의 라이트스톤 아저씨가 참견할 수도 있잖아? 적어도 저격수가 위치할 만한 장소만큼은 확실히 점검해야지."

"VIP쪽에도 경호 인력이 있다고 들었습니다만."

이번엔 안드레이가 물었다.

"정확한 숫자는 듣지 못했어. 일단 VIP가 이곳을 시찰한 다음에 계산을 하겠다고 하시니 준비만큼은 깔끔하게 해야겠지."

시찰이라는 말에 대원들이 술렁거렸다.

"정말 청소하지 않아도 괜찮겠습니까?"

"괜찮아. 날 믿어."

"……."

"자세한 상황은 델타 리더에게 듣도록. 위스콘신에 연락해서 수송기 강하시키고 대기해. 난 잠깐 본관에 다녀올게."

"알겠습니다, 원사님."

치프가 본관 쪽으로 걸어가는 한편, 안드레이가 자신의 단말기를 들고 흔들며 대원들 앞에 섰다.

"브리핑을 하겠다. 각자 단말기를 점검하도록."

안드레이가 '오늘의 할 일'을 대원들의 단말기에 전송했다.

치프가 식당이 있던 장소를 지나갈 무렵, 소총을 든 채 그 앞을 지키던 UNSMC 대원들이 일제히 치프를 향해 총구를 돌렸다.

"좋은 아침입니다, 원사님."

"응, 좋은 아침. 다들 식사는 마쳤나?"

치프는 장전된 소총을 자신에게 정조준하고 있는 대원들에게 손을 흔들었다.

"현재 보급을 기다리는 중입니다."

"오늘 아침도 칼로리 스틱인가?"

"그렇습니다."

"하하, 다들 미치기 일보직전이겠군."

치프가 즐겁게 키득거렸다.

그 대원들은 오메가 스쿼드 프로그램의 문제로 손에서 총을 떼지 못하는 것은 물론 용변마저 전투복에 설치된 장치에 신세를 지고 있었다.

나흘을 그렇게 보낸 탓에 정신적으로 한계에 달한 대원들은 한숨을 내쉬었다.

"오늘이면 다 끝날 거야. 조금만 참으라고."

"알겠습니다, 원사님."

"뎃디는 어디 있어?"

"본관 위에 계십니다."

"그래, 편하게들 있어."

치프가 본관 쪽으로 슬슬 걸어갔다. 대원들의 총이 그를 따라 움직였지만 치프는 신경 쓰지 않았다.

본관 앞에는 도시락 상자를 두 손에 쥔 포프가 콘크리트 파편을 의자삼아 앉아 있었다.

그녀는 위스콘신의 병기창에서 지급받은 회색 야전 상의를 입고 있었다.

모처럼 지급받은 경장갑 전투복은 젝스에게 두들겨 맞고 파괴되어서 폐기 처분됐지만 포프는 그 선물에 대한 미련이 없었다.

당시 그녀가 전투복이 부서지는 것을 각오하고 젝스와 맞붙지 않았다면 암살자들의 탈출은 불가능했을 것이고, 암살자들이 로젤라의 지시에 따라 움직여 주지 않았다면 회사 상공에 잠복한 하이시리스를 쫓아내는 것도 불가능했을 것이다.

정말 큰일을 해냈음에도 불구하고 포프의 얼굴색은 엉망이었다.

셀레스티아는 병이 아닐까 싶을 정도로 풀이 죽어 있었다.

파울라는 UNSMC 대원들이 그렇듯 의식의 간섭에서 완전히 벗어나지 못하여 드래곤의 모습을 한 채 회사 본관 뒤쪽에 앉아 셀레스티아를 지키고 있었다.

젝스는 루할트, 반달리온과 마찬가지로 눈을 뜨지 못했다. 그나마 인간의 모습을 한 채 침대에 누워 있다는 것이 다행이었다.

현재 날개 달린 자들 가운데에서 정신이 멀쩡한 사람은 알케온뿐이었다.

포프는 그처럼 우울한 상황들을 받아들이기 힘들었다.

뿐만 아니었다.

잠을 자려고 눈을 감을 때마다 떠오르는 딸기코 노인의 죽음이 그녀를 극심하게 괴롭혔다.

포프의 등을 툭 두드리는 것으로 인사를 대신한 치프는 박살 난 사장실의 폐허 위에 앉은 셀레스티아 쪽을 올려다봤다.

"정말 꼼짝도 않네."

치프의 말에 포프는 손에 든 도시락 상자를 봤다.

"식사조차 계속 거르고 계세요. 물이라도 드셨으면 좋겠는데……."

"정신이 덜 들었나 보지."

치프의 대답은 꽤나 쌀쌀맞았다.

옆에 서 있는 포프는 물론 셀레스티아 곁에 있는 데스디아까지 그를 쳐다볼 정도였다.

치프는 데스디아를 향해 내려와 보라는 손짓을 했다.

본관의 높다란 폐허에서 곧장 뛰어내린 데스디아는 팔짱을 끼며 치프 앞에 섰다.

"왜?"

"VIP를 모시러 빅시티로 갈 거야. 정오 전에 올 테니 여길 부탁해."

"VIP?"

얘기를 전혀 듣지 못했던 데스디아는 처음에 살짝 놀랐다가 이내 눈을 찡그렸다.

"미리 얘기해 주지 그랬어? VIP라니, 대체 누군데?"

"이걸 봐."

치프는 단말기를 꺼내 그녀에게 보여주었다.

단말기 화면에 떠 있는 내용을 본 데스디아는 펄쩍 뛰기 직전까지 갈 만큼 경악했다.

"사실인가?"

"당연하지."

"그럼 청소라도 해야……"

그녀가 우왕좌왕하자 치프가 고개를 저었다.

"괜찮아. 이것도 하나의 방법이야."

"방법? 하, 당신이 무슨 생각을 하는지 전혀 모르겠군."

"아무튼 갔다 올게. 잘 부탁해."

"…음."

데스디아는 심호흡을 하여 마음을 진정시킨 뒤 고개를 끄덕였다.

잠시 후, 치프와 UNSMC 대원들을 태운 수송기들이 빅시티 쪽으로 날아갔다.

먼 산만 가만히 바라보던 셀레스티아가 그 수송기들 쪽으로 고개를 돌렸다.

"치프는… 가는 거야?"

그녀가 나흘 만에 입을 열자 곁에 있던 데스디아가 안도의 한숨을 쉬며 그녀를 안아주었다.

"조금 있으면 돌아올 거야. 귀한 손님이 오신대."

"손님……?"

셀레스티아는 주변을 돌아봤다.

자신의 격앙된 마음에서 비롯된 폐허가 적나라하게 들어오자 그녀는 눈을 질끈 감으며 웅크려 앉았다.

데스디아는 셀레스티아를 뒤쫓아 앉은 뒤 그녀를 토닥거렸다.

"머리라도 다듬자, 셀리."

데스디아가 빗을 꺼내 셀레스티아에게 보여주었다. 하지만 셀레스티아는 별다른 반응을 보이지 않았다.

데스디아는 안타까움에 속이 터질 것 같았다.

*   *   *

UNSMC의 수송기들이 하늘을 감시하고, 그 밑으로는 치프가 직접 모는 장갑차가 땅을 달렸다.

치프의 옆자리에는 과자 봉지를 든 헤이파가 뿌듯한 얼굴로 앉아 있었다.

"이 장갑차는 승차감이 좋군. 어찌된 것인가?"

"VIP 전용으로 세팅된 녀석이거든요. 장갑도 특히 더 두껍고 특수 장비와 편의 시설, 생존용 장비를 모두 갖추고 있어서 아쉽게도 속도가 잘 안 나오죠."

"속도를 즐기려고 여기에 온 것은 아니니 괜찮다네."

헤이파는 그 어느 때보다도 명랑해 보였다.

"근데 그 과자는 뭔가요?"

"첫째가 좋아하는 전통 과자일세. 어렸을 때 이것만 입에 물려주면 울음을 뚝 그쳤지."

"유통기한이 엄청난 과자일 것 같네요."

"생각해 보니 그때는 냉장고가 없었군. 그날 만든 음식은 그 날 처리해야만 했지. 우리 알타이르에 냉장고가 처음 소개되었 을 때 정말 많은 이들이 충격을 받았다네."

헤이파가 당시를 떠올리자 장갑차 뒤쪽 좌석에서 목소리가 들려왔다.

"나도 그때를 기억합니다, 브라토레 당주. 그때는 외계가 그 저 두렵기만 했는데, 그 두려운 장소를 직접 방문하게 될 날이 올 줄은 몰랐습니다."

"소인도 감개무량합니다, 여왕 폐하."

헤이파가 상냥한 목소리로 말했다.

"하지만 안심하십시오, 여왕 폐하. 폐하께서 머무실 곳은 다 소 투박하지만 이 행성에서 안전한 장소입니다."

"당주와 A—1730을 믿겠습니다."

"예, 폐하."

뒷자리에 앉은 VIP, 알타이르의 여왕과 대화하는 내내 고개 를 숙이고 있던 헤이파가 이윽고 치프에게 물었다.

"그런데 굳이 차량을 사용하는 이유가 뭔가? 난 틀림없이 위 스콘신이 올 줄 알았네만? 그리고 그것이 우리 알타이르의 여 왕 폐하를 위한 최소한의 의전이라고 생각하네만?"

그녀가 단검으로 푹푹 찌르듯 치프에게 따져 물었다.

"아, 그게… 일이 좀 있었거든요."

"일?"

헤이파가 의아해했다.

치프는 '의도적'으로 안타까운 표정을 지었다.

"셀리가 좀… 뭐, 가보시면 아실 거예요."

"으응?"

헤이파는 치프의 말과 표정을 이해할 수 없었다.

그리고 잠시 후.

장갑차는 삐걱삐걱 억지로 열리는 정문을 통과하여 회사 안으로 들어갔다.

치프가 미처 열어주기도 전에 장갑차 문을 박차고 내린 헤이파는 폐허가 되어버린 회사의 전경을 보며 당혹감에 빠졌다.

뒤따라 장갑차에서 내린 알타이르의 여왕은 행위 예술을 난생 처음 보는 사람의 표정이 되어 회사의 폐허를 구경했다.

"호오, 말씀대로 투박하군요. 브라토레 당주."

"……."

헤이파가 껴안고 있던 과자 봉지가 바닥에 툭 떨어졌다.

"이것들이……!"

눈을 그야말로 시퍼렇게 뜬 헤이파는 본관 폐허 위쪽에서 느껴지는 셀레스티아의 기척을 쫓아 눈동자를 움직였다.

그 기세에 겁을 먹은 셀레스티아는 데스디아 뒤에 숨더니 꼼짝도 하지 않았다.

"당장 내려오지 못할까!"

헤이파의 노성이 그라니트 용역의 폐허를 흔들었다.

셀레스티아의 두 어깨가 흠칫 떨렸다.

능력만으로 따지자면 셀레스티아와 헤이파는 비교 대상조차 아니었다.

만약 셀레스티아가 마음을 먹고 헤이파를 공격한다면 헤이파는 셀레스티아의 주먹이 몸에 닿기도 전에 몸이 분쇄되어 사망하고 말 것이다.

하지만 셀레스티아는 명백하게 겁을 내고 있었다.

하이시리스가 도망친 뒤 자제력을 회복한 그녀는 지난 나흘 동안 자신이 무슨 짓을 했는지 고민했고, 어렵지 않게 결론에 도달했다.

그 결론이란, 자신이 무슨 핑계를 내놓는다고 해도 이번 일을 정당화할 수는 없다는 것이었다.

하이시리스의 존재를 눈치채지 못한 것도 셀레스티아 자신이고, 아주 쉽게 영향을 받아 자제력을 잃은 것도 자신이며, 그야말로 과시하듯이 힘을 발휘해 버린 것도 다름 아닌 그녀 자신이었다.

그녀는 하이시리스가 대체 무슨 수로 자신에게 영향력을 발휘한 것인지, 그리고 하필 왜 나흘 전에 일을 저지르게끔 만들었는지 알고 싶었으나 혼자 생각해서 답을 얻을 수 있는 문제는 아니었다.

혼란은 거기서 그치지 않았다.

그녀는 처음에 사과와 피해 복구를 하는 것이 먼저라고 생각했다.

그녀의 눈에 당장 밟히는 것이 소총을 손에서 떼지 못하고 식사와 용변, 수면을 해결하는 UNSMC 대원들이었다.

치프와 데스디아, 포프와 그녀의 자매들, 켐리, 심지어는 빅시티로 외박을 나갔다가 돌아온 롸켓과 그의 녹색중대 친구들까지 그 UNSMC 대원들의 표적이 됐다.

물론 UNSMC 대원들이 사격하는 일은 없었지만 롸켓과 그의 친구들은 자신들이 어딘가로 이동할 때마다 대놓고 표적이 되는 것을 견딜 수가 없었다.

롸켓은 결국 회사로 복귀한 지 네 시간 만에 무급 휴가를 신청하고는 친구들과 함께 위스콘신으로 도망쳤다.

사실 남의 시선만 꾸준히 받아도 큰 부담을 가지는 것이 인간 심리인데, 그냥 시선도 아니고 군인의, 그것도 실탄이 장전된 소총의 총구와 무수히 마주한 채 움직이는 것은 보통 일이 아니었다.

회사에서 일하게 된 이후 나름 자신이 담대해졌다며 자부해왔던 포프도 그 상황을 두 시간 이상 이겨내지 못했다.

데스디아조차도 셀레스티아에게 집중한 덕에 그 웃기지도 않는 상황을 이겨낼 수 있었다.

반면 치프는 멀쩡한 얼굴로 총구를 마주한 채 보고받는 것은 물론 위스콘신에서 갓 튀겨온 닭튀김을 그들 앞에서 뜯어먹으며 능욕하는 만행까지 저질렀다.

셀레스티아의 입장에선 전부 괴로운 모습이었다.

그러나 그녀는 꼼짝도 할 수 없었다.

사과를 하자니 말을 제대로 할 자신이 없었고, 힘을 사용하자니 제어할 자신이 없었기 때문이다.

그녀는 끝없이 지쳐갈 뿐이었고, 나흘 동안 셀레스티아를 지켜본 데스디아도 힘들기는 마찬가지였다.

데스디아는 나흘 내내 셀레스티아에게 도움이 될 만한 말을 찾지 못했다.

급기야 남을 베고 쏘고 지휘하는 것을 제외하면 자신에게 무슨 능력이 있느냐며 자괴의 탄식을 할 정도였다.

반면 지금, 헤이파는 검지로 땅을 찍으며 셀레스티아를 재촉하고 있었다.

데스디아는 어머니의 그 모습에서 자신의 과거를 떠올렸다.

'그때도 저런 표정이셨지.'

어린 시절, 데스디아는 저택의 사용인에게 함부로 반말을 한 적이 있었다.

그 사용인은 성인식을 마친지 얼마 안 된 젊은이였고 일도 그렇게 잘 하는 편은 아니었는데, 옆에서 그 모습을 본 헤이파는 딸의 태도를 보자마자 격분을 했다.

어머니에게 몇 시간 동안 꾸중을 들은 데스디아는 이후 수일 동안 소화불량을 겪을 정도로 괴로워했다.

엉덩이를 몇 대 맞은 것 때문에 그런 것은 아니었다. 어머니가 일깨워 준 자신의 밑바닥이 너무 부끄러웠기 때문이었다.

그녀는 결국 사용인에게 고개를 숙여 사과를 했다.

그런데 헤이파 역시 사용인에게 허리를 굽혀 딸의 무례에 대한 용서를 구했다. 헤이파의 그 모습은 데스디아에게 아주 큰 충격을 주었다.

이후 데스디아는 다소 소극적이면서 지나치게 예의바른 모습으로 어린 시절을 보내게 됐는데, 덕분에 탈리케이아와 친해지는 계기가 마련되기도 했다.

추억을 마친 데스디아는 자신의 뒤쪽에서 우물쭈물하고 있는 셀레스티아의 손을 잡아주었다.

"괜찮을 거야."

그녀의 재촉에, 셀레스티아는 본관 뒤편에 드래곤의 모습으로 우두커니 앉아 있는 파울라를 돌아봤다.

파울라는 엄마로서가 아니라 의식의 간섭에 의해 셀레스티아를 지키고 있었다. 자유와 존엄성을 강탈당한 그 모습이 셀레스티아의 가슴을 찔렀다.

결국 셀레스티아는 데스디아의 등에서 벗어나 헤이파 앞에 내려왔다.

부릅뜬 눈으로 셀레스티아를 노려본 헤이파는 심호흡을 한 차례 한 뒤 알타이르의 여왕 쪽으로 돌아섰다.

"폐하. 부디 소인에게 시간을 허락해 주십시오. 지금부터 날개 달린 자들의 왕녀에게 조언을 하고 싶습니다."

장갑차 안에 앉아 있는 알타이르의 여왕은 면류관으로 얼굴을 감추고 있었다.

"우리 브라토레 당주가 흥분했군요. 제대로 된 절차를 바라는 것은 아닙니다만, 적어도 나와 왕녀님 사이에 통성명 정도는 하게끔 해줘야 하지 않습니까?"

여왕이 부담감 없이 말했다.

하지만 헤이파는 더욱 허리를 굽혔다.

"송구합니다, 폐하. 하지만 통성명 전에 이 아이의 얼굴 정도는 씻겨야 할 것 같아서 그만……."

"후후, 엄격하시군요. 허락합니다, 브라토레 당주여."

"감사합니다, 폐하."

허락을 받은 헤이파는 식당이 있던 곳을 향해 걸어갔다.

"따라오너라."

"예, 여사님."

셀레스티아는 달달 떨며 헤이파의 뒤를 쫓았다.

"브라토레 당주의 실력을 빌리기 위해 일부러 정돈을 안 했군요. A—1730이여."

여왕이 치프에게 말했다.

어느새 주변에 쫙 깔린 알파 스쿼드 대원들과 함께 주변을 경계하던 치프는 가볍게 웃음을 터뜨렸다.

"전문가의 경험이 필요할 것 같아서 그랬습니다, 폐하."

"자신이 방관자에 불과하다는 것을 인정하는군요."

"뭐… 그렇죠."

치프는 깔끔하게 인정했다.

한편, 완파된 식당을 보고 인상을 더욱 구긴 헤이파는 앞에 서 있는 셀레스티아를 보며 팔짱을 꼈다.

"대체 어떻게 된 일인지 직접 얘기해 보렴. 소상히 말이야."

"…예, 여사님."

셀레스티아는 나흘 전에 있었던 이야기를 천천히 풀어서 이야기했다.

처음부터 끝까지, 무려 20분에 걸쳐 그녀의 이야기를 잠자코 들어준 헤이파는 단단히 끼고 있던 팔을 풀었다.

"하이시리스라……."

중얼거린 헤이파의 손바닥이 셀레스티아의 뺨으로 향했다.

셀레스티아는 본능적으로 자신의 신체를 지키려 했으나 데스디아의 공격이 드래곤들의 방어 체계를 무시하듯 헤이파의 손바닥도 셀레스티아의 방벽을 뚫고 뺨에 작렬했다.

따귀 소리가 회사의 고요함을 찢어놓았다.

치프는 주변 경계에 몰두했다. 반면 데스디아는 눈을 질끈 감았다.

중심을 잠깐 잃을 정도로 세게 맞은 셀레스티아는 눈물을 머금은 채 자세를 바로 했다.

"사람들이 그렇게 우습더냐? 왕녀라고, 공동대표라고 너를 떠받들어 주는 사람들이 그렇게 우스웠더냐? 그래서 꼭두각시 인형처럼 함부로 대해도 상관없다고 생각했단 말이냐?"

"……."

"능력을 사용하기가 두려워서 가만히 있었다는 말은 이해하마. 위험성이 있는 것은 분명하니까. 하지만 실례에 대한 사과 정도는 초월적인 능력이 없이도 가능하지 않느냐? 입만 멀쩡하면 되는 것을!"

"……."

"사람들을 한곳에 모아놓고 사죄할 생각은 꿈에도 하지 마라. 한 명씩, 네가 직접 찾아다니며 사과해야 할 것이야."

"…예, 여사님."

셀레스티아는 손바닥으로 자신의 눈가를 눌러 눈물을 훔쳤다.

하지만 헤이파는 그녀에게 여유를 줄 생각이 없었다.

"가자꾸나. 우선 치프에게 사과해야 해. 하이시리스에 관한 일은 그들이 어떻게든 해줄 것이야. 그러니 너는 용서를 구하려 무나."

"네?"

헤이파의 급한 행동은 셀레스티아를 당황케 했다.

셀레스티아를 끌고 치프 앞으로 간 헤이파는 자신의 옷매무새를 깔끔하게 정돈했다. 셀레스티아 역시 그녀와 마찬가지로 옷과 머리카락을 다듬었다.

"내가 셸리를 잘못 가르쳤다네. 자네와 자네의 부하들이 느낀 배신감과 모욕감은 도저히 말로 할 수 없겠지. 내가 다시 잘 가르칠 테니 부디 이 아이를 용서해 주게."

헤이파는 셀레스티아가 보는 앞에서 먼저 허리를 굽혔다.

셀레스티아는 잠깐 넋을 잃을 정도로 당황했다. 반면 데스디아는 치프에게 몸을 숙인 어머니의 모습을 가만히 바라봤다.

'저런 분이시지.'

그런데 문제는 치프였다.

"사과로 될 일이라고 생각하세요? 셸리한테 제대로 듣지 못하셨나 보네요? 이번 일 때문에 포프가 사람을 죽였어요."

허리를 굽힌 헤이파가 움찔했다

헤이파를 따라 몸을 숙이려 했던 셀레스티아도 동작을 멈추고 치프를 봤다.

나흘 동안 찡그림 한번 없었던 치프의 표정에는 분노가 제대로 떠 있었다.

"사만다와 요르엘, 오라클이 로젤라에게 납치된 것도 제대로 들으셨는지 모르겠네요. 뭐, 로젤라가 납치를 저지른 이유는 저

와의 거래 때문인 것 같으니 신경 안 쓰셔도 돼요. 물론 사만다
가 혹시라도 어떻게 된다면 얘기는 달라지겠지만요."

"……."

"또 있어요. 나흘 동안 손에서 총을 놓지 못하고 칼로리 스틱
만 씹어댄 대원들이 꽤 많아요. 그 친구들은 물도 자기 손으로
마시지 못했죠. 전투복에서 똥오줌이 처리되는 게 어떤 기분인
지 우리 셸리가 모르는 것 같으니 그것도 좀 가르쳐 주시죠, 여
사님."

그는 엄청나게 화를 내고 있었다.

굴욕을 당하는 헤이파의 모습에 셸레스티아는 결국 눈물을
터뜨리고 말았다.

"포프의 일은 정말 유감이군. 사만다와 요르엘, 오라클의 일
도 할 말이 없다네. 자네의 부하들이 겪은 굴욕감도 상상 이상
일 거야. 일반인들이 그런 취급을 받았다면 정신이 나갔을 텐
데, 나흘이나 멀쩡히 버텼군."

허리를 편 헤이파는 담담하게 웃으며 셸레스티아에게 손짓
했다.

"함께 다시 사과하자, 셸리. 울고 있을 틈이 없어."

"…예, 여사님."

울음소리를 가까스로 참아낸 셸레스티아는 헤이파와 함께
허리를 굽혔다.

"죄송합니다. 정말 죄송합니다."

셸레스티아는 연거푸 그 말만을 거듭하며 눈물을 쏟았다.

둘은 한 사람, 한 사람에게 정성들여 사과했다.

오메가 스쿼드 프로그램에서 벗어나지 못한 대원들이 생각보다 많지 않은 것은 꽤나 다행스러운 일이었다. 만약 셀레스티아의 능력이 위스콘신까지 닿았다면 알타이르의 여왕은 장갑차에서 하루 내내 대기해야 했을 것이다.

두 시간 동안 사과를 한 둘은 마지막으로 포프에게 허리를 굽혔다.

급하게 불려 내려온 포프는 옷이 땀에 흠뻑 젖은 헤이파의 모습과 눈물을 그치지 못하는 셀레스티아의 모습에 당황했으나 치프의 표정이 너무 냉랭했기에 꼼짝도 하지 못했다.

"후우."

한숨을 내쉬며 허리를 편 헤이파는 치프가 직접 건네준 수건으로 땀을 닦았다. 셀레스티아 역시 수건을 받았지만 그녀는 수건 대신 헤이파의 품에 얼굴을 묻고 하염없이 눈물을 쏟았다.

"죄송해요, 여사님. 저 때문에… 저 때문에……!"

"괜찮단다."

셀레스티아의 등을 토닥인 헤이파는 나흘 동안 총을 놓지 못했던 대원들이 탈진하여 주저앉는 모습을 목격했다.

오메가 스쿼드 프로그램이 드디어 완전히 해제된 것이다.

그들은 쓰러지는 와중에도 총만큼은 안전히 내려놓았다. 기절을 해도 총에 안전장치를 걸고 약실의 탄환을 뺀 뒤에 기절했다.

그들의 그 정신력에 헤이파는 물론 알타이르의 여왕마저 감탄을 아끼지 않았다.

"하이시리스가 어떻게 셀리에게 간섭할 수 있었는지 알아내야 할 것 같군. 그렇지 않으면 이런 일이 또 되풀이될 지도 몰라."

헤이파의 말에 치프는 고개를 끄덕였다.

"대충 감은 잡았으니 안심하세요."

"그런가? 그렇다면 여왕 폐하께서 직접 이곳에 오신 까닭을 자네에게 밝혀도 되겠군."

"아, 그러고 보니……"

치프가 여왕이 있는 장갑차 쪽을 돌아봤다.

"폐하께선 알타이르 행성 밖으로 나오실 수 없는 입장이라고 들었던 것 같은데요?"

치프가 묻자 헤이파는 대답에 앞서 땀에 흠뻑 젖은 자신의 전통복을 만지작거렸다.

"고향의 정령들이 나흘 전의 사건을 기점으로 매우 얌전해졌다네. 지금은 최고 제사장 혼자서도 부담 없이 정령들을 안정시킬 수 있다네."

"그런가요?"

대답을 들은 치프는 흥미를 가졌다.

"계기가 대체 뭘까요?"

"손님일세."

"손님이요? 당시 알타이르에 발을 들인 손님들은 오크들, 저를 포함한 지구인들, 그리고 실버로드 뿐이었잖아요?"

"그 실버로드의 덕을 본 것이라네. 그 망할 놈이 우리 고향에서 사망하지 않았나?"

헤이파는 나흘 전의 긴박한 상황이 떠올랐는지 이따금씩 얼굴을 찡그렸다.

치프는 실버로드의 사망과 알타이르의 정령들이 얌전해진 상황 사이에 어떠한 연결 고리가 있는지 궁금했다.

"설마 알타이르의 정령들이 실버로드의 죽음을 보고 속이 후련해진 건 아니겠죠?"

"호오, 나도 그 생각은 못 해봤군."

치프의 말을 들은 헤이파가 소녀처럼 눈을 크게 떴다.

하지만 그녀가 느낀 신선함은 그리 오래가지 않았다.

"그 날개 달린 자의 영혼은 고향 전체로 흩어졌다네. 그리고 고향의 정령들에게 흡수됐지."

"흡수됐다니요?"

치프는 조금 놀란 표정으로 물었다.

놀란 것은 치프만이 아니었다.

데스디아도, 헤이파 옆에 매미처럼 달라붙어 있는 셀레스티아도, 제정신으로 돌아온 후 본관 폐허에 머리를 얹은 채 이야기를 듣던 파울라도 깜짝 놀랐다.

"실버로드는 마지막 순간에 자기 자신을 환상체로 바꿨지. 환상체가 무엇인지는 알고 있나?"

"용어 자체는 탈리에게 들었죠. 당시 실버로드의 상태가 낯설진 않았어요. 셀리가 뎃디와 교감하기 위하여 몸 상태를 바꿨을 때와 비슷했거든요."

"그렇지."

파울라와 교감을 해봤던 헤이파는 손등으로 턱에 고인 땀방울을 훔쳤다.

결국 치프가 여왕이 탄 장갑차 안으로 들어가서는 시원한 물과 수건을 가지고 나와 그녀에게 건네주었다.

물과 수건으로 피로를 덜어낸 헤이파는 이야기를 이어서 했다.

"환상체라는 것은… 쉽게 설명하자면 물에 녹지 않는 물감과도 같다네. 날개 달린 자들이 환상체가 될 경우 한없이 정령에 가까운 상태가 되지만 그들은 스스로의 영혼, 즉 자아 덕분에 본래의 모습으로 되돌아올 수 있지."

"그렇다면 실버로드는 죽음으로 인해 자아를 잃어서 정령들에게 흡수됐다는 말씀이신가요?"

치프가 간단한 가설을 내놓았다.

"그렇다네. 덕분에 야만적이던 고향의 정령들이 안정화됐고 그 힘도 정말 미약하게나마 강력해졌다네. 물론 비율로 따지자면 바다에 오렌지주스 한 캔을 풀어놓은 수준이지만 말일세."

헤이파는 병에 든 물의 나머지를 마셨다.

"난 그라니트 행성의 정령들이 왜 강력한지 꾸준히 생각해 봤다네. 수명을 마친 날개 달린 자들의 육체는 환상체로 바뀌어 정령들 사이에 스며들고, 그것이 긴 시간 동안 무수히 반복된 끝에 정령들이 강력해졌겠지. 물론 아주 긍정적인 방향의 가설일 뿐이니 곧이곧대로 믿진 말게."

헤이파의 가설을 들은 치프는 주변을 둘러봤다.

"정령들이 강력하면 어떤 일이 발생하나요?"

치프는 부정적인 면이 무엇인지를 물은 것인데, 헤이파는 나흘 전에 쪼개져 버린 아스팔트 도로를 가리켰다.

"자연의 복원력이 그만큼 강력해진다네. 저곳만 봐도 알 것이야."

치프와 다른 이들 모두가 헤이파의 손끝을 따라 시선을 움직였다.

금이 간 아스팔트 도로 사이에서 잡초의 끝자락이 그 녹색의 모습을 선명하게 드러내고 있었다.

"식물이 잘 자란다는 말씀이신가요?"

치프의 질문을 들은 헤이파는 어이가 없었다.

"…흠, 땅의 힘이 그만큼 강력하다는 뜻일세. 이 행성에서 키운 채소들은 정말 맛이 좋아. 같은 밭에서 뿌리채소를 몇 번 이상 수확해도 비료를 쓸 필요가 없을 정도지. 채소뿐만 아니라 방목을 통해 얻은 모든 고기들이 훌륭하다네. 강력한 정령, 그리고 그만큼 강력한 자연의 힘이 빚어낸 결과들이라네."

"괜찮은 시스템이네요."

"시스템이라… 후후, 그럴싸한 해석이군."

헤이파가 쓴웃음을 지었다.

"아무튼 행성의 기온이 나흘 전에 비해 올라갔군. 일부러 두꺼운 이불을 준비해 왔는데 말일세."

"라이트스톤 사장의 행성 냉각 장치들 중 하나를 우리가 날려 버렸거든요."

수건으로 얼굴을 꾹꾹 눌러 땀을 훔치던 헤이파가 의아해했다.

"그건 들었네만, 고작 시설 하나를 부쉈다고 해서 기온이 이렇게 올라간단 말인가?"

"여사님께서 방금 전에 말씀하신 자연의 복원력이 아닐까요?"

"……"

치프와 헤이파는 서로를 마주본 채 생각에 잠겼다.

뭔가 아닌 것 같다는 사실을 직감적으로 느낀 것이다.

그들의 시선은 주변 사람들에게 이어졌는데, 포프는 어른들이 왜 그러는지 몰라서 가만히 있었지만 데스디아와 헤이파, 셀레스티아, 그리고 치프의 표정은 점점 심각해졌다.

"복원력… 다른 말로는 반동이라고 하죠?"

"그렇지."

"혹시 이 행성 전체의 냉각 장치를 한꺼번에 부수거나 멈추면 어떤 일이 벌어질까요?"

치프의 질문은 주변을 침묵시켰다.

잠시 후, 헤이파가 입을 열었다.

"냉각으로 인하여 억눌렸던 것만큼의 거대한 반동이 일어나겠지. 기상이변… 아니, 대륙 크기의 태풍이 발생해서 100년 넘게 유지가 된다고 해도 놀랍진 않을 것이야. 대기권 높이에 맞먹는 벼락이 소나기처럼 떨어질 수도 있고 말일세."

"…예."

치프가 손으로 자신의 얼굴을 쓸어내렸다.

"라이트스톤이 스스로 시설을 붕괴시켰을 때 엄청난 폭풍과 번개가 그 지역에 몰아쳤죠. 아무래도 그 아저씨가 사람들과 공룡들에게 겨울옷을 좀 맞춰주려고 행성 냉각 장치를 배치한 건 아닌 것 같네요."

"겨우 그 정도에 그칠 것 같나?"

"예?"

치프는 자신에게 질문을 던진 헤이파를 다시 봤다.

"아니, 몰라서 물은 것이네. 라이트스톤이라면 자연재해 말고도 다른 생각이 있을 것 같아서 말일세."

"하하, 글쎄요? 끔찍한 꿍꿍이가 있겠죠."

치프는 알타이르의 여왕이 있는 장갑차를 봤다.

"폐하를 제대로 맞이해 드릴 시간이 된 것 같네요. 셸리, 이제 괜찮겠어?"

치프는 애초부터 건설용 드론이 아니라 셸레스티아의 능력을 이용하여 회사를 복구할 생각이었다.

그는 셸레스티아가 힘의 무게감에 대해서, 그리고 책임감에 스스로 깨달아주기를 바랐다. 그 때문에 헤이파가 올 때까지 위험을 감수하고 회사를 방치한 것이다.

셸레스티아에 대한 개인적 걱정에서 비롯된 결정이기도 했지만 무엇보다 그는 라이트스톤이 주절거린 이야기를 부정하고 싶었다.

라이트스톤은 셸레스티아의 능력과 육체가 완전히 성장하면 운캄타르가 그것을 빼앗아 사용하려 했다고 말했다.

라이트스톤 본인은 그 계획에서 손을 뗐다고 말했다. 물론 치프는 그의 말을 전혀 믿지 않았다.

'…그러고 보니 내가 육체 강탈과 관련해서 아르마게일 할아버지랑 뭔가 얘기를 나눴던 것 같기도 하고?'

치프는 당시 셸레스티아가 주입한 의식의 간섭과 조작에서 아직 벗어나지 못하고 있었다.

하지만 치프는 분명히 위화감을 느끼고 있었다. 현재 위스콘신 안에서 새로운 데토네이터를 열심히 설계하고 있는 아르마게 일과는 전혀 달랐다.

셀레스티아는 치프가 뭔가 고민하고 있음을 감지했다. 하지만 단지 궁금하다는 이유로 그의 생각을 읽으려 하진 않았다.

치프가 정말 화를 내는 모습, 그리고 나흘간 무슨 일이 있었는지 전혀 몰랐는데도 불구하고 자신과 함께 사람들을 찾아다니며 허리를 굽힌 헤이파의 모습이 그녀의 마음에 브레이크를 걸고 있었다.

헤이파에게 맞은 뺨도 아직 얼얼했다.

"셀리?"

치프가 그녀를 재촉하듯 불렀다.

"아… 응. 이제 괜찮아."

"그럼 복구 준비를 하자."

치프는 단말기를 들고 회사에 있는 인원 전체에 통신을 보냈다.

"A—1730이 전원에게 알린다. 이제부터 회사 부지 내에 있는 모든 인원들은 신속히 대피하라. 이제부터 회사가 복구된다. 괜히 이상한 곳에 있다가 건물과 한 몸이 되면 난감해지니 회사 부지 밖으로 속히 이동하길 바란다. 위스콘신은 재료가 될 수도 있으니 대기권 밖으로 고도를 높이도록."

지시를 두 번 정도 더 반복한 치프는 알타이르의 여왕이 앉아 있는 장갑차 객실에 가까이 갔다.

"폐하. 회사 밖으로 차를 옮겨야 할 것 같습니다. 괜찮으시겠습니까?"

"복구에 어느 정도의 시간이 필요할까요?"

"10분 이내로 끝날 겁니다."

"날개 달린 자들의 왕녀께서 가지신 힘이 그렇게 대단했습니까?"

"그렇습니다."

"음… 그렇다면 특별 주문을 해도 되는지요?"

"예?"

특별 주문이라는 말에 치프는 헤이파와 데스디아 쪽을 돌아봤다. 데스디아는 무슨 말인지 모르겠다는 얼굴이었으나 헤이파는 드디어 올 게 왔다는 표정을 지어보였다.

"말씀하십시오, 폐하."

치프가 말했다.

"1,000명 이상이 거주할 수 있는 군용 생활관이 필요합니다."

치프는 그 숫자에 살짝 놀랐다.

"생활관이라고 하셨습니까?"

"그렇습니다, A—1730이여. 그대를 위해 수많은 지원자가 모였답니다. 현역은 물론 예비역들까지도 말이지요. 그들은 모두 라샤이드 탈리케아아 휘하의 군단에 재편되어 이곳에 올 준비를 하고 있습니다."

알타이르의 군대가 온다는 말에 데스디아가 경악했다.

'치프 개인을 위해서 알타이르의 군대가 움직인다고?'

치프가 알타이르에서 치른 싸움을 직접 보지 못한 데스디아로서는 이해할 수 없는, 그야말로 역사적인 일이었다.

"그런데 그대의 회사를 보니 알타이르의 전사들이 머물 만한 장소는 없군요. 그에 따라 군용 생활관을 요구합니다. 생활관의 형태는 브라토레 당주에게 보냈습니다."

치프는 형태를 보냈다는 게 무슨 말인지 이해가 안됐다.

헤이파는 자신의 단말기를 능숙하게 조작했다.

이 행성에 처음 왔을 때는 기계치에 가까운 모습을 보인 그녀였으나 지금은 데스디아보다 날렵하게 손을 움직이고 있었다.

"여왕 폐하께선 이러한 것을 원하신다네."

헤이파가 자신의 단말기 화면을 치프에게 보여주었다.

"건물 도면이네요."

도면을 읽던 치프의 눈동자가 흔들렸다.

"궁궐인가요?"

"생활관일세."

"도면에 포함된 수영장의 규모가 대형 리조트 급인데요?"

어이가 없다는 표정을 지은 치프는 헤이파의 단말기를 받은 뒤 그것을 셀레스티아에게 보여주었다.

"회사 시설 복구 말고 이런 것도 지을 수 있을까?"

"라이트스톤이 만든 던전을 없앤다면 충분한 공간이 확보될 거야."

"…사죄하고 싶은 마음은 알겠지만 무리할 필요는 없어."

치프의 걱정에 셀레스티아는 고개를 한참 저었다.

"아냐, 할 수 있어!"

치프는 눈앞이 깜깜했다.

'이런 결과를 보려고 쟤를 혼낸 게 아닌데 말이지.'

그의 걱정을 전혀 모르는 셀레스티아는 도면 속의 모든 구조를 머릿속에 집어넣기 위해 최대한 집중했다.

이윽고 회사에 있던 모든 이들이 회사 밖으로 이동했다.

오메가 프로젝트 프로그램 때문에 기절한 대원들은 신속하게 수습되어 위스콘신으로 옮겨졌다.

창고에 있던 각종 무기와 탄약, 그리고 장갑차와 전차 등의 장비들 역시 위스콘신에서 쏟아져 나온 드론들에 의해 안전히 이동되었다.

'고용했던 헌터들을 모조리 돌려보내길 잘했군.'

준비과정은 두 시간에 걸쳐 모두 마무리되었다.

회사의 장벽 밖에 위치한 치프는 알타이르의 여왕이 뒤에서 지켜보는 가운데 셀레스티아에게 손을 내밀었다.

복구와 건축을 위한 계산을 모두 끝낸 셀레스티아는 과감히 그의 손을 잡았다.

치프는 그녀의 그런 행동을 어떻게 받아들여야 할지 몰라 마음이 복잡했다.

'군 입대 문제로 사만다와 싸운 다음에 어떻게 풀었었지? 그렇게 옛날 일도 아닌데 잘 떠오르지를 않네. 인형을 사줬나? 아냐, 그건 너무 어렸을 때 얘기고… 새 옷도 아니고, 용돈도 아니고……. 같이 식사를 했던가?'

고민하던 치프의 표정이 문득 밝아졌다.

'맞아. 사만다네 가족과 함께 마이애미 해변에 갔어. 이제 떠오르는군.'

그를 바라보던 셀레스티아의 안색이 흐려졌다.

'그건 사만다가 열일곱 살일 때의 일이잖아, 치프?'

그녀는 자신이 오래 전에 읽어낸 치프의 기억과 지금 치프가 가진 기억 사이에 커다란 괴리가 발생했다는 사실을 믿기 힘들었다.

『그라니트 : 용들의 땅』 10권 끝